Yelena   Martin

DIAMANTTRÄNEN

YELENA MARTIN

Diamanttränen

Aus dem Russischen
von Alexander Archangelski

Die Geschichte vom Autor erzählte, geschah im 18 Jahrhundert in England lehrt uns, die oft von uns gewünscht wird eine unerträgliche Belastung für uns, und wir haben die Belastung bis zum Ende tragen.

Bibliografische Information der Deutschen Nationalbibliothek:
Die Deutsche Nationalbibliothek verzeichnet diese Publikation
in der Deutschen Nationalbiografie, detaillierte bibliografische
Daten sind im Internet über dnb.dnb.de abrufbar.

TWENTYSIX – Der Self-Publishing-Verlag

Eine Kooperation zwischen der Verlagsgruppe Random House und

Books on Demand

© 2015 Martin, Yelena

Herstellung und Verlag:

BoD – Books on Demand, Norderstedt.

ISBN: 9783740708931

Teil 1

Der süße Geruch des Fleisches ist euch bestens bekannt,
Verliebt in seine Sünde, die aus Leidenschaft kommt.
Das Blut, welches nur in Träumen kocht
Und Wirklichkeit im Wunsch nach Macht wird,
Von diesen Himmeln, glitzernd Höhen,
Die uns zu sich herziehen und verführen.
Vergiss sie, beim herabsteigen in das Abwasser ihrer
Schönheit.
Denn sie sind – ein Trugbild, ein Spiel, der Himmelschlüs-
sel zu einem großen Geheimnis,
Nur falsche, krummverzehrte Spiegel.

Er machte den Mund auf und schrie, so laut er nur könnte.
Dadurch wollte er der Welt seine Erscheinung verkünden.
Aber die große, weite Welt war so sehr mit anderen wichtigen Dingen beschäftigt, dass sie die Geburt eines neuen
Menschen nicht bemerkt hatte. Nach dem er noch eine Weile geweint hatte, sah er ein, dass es aussichtslos war.
„Wenn alle so beschäftigt sind, wäre es vielleicht besser
zurück zu kehren?" – dachte der Kleine.
Beim Versuch die dafür nötige Prozedur durchzuführen,
erlebte er ein Fiasko. Und so musste er unfreiwillig hier
bleiben und sich dem Gesetz des Lebens unterwerfen, welches besagt:
„... Jeder muss von Zeit zu Zeit auf die Erde kommen, als
ihr Bewohner."

Alles, was danach geschah, amüsierte ihn sehr. Es war sehr interessant zu beobachten, wie eine genaue Kopie von ihm, direkt vor ihm erschienen ist. Allerdings reagierte sie auf den kalten Empfang – äußerst demütig, sogar irgendwie fatalistisch.

- Na, warum schweigst du? Schreie! Oder willst du, dass ich alleine für uns beide die ganze Arbeit machen soll, während du selber die vollkommene Ruhe genießen kannst?

- Sie haben leider Zwillinge bekommen, - schallte es von irgendwoher so laut, dass das Kind sich zusammenkrümmte vor Angst.

Die Stimme gehörte einer Frau, die ihrer Mutter bei der Geburt half. Es waren ihre groben Hände, welche die sanften Kinderleiber zum Tageslicht empor hoben.

- Leider? Ich bedaure es auch sehr! Und du, bist du etwa zufrieden, mit deiner Geburt? Glaubst du etwa, man ist hier froh über unser Erscheinen? Du hast es ja selber gehört – leider.

Das was danach geschah, bestätigte absolut seine Vermutungen. Sie beide wurden in irgendwelche Lumpen gehüllt und in einen großen Korb hineingelegt. Bald wanderte der Korb in eine Kutsche, die sich, nachdem die Hebamme auch Platz genommen hatte, sofort in Bewegung setzte. Nachdem sie ungefähr drei Meilen gefahren sind, blieb die Kutsche neben den Klostertoren stehen.

- Lass uns noch etwas schreien, vielleicht überlegt sie sich es dann doch noch anders? – einer der Zwillinge begann laut zu schreien, weil er sah, wie sein Zwillingsbruder auf einem Heuhaufen im Hof des Klosters liegen gelassen wurde. So wie es aussah, musste er dort noch eine ganze Weile liegen bleiben. Aber diese Tatsache schien den Kleinen nicht besonders zu erschrecken. Der Zwilling nahm sein Schicksal ziemlich gleichgültig hin, oder wusste er etwa im Voraus darüber Bescheid?

6

- Na dann – schweige weiter! Und wohin bringt man mich jetzt? Werde ich etwa nicht das Schicksal meines Bruders teilen und auch hier bleiben? Nein?.. Hey, komm zurück! Oder willst du mich etwa alleine im Wald zurücklassen? Was sind das nur für Menschen!

Es wehte ein kalter Herbstwind, der die Baumblätter vor sich hertrug und umherwirbelte. Viele von ihnen fielen direkt in den Korb, der ziemlich bald voll wurde.

- Ich habe keine Lust zu sterben...

Bald bedeckten die Blätter die ganze Erde, wie ein Teppich. Eine gelb-rote Decke versteckte auch den Korb, der im Wald stand.

Kapitel 1

- Wessen Korb ist denn das?
- Und was liegt darin?
- Irgendwelche Früchte, Honig...
- Warum wühlt Ihr in meinem Korb? Ihr solltet euch was schämen! – ein Mädchen drohte mit dem Zeigefinger in Richtung von zwei Jungen, dann schnappte sie sich ihren Korb und presste ihn fest an sich.

Seit zwanzig Jahren schon lebte sie alleine, ohne Verwandte und Freunde. Zuerst lebte sie in einem Waisenhaus, später mietete sie sich eine Ecke in einem Zimmer einer Frau, die ebenfalls alleine lebte. Als sie nicht weit von ihr entfernt einen Gentleman erblickte, kam sie zu ihm und fragte:
- Entschuldigen Sie, Mister! Hätten Sie Interesse am frischen Obst? – als sie sah, dass er mit dem Kopf schüttelte, antwortete sie ihm: Na dann eben nicht, ich werde es selber aufessen.

Die Händlerin ging weiter, um die Ware mit der ihr Korb vollgefüllt war, weiter zu verkaufen.

Im Korb waren ihr ganzer Besitz und gleichzeitig ihr ganzer Lebensunterhalt. Leider glitt ihr das Leben wie Wasser durch die Finger.

Das Städtchen St. Albans, in dem das uns bereits bekannte Mädchen, namens Sophie lebte, lag nördlich von London. Wenn wir uns ein bisschen mit der Geschichte dieses Städtchens beschäftigen, dann werden wir sehen, dass dieses gesegnete Stückchen Erde noch in den Schriften von Julius Caesar erwähnt wird. Zu seiner Zeit waren die Römer sehr von den malerischen Plätzen, dem milden Klima und vom reichhaltigen Erdboden, auf dem man Obstbäume pflanzen kann, beeindruckt. Genau in dieser Zeit sind die ersten Plantagen entstanden, auf denen noch bis zum heutigen Tag Äpfel und Birnen wachsen. Und die Farbe der Blütenblätter von blühenden Kirschen brachte durch ihre Schönheit die Menschen fast um ihren Verstand. Deshalb hat man den Anbau der Kirschenbäume nicht wegen ihrer Früchte vorangetrieben, sondern wegen der blühenden Prächtigkeit, welche das Auge erfreut. „Wir würden uns auch gerne an dieser Schönheit erfreuen", werdet ihr sagen. Na dann, was hindert euch daran, ihr müsst dafür nur einen schmalen Wasserstreifen überqueren... und schon steht ihr auf dem selben Boden, auf dem die Römer vor langer Zeit gestanden sind, sich dabei zum ersten Mal umgesehen und die Schönheit des Landes Britannien genossen hatten.

Natürlich wusste Sophie nichts über die Römer, die fast vierhundert Jahren über dieses Land herrschten. Für die Römer war es nur eine Provinz, ein Stück des Festlandes im See Raum. Sophie wusste auch nichts von den unendlichen Kriegen, die in ihrer Heimat geführt wurden. Sie wusste auch nichts davon, dass die zahlreichen Legionäre ihr wunderschönes „Britannien" in ein Netz von römischen Bädern, prächtigen Villen und Amphitheater gehüllt hatten. Außerdem brachten sie der „schönen Fremden" die lateinische Sprache und anständige Manieren bei. Dabei haben sie nicht vergessen den Einwohnern Angst vor der auf dem Thron sitzenden Gottheit zu vermitteln.

Aber, so ist nun mal der Lauf des Lebens: Alles hat irgendwann ein Ende. Die Armee der Eroberer von fremdem Hab und Gut ereilte das gleiche Schicksal. Sie gingen nach Hause und auf der Insel ist ein anders, - diesmal ein skandinavisches Imperium entstanden. Auf dem leeren Thron haben andere Götter Platz genommen: Wotan, Thor und Frey.

- Das werde ich nicht mehr länger dulden! – erzürnte sich einmal der römische Papst, als er vom Wohlstand in Britannien erfahren hatte. Sogleich sandte der Papst einen engen Vertrauten, den Mönch Augustinus mit einer wichtigen Mission, nämlich: Unverzüglich die Macht Roms auf dem englischen Thron wiederherzustellen. Entweder waren die skandinavischen Götter schwächer, oder Augustinus war schlauer, wie auch immer wird dieser im Jahre 601 n.Chr. zum ersten Erzbischof von Canterbury gewählt. Nach diesem bedeutenden Ereignis, welches vom Papst in Rom mit viel Pomp gefeiert wurde, tauchten auf der Insel überall Klöster auf, welche die „wahre" Religion in die wilden Menschenmassen brachte. Es war schwierig vorherzusagen, was daraus wird, aber es hatte den Anschein, als ob alle notwendigen Maßnahmen getroffen worden sind und dass die wunderschöne aber auch widerspenstige Sklavin endlich gezähmt werden könnte. In Wirklichkeit wird sie sich noch lange dem fremden Willen widersetzen und die Leidenschaften auf diesem Fleckchen Erde werden noch lange nicht nachlassen. Denn diese Insel wird noch lange von blutigen Wellen der menschlichen Wünsche umwogen werden.

601 n.Chr. – Augustinus wird zum Erzbischof von Canterbury gewählt.
897 n.Chr. – Alfred besiegt die Wikinger.
980 – 1016 n.Chr. – Rückkehr der Wikinger.

1066 – 1212 n.Chr. – Eroberung Englands durch Wilhelm, Herzog der Normandie.
1314 n.Chr. - Der schottische König Robert erkämpft die Unabhängigkeit Schottlands.
1337 – 1453 n.Chr. – Der Hundertjährige Krieg mit Frankreich.
1399 – 1485 n.Chr. – Das Haus Lancashire und das Haus York.
1455 – 1485 n. Chr. – Rosenkriege.
1485 – 1558 n.Chr. – Das Haus Tudor.
1588 n.Chr. – Sieg über Spanien. England manifestiert seine Weltherrschaft auf dem Meer.
1603 – 1714 n.Chr. – Das Haus Stuart.
1642 – 1649 n.Chr. – Der Bürgerkrieg.
1707 n.Chr. – Vereinigung Englands mit Schottland.
1714 – Das Haus Hannover.

Nach dem Tod der Königin Anna, ging die englische Krone an den Kurfürsten von Hannover. Die Herrscherzeit der vier Heinriche brach an. Diese herrschten auf dem englischen Thron zusammengezählt 120 Jahre lang, obwohl sie aus Deutschland stammen. Heinrich I. konnte während seiner gesamten Herrscherzeit kein Englisch und überhaupt hielt er sich nicht allzu lange in der Fremde auf. Erst Heinrich III. wurde in England geboren. Im Unterschied zu seinen Vorgängern sprach er natürlich hervorragend Englisch. Unser Interesse aber gilt eher Heinrich II. Denn während seiner Herrschaft (1727 – 1760 n.Chr.) erreichte England den Höhepunkt seiner Macht und unsere Protagonistin, Miss Sophie ereilte die Bettelarmut und eine vollkommene Enttäuschung über das gesamte schäbige Leben.

Kapitel 2

Reife Äpfel und Birnen. Es gibt nichts leckeres, nur für ein paar Groschen! – sie könnte so noch lange schreien, wenn da nicht ein Lord wäre, der gleich fünf Pfund diese Früchte kaufte.

- Komm irgendwann einmal wieder, - sagte er, und biss ein Stück von einer riesigen Birne ab.

Der durchsichtige Saft floss auf seinen Lippen, welche der alte Mann sogar nicht abputzte. Er wollte nur zu gerne auch vom Fleisch des jungen Mädchens eine Kostprobe erhalten und nicht nur von den Früchten, mit denen sie handelte. Natürlich wusste Sophie nichts von seinen heimtückischen Plänen. Sie bedankte sich herzlich beim großzügigen Käufer und verschwand mit ihrem halbleeren Korb.

Die Georgia Nische Epoche wurde zu einem Goldenen Zeitalter für Britannien. In dieser Zeit gab es keine Kriege, die Leute konnten sich endlich in Ruhe erholen, Wohlstand und Reichtum verbreitete sich überall. Sogar die Kinder wurden, wie von alleine geboren, dadurch wuchs die Bevölkerungsanzahl, die während der Bürgerkriege stark gesunken war.

Die neuen kleinen Engländer wurden aber nicht gebraucht. Neunundfünfzig Prozent der Kinder starben, noch bevor sie das fünfte Lebensjahr erreicht hatten. Die übrigen konnten nur mit viel Mühe das Zehnte Lebensjahr erleben. Auf die Überlebenden wartete ein schweres Sklavenleben, denn sie wurden von ihren eigenen Eltern an zahlreiche Fabriken und Betriebe verkauft. Die industrielle Revolution stand kurz bevor. Dank ihr hatte England die Möglichkeit zu einem gewaltigen Imperium zu werden, welches mit Verstand und Kraft ihre Macht aufrechterhalten konnte. Die Händlerschicht im Land stieg sofort an, die buchstäblich vor den Augen der anderen sogleich reich wurden. Leider traf ihre Freude nicht auf alle Bewohner des großen Imperiums zu. Die Bettler wanderten immer noch umher, auf der Suche nach Essen. Frauen und Kinder mussten nach wie vor ihren Lebensunterhalt mit sehr schwerer, kaum bezahlter körperlicher Arbeit verdienen. Es kümmerte sich keiner um sie, in dem Land, wo man nach großartigen Leistungen strebte.

- Reife Äpfel und Birnen. Es gibt nichts leckeres, nur für ein paar Groschen! – schrie die Händlerin zum wiederholten Mal.

- Äpfelchen!...

- Ja, Sir, aber sie hatten doch erst vor kurzem welche gekauft...

- Halt deinen Mund und steige in die Kutsche ein.

- Wie viel wollen Sie denn?

- Ich werde gleich für alles bezahlen... – gierige Hände zerrten an der weiblichen Kleidung, um das Objekt der Begierde zu befreien. Schon bald kam das zum Vorschein, was den männlichen Blick erfreute. Beim Betrachten der „Delikatesse" und der „reifen Frucht", suchte der alte Lüstling nach einer Stelle, wo er sich festbeißen könnte. Der Körper der Vergewaltigers machte dabei schamlose und obszöne Bewegungen, er versuchte so schnell wie möglich den diebischen Geschlechtsakt durchzuführen. Das Ende des Geschlechtsaktes zwang den Lord dazu die Zähne fester aneinander zupressen, um vor Lust nicht stöhnen zu müssen. Nachdem er befriedigt war, schubste er das halbnackte Mädchen aus der Kutsche und zusammen mit ihr auch ihren Korb. Die Äpfel wurden auf der Erde verstreut...

Nachdem sie die Reste ihrer zerrissenen Kleidung aufgesammelt hatte, ging Sophie mit ihrem Korb im Schlepptau von dannen. Sie wollte so gerne sich von der Schwere und der ewigen Gegenwart des Korbes befreien.

Am allerliebsten würde sie gleich sterben. Die Tränen hinderten sie am Gehen. Sie liefen ihre Wangen herunter und kitzelten die Haut. Eine kleine Waldlichtung erregte aus irgendeinem Grund Sophies Aufmerksamkeit.

Sie fand dieses Fleckchen Erde sehr abgeschieden und schön, deshalb entschied sie: „Ich werde nicht weitergehen, werde mich hier hinsetzen".

Ein schwebender Vogel im Himmel rief bei ihr ein großes Entzücken aus. Sie würde auch so gerne, viel höher und weit weg von der schrecklichen Gegenwart entfernt sein. Plötzlich erschallten ein Schuss und der Vogel viel, wie ein Stein auf die Erde.

- Und du bist auch unglücklich. Armer Vogel! – rief Sophie voller Verzweiflung. „Anscheinend ist es aussichtslos nach der Wahrheit in dieser Welt zu suchen, es gibt sie einfach nicht."

Schneeweiße Wolken segelten durch den Himmel, sie füllten ihn immer mehr mit ihren üppigen Körpern. Allmählich flößen sie zu einer großen Wolke zusammen, dabei verdeckten sie die durchsichtige Bläue. Ihre Augenlieder wurden schwer... Außer dem Licht, welches man auch bei geschlossenen Augen sehen konnte, tauchten andere sehr grelle Farben auf, deren Vielfalt faszinierend war. Dabei handelte es sich bereits um irgendeine andere Welt. Eine Welt des alles durchdringenden Lichtes und Farben, in dieser Welt brauchte man nicht länger über seine eigene Schande weiter nachzudenken.

Kapitel 3

- Sophie, lass uns gehen! Der Fisch wird verrotten.
- Siehst du? Wenn man genauer hinschaut, kann man sehen, wie die Flügel schimmern. Diese Libelle ist einfach wunderschön...
- Ich weiß gar nicht, von wem du das hast? Warum musstest du auch, als ein so törichtes Mädchen geboren werden. Was gibt es denn an der Libelle besonderes? Ein gewöhnliches

Insekt, mit gewöhnlichen Flügeln, - Maria versuchte die
Libelle für ihre Freundin zu fangen.
Die Libelle flog von einem Birkenlaub in die Luft und stieg
immer höher. Die Mädchen gingen langsam auf einer Allee,
die im Zentrum der Stadt lag. Das frische Grün der Bäume
erfreute das Auge. Die Farbe der Reife hat sie noch nicht
erreicht. Der Glanz der Sonnenstrahlen, der dadurch auch
grün wurde, fiel auf die Gesichter der Mädchen und gab
ihnen dabei eine modische aristokratische Bleiche.
- Zwei Blaustrümpfe gehen entlang. Ha-ha!
- Wenn es nach mir geht, dann bevorzuge ich lieber eine
gefallene, sündige Frau, als eine Gelehrte, - hörte Sophie
irgendwo hinter ihren Rücken.
Sie wollte sich sogleich umdrehen, aber der schwere Korb
schränkte ihre Beweglichkeit stark ein. Heute hatten Maria
und sie kein Glück. Der Tag erwies sich, als verbraucht, die
Ware blieb fast vollkommen unverkauft. Bei den Früchten
hatten sie nichts zu befürchten, aber der Fisch und die Meeresfrüchte, mit denen Maria handelte, hatten eine besondere
Prozedur nötig.
Für das Schicksal der Vertreterinnen des schwachen Geschlechts waren große Veränderungen vorprogrammiert, in
einem sich rasant entwickelnden Land, welches immer stärker nach Vollendung strebt. Man könnte aus dem Sklavinnen-
nen- und Dienerin Zustand aufsteigen und zu einer Frau
werden, die sich nicht nur für die Küche mit ihren zahlreichen Töpfen und dem Herd interessiert. Jetzt hatte eine Frau
auch die Möglichkeit mit der Wortkunst in Verbindung zu
kommen, oder mit der Spitze eines Pinsels eine Leinwand
zu berühren, was sich später als ein großartiges Bild erweisen wird. Das alles war jetzt unter einer Bedingung möglich.
So eine Frau musste über einen starken Charakter verfügen
und außerdem durfte sie sich nicht von verschiedenen
Schicksalsschlägen vom ausgewählten Ziel abbringen zu
lassen.

14

- Frische Äpfel und Birnen, - konnte Sophie noch heraus-
schreien, im nächsten Augenblick wurde sie von einem
Pferdepaar umgerannt, welches auf dem Weg galoppierte.
Alles ging so rasant und schnell, dass Maria, die bei Seite
springen konnte, es nicht schaffte ihre Freundin vor der Gefahr rechtzeitig zu warnen. Die reifen Früchte wurden überall verstreut. Die Hälfte von ihnen wurde von den Pferdehu-
fen sogleich zertrampelt. Der Rest könnte zum Glück wieder
aufgesammelt werden. Es war ungefähr nur ein Drittel des
Korbinhaltes erhalten geblieben.
Als die Stadtvögel das Früchtepüree auf dem Weg sahen,
ließen sie natürlich nicht so ein leckeres Dessert außer Acht,
welches ihnen quasi „vom Himmel runter fiel". „Der Tisch
war gedeckt" und sie setzten sich, natürlich ohne jegliche
Einladung umher und begannen von verschiedenen Le-
bensmitteln zu kosten. Allerdings wurde die raue Frucht-
schale von gefiederten Gourmets nicht besonders begrüßt.
Sie steckte in ihren Kellen fest und letztendlich wurde sie
nach langem Schütteln zurück auf den Weg geworfen. Das
saftige Früchtefleisch wurde von ihnen aufgesammelt und
wurde schon längst in ihren übervollen Mägen verdaut.
- Du bist mutig! – Sophie wurde von einer Lady geholfen,
die sofort zur Hilfe eilte. Anscheinend wurde sie von Passanten als „Blaustrumpf" gehänselt.
- Sie hatte Glück! - fügte Maria in die Unterhaltung hinzu. –
Aber jetzt werden wir neue Früchte kaufen müssen. Der
Korb ist fast leer.
- Uns bleibt nichts anderes übrig, - seufzte Sophie.
- Kannst du lesen? – fragte dieselbe Lady, irgendwie mit
einer besonderen Anteilnahme, dabei umarmte sie das Mäd-
chen.
- Ja, - antwortete sie.
Ihre Freundin wurde im selben Augenblick rot vor Scham
und drehte ihren Kopf zur Seite, damit niemand ihre roten
Wangen sehen konnte.

- Wenn du es ganz schwer haben wirst, darfst du kommen, - sagte die Fremde und reichte ihr ein Papierfetzen, auf dem sie die Adresse geschrieben hatte, unter der sie im Notfall gefunden werden konnte.

Sophie sagte die Wahrheit. Sie konnte lesen und tat es auch sehr gerne. Die Eigentümerin der Wohnung, in der sie mit Maria lebte, brachte Sophie Lesen und Schreiben bei. Wenn man bedenkt, dass sie bereits sieben Jahre in dieser Wohnung lebten, wird es einem nicht schwer fallen, die „Lehrjahre" zusammen zu zählen. Sophie las alles, was sie nur kriegen konnte: Alte Zeitungsfetzen; Zeitschriften, die extra für Frauen gedruckt wurden. Die Verfasser legten dabei ein besonderes Augenmerk auf das nicht allzu gut entwickelte weibliche Gehirn, deshalb wollten sie es mit ihrer Zeitschrift in einem bestimmten engen Focus entwickeln.

Kapitel 4

Adam hatte es endlich geschafft mit dem Löffel ein Stück Fisch aus der gemeinsamen Suppenschüssel zu ergattern. Er führte den Löffel zum Mund, hat es aber danach nicht geschafft das Stück runterzuschlucken, es flog unzerkaut aus seinem Mund und landete auf dem Boden. Adam schüttelte sich vor Lachen.

Die Mönche unterhielten sich auf verschiedene Art und Weise. So wie auch jetzt, als einer von ihnen sich einen Rock übergestülpt hatte und in ihm eine Schauspielerin darstellte. Bei dieser Situation blieb praktisch niemand von den Versammelten gleichgültig. Die anderen Mönche verwandelten sich sogleich aus einfachen Zuschauern in Schauspieler. Sie waren sozusagen sofort in ihrer Rolle drin und versuchten nun die weibliche Person zu verführen. Diese stellte sich als ziemlich offen für alles heraus. „Sie" hob ihren

Rock hoch und demonstrierte ihre „weiblichen Reize"...
Plötzlich sagte eine strenge Stimme:
„Du musst fasten, mein Sohn, dann wird sich deine Seele
von sündigen Gedanken reinigen".
Im Esszimmer wurde es sofort still, man begann lautes Kau-
en zu hören und zum neuen vergnüglichen Zeitvertreib wurde wieder die Jagd nach Fischstücken in der Suppe.
Übrigens war diese Tätigkeit nicht für Schwache geeignet.
Zu dem Zeitpunkt, als der ernsthafte Kampf den Höhepunkt
an Intensität der Emotionen erreicht hatte, war Adam bereits
satt. Er saß und schaute in Ruhe zu, wie die Löffel mit großer Geschwindigkeit an ihm vorbeihuschen. In den meisten
Fällen flogen sie so schnell, dass sie den Mund nicht erreichen könnten. Völlig unerwartet war das erst noch vor kurzem mit Essen gefülltes Geschirr ganz leer. Die noch immer
hungrigen Mönche waren gezwungen ihre „Waffen" nieder-
zulegen und den Kampf zu beenden. Sie schauten sich um,
und betrachteten mit Bedauern die Essensreste, welche auf
dem Schlachtfeld überall verstreut liegengeblieben sind.
Adams Nachbar versuchte zuerst ein Fischstückchen zu erreichen, das auf eine komische Art und Weise an einer
Tischkante hängen geblieben war. Er hielt seine knochige
Handfläche darunter und hatte es bereits fast berührt, aber er
war nicht alleine. Der Nachbar von der linken Seite war
schneller und geschickter. Er schaffte es sogar den Fisch
bereits runterzuschlucken.
- Du sollst daran ersticken, - wünschte ihm der Nachbar von
rechts in einem Wutanfall.
Adams Nachbar von links zückte zu seiner Rechtfertigung
nur mir den Schultern. Er fühlte sich nicht als schuldig.
Das ist doch nur ein Spiel, - kicherte er und ging zum Ausgang.
Nach ein paar Minuten war der Raum ganz leer. Der Glo-
ckenschlag rief zur Arbeit.

Heute wurde es Adam aufgetragen, eine Gartenschere auf-
zutreiben, welche er bald für seine Arbeit nötig haben wird.
Der Mönch, der für die Verpflegung zuständig war, setzte
sich gerade in eine Kutsche, in die ein alter Gaul einge-
spannt war. Der Name des Gauls war „Schilling". Praktisch
jeder, der hörte, wie der Kutscher sich an sein Pferd wendet,
sagte voller Verwunderung:
- Welcher Depp hat denn dem Pferd so einen Namen gegeben?
Der Stallknecht, der dem Pferd einen so sonderbaren Namen
gab, antwortete:
- Das Geld und weibliche Geschöpfe sind uns von Gott als
Strafe gegeben worden. Sowohl die einen, als auch die anderen muss man mit Verstand behandeln. Weil sie leicht
herkommen und genauso leicht und schnell gehen sie wieder
weg.
Die nichts verstehenden Spießer gingen daraufhin in einer
noch größeren Verwirrung weg. Was den Stallknecht angeht, so sagte er die pure Wahrheit. Seine Binkel liebte die
Freiheit über alles. Auf eine rätselhafte Art und Weise ge-
lang es dem Pferd immer wieder sich loszureisen und alleine
auf Abenteuerjagd zu gehen. Man suchte oft praktisch mit
dem ganzen Kloster nach ihm. Dabei geizte man nicht mit
Versprechungen, es zu bestrafen. In den meisten Fällen er-
übrigte sich aber die Sache von alleine, weil der Gaul von
alleine zur nötigen Zeit auftauchte, als über die Bestrafung
bereits alle vergessen hatten.
Adam brauchte nicht lange, um sich eine gute Gartenschere
kaufen zu können.
Es erwies sich, als ganz leicht an, ein Qualitätswerkzeug
auszusuchen, dafür brauchte er ungefähr eine halbe Stunde.
Jetzt brauchte er nur noch auf die Wiederkehr des Mönches
zu warten, der zur Mühle gefahren war, um Mehl zu kaufen.
Adam beschloss ein wenig in der Stadt spazieren zu gehen
und nicht bewegungslos, wie eine Statue neben der Schmie-

de zu verharren. Er folgte einer Gruppe junger Männer, die ein wenig vor ihm gingen. Dadurch fühlte er sich sicherer, weil er sich im Großstadttrubel sehr unwohl fühlte. Plötzlich waren Getrampel und Schreie zu hören. Irgendein Landstreicher fegte vorbei. In seinen Händen hielt der Lausbube rote Äpfel.

„Er hat sie wahrscheinlich gestohlen" – dachte Adam. Seine Vermutungen wurden bestätigt, weil sogleich ein schriller weiblicher Schrei ertönte: „Dieb!" Adam musste noch etwas bei Seite treten. Eine wütende junge Frau lief mit einem riesigen Korb mitten auf ihn zu. Das Mädchen schubste mit den Ellenbogen die vor Adam gehenden Männer auseinander und machte sich auf die Verfolgung des Übeltäters. Dieser hatte sich hinter einem Baum versteckt, der am Straßenrand wuchs. Und als das Mädchen gerade daran vorbeilief, stellte er ihr geschickt ein Bein. Natürlich könnte die junge Frau ihr Gleichgewicht nicht halten, sie fiel sofort hin und ihr Korb flog etwa sechs Fuß nach vorne. Jetzt könnte man die Äpfel ohne Gefahr aufsammeln, was der berechnende Dieb auch sogleich tat.

Adam erwartete Tränen auf dem Gesicht des Mädchens zu sehen, aber da hatte er sich geirrt.

Sie erhob sich, entledigte sich demonstrativ eines trockenen Baumblattes, welches an ihrem Rock haftete und warf mit einem Apfel nach dem Jungen mit den Worten:

„Lass es dir schmecken! Wohl bekommt es!"

Den Herumstehenden, welche die Szene des Raubs beobachtet hatten, war vollkommen klar, dass in diesem Fall das Wohl des Jungen nur in der Schnelligkeit seiner Beine lag.

Nun ging die junge Person, welche die Passanten mit ihrer Unverfrorenheit beeindruckt hatte, praktisch in einer Entfernung von bloß zwei Yards von Adam und sie schwang ihren leeren Kopf im Takt mit ihren Schritten. Der Gärtner war vom Geschehen so fasziniert, dass er nicht merkte, wie die

Männer, hinter denen er herging in eine Gasse eingebogen sind, und als das Mädchens sich im Grün der üppigen Bäume „auflöste", folgte er ihr wie durch Trägheit.

Eine angenehme Kühle wehte in diesem grünen Pflanzenreich. Die Fremde blieb neben einem hohen Baum stehen und begann von ihm rote Beeren zu sammeln. Adam blieb zuerst voller Unentschlossenheit auf einem Fleck stehen, danach ging er zum Baum von der anderen Seite. Adam wusste selber nicht, warum er das tat. Der Gärtner ließ sich nun vom Impuls seines Herzens leiten. Danach wollte sich Adam vorstellen, aber dazu kam er nicht mehr, weil er sogleich einen schweren Stockschlag auf seinen Kopf bekam. Ohne ein Begrüßungswort sagen zu können, sank der Gärtner zu Boden.

- Na, hast du diesen Schlag gespürt? In Zukunft werdet Ihr wissen, dass man mich nicht einfach so beleidigen kann! – schrie das Mädchen laut und fuchtelte dabei mit dem Stock vor dem Gesicht des Jungen. Adam wollte gerade ein paar Wörter zu seiner Rechtfertigung sagen, aber dazu kam er nicht mehr. Die wütende Person war bereits verschwunden.

Am Abend des gleichen Tages saß der Gärtner unter freiem Himmel im Klostergarten.

Sein Bauch war voll und verdaute die Nahrung, die er vorher beim Abendessen gegessen hatte. Was seinen Kopf anging, so tat er immer noch weh. Weniger wegen dem Schlag, aber viel mehr wegen den Gedanken, die ihn quälten. Leider könnte er seine Sorgen mit niemand teilen.

Adam hatte keine Freunde, das Schicksal hatte ihm keine geschenkt.

Eine ungewöhnliche gelbe Sonne war vom rosa Himmel plötzlich verschwunden, bald kam der Mond zum Vorschein, er hatte auch eine außergewöhnliche gelbe Färbung. Der Mond schaute mit Neugierde auf die Erde herunter. Es schien, als würde er fragen: „Bin ich nicht wunderschön?" Als er den entzückten Blick des einsam sitzenden Gärtners bemerkt hatte, entfachte der Mond eine tiefe Leidenschaft für ihn. Im gleichen Blick entfachte auch das Herz des Gärtners mit voller Liebe zum Mond. Von nun an und bis in alle Ewigkeit wird sein Herz im Einklang mit dem Himmelrhythmus schlagen.

Adam begegnete in dieser Nacht im Traum seinem Bruder, wie schon öfters.

Eine seltsame Begegnung, werdet ihr sagen, aber es war tatsächlich so. Ausgerechnet in der nächtlichen Traumwelt hatte er einen Bruder – eine genaue Kopie von ihm selber. Adam wollte sehr diese verwandte Seele auch im wahren Leben neben sich haben, aber sobald er die Augen aufmachte, verschwand sein Zwillingsbruder sofort. Also im heutigen Traum sammelte Adam Beeren zusammen mit seinem Bruder, außerdem leistete ihnen das uns bereits bestens bekanntes Mädchen, Namens Sophie, Gesellschaft. Ja, ja, ihr solltet euch darüber nicht wundern, im Traum ist alles möglich.

Kapitel 5

Ein gewöhnlicher sorgenreicher Morgen fing an. Die Mönche tummelten sich auf dem Klosterterritorium, wie Ameisen umher: der ganze Müll wurde aus dem Hof rausgefegt; die Klosterzellen strahlten vor Sauberkeit, und das Küchengeschirr wurde bis zum Hochglanz poliert. Alle warteten voller Ungeduld auf das Mittagsessen, aber dieses fing erst dann an, nachdem die sündigen Seelen das Gebet beenden. Jeder murmelte die auswendig gelernten Strophen vor sich hin, dabei dachte jeder an etwas anderes: einer dachte über das Seelenheil nach; der andere über ein großes Stück Fleisch; der dritte über einen süßen Kuss, und manch einer träumte sogar, so schnell wie möglich aus dem Kloster weglaufen zu können.

Nach dem Ende des Gebetes blieben einige noch Gedanken-versunken sitzen. Es war nämlich gar nicht so leicht die Grenzen der Welten zu überqueren. Sogar das auf den Tischen stehende Essen könnte die Meditation nicht unterbrechen. Die weniger Rechtschaffenden stützten sich auf das Mittagsessen und versuchten dabei so schnell wie möglich die besten Stücke aus der allgemeinen Speisemasse für sich zu ergattern. Man könnte mit diesem elenden Einsiedler von sich selbst nur Mitleid haben. Ihr Leben endete genau zwischen diesen, von ihnen verhassten Mauern und ihre Körper wurden auf dem Klosterfriedhof beigesetzt.

Während sie ihren alten Weggefährten das letzte Geleit gewährleisteten, dachten sie mit Grauen an ihr eigenes Ende. Die wahren Klosterbewohner riefen bei ihnen nur Verwunderung und Unverständnis beim schwierigen Weg des Menschen zum Gott heraus. Ein Leben, welches voller Charme für die Einsamkeit und der Vorherbestimmung in die Welt Liebe für den Gott hinein zu tragen, war ihnen verhasst. Um ehrlich zu sein, hielten sie ihre Kollegen für Dummköpfe, die ihr Leben unsinnig verschwenden. Nicht so, wie sie selber, die es geschafft hatten die Situation auszunützen. Denn jetzt hatten sie eine tägliche warme Mahlzeit und ein Dach über dem Kopf. Nun, was die anderen angeht, so trugen sie ihr Kreuz mit Würde und waren glücklich darüber, dass sie es geschafft hatten sich der Tierleidenschaft zu entsagen. Jetzt beteten sie jeden Tag zum Herrgott und baten ihn in sein schillerndes Himmelreich Einlass zu bekommen. So saßen sie auch jetzt schweigend und führten gemächlich die Löffel zum Mund. Die Ewigkeit wartete auf sie und für Eile war kein Platz mehr in ihren gesegneten Seelen.

Das Tagesleben von Adam war erstaunlich einfach. Er war kein Mönch. Der Gärtner flehte nicht um „Ruhe", aber er gehörte auch nicht zu der Gruppe, die von einem Stück Fleisch träumte. Der Junge liebte dafür seinen Garten sehr. Adams Garten hatte eine große Ähnlichkeit mit einem

Adam

Paradies auf Erden. Ein Fleckchen Schönheit und Stille, wo eine himmlische Musik ertönte. Er wusste nicht, wer seine Eltern waren. Im Kloster erzählte man, dass er irgendwann als ein neugeborenes Kind direkt hier – in einem Heuhaufen gefunden wurde. Das Kind wurde im Kloster gelassen, man erlaubte es ihm hier frei zu leben – aber nur nach Gottes Gesetzen.

Außerdem gab es im Kloster eine Legende. Vor langer Zeit lebte hier ein alter Mann, der Hl. Leon. Er wurde immer den Mönchen, die vom rechten Weg abgekommen waren, als Beispiel für die wahre Tugend genannt. Man sagte, er befand sich in einem ständigen Gebet und dass es ihm gelungen war, das Gesetz der Sterne zu durchbrechen. An einem Sonnentag war er gestorben und seine Gebeine blieben einfach wie ein Heiligtum in einer dafür extra erbauten Kapelle liegen. Die Mönche hielten sich gerne dort auf. Der Heilige wirkte auch nach seinem Tod viele Wunder.

Wenn man über die Entstehung des Klosters zu erzählen beginnt, so muss man zuerst festhalten, dass es eine unglaubliche Geschichte war. Sie kann als ein Musterbeispiel des Sieges des menschlichen Heroismus über die Furcht von der eigenen Überlebensexistenz erzählt werden. Das Kloster trug den Namen des römischen Legionärs Alban, der zum Tode verurteilt wurde, nachdem er einem Priester die Zuflucht gewährt hatte. Dieser Priester musste den regierenden Mächten ausgeliefert werden. Der tapfere Alban wurde in die Folge dessen später zum ersten Märtyrer auf englischem Boden propagiert und heilig gesprochen.

Bei dem Priester, den er gerettet hatte, handelte es sich um Leon, der später zum alten weisen Mann wurde.

Einmal wurde Adam Zeuge, als etwas sehr merkwürdiges und ungewöhnliches in der Kapelle passiert war. Einmal könnte der Gärtner nicht schlafen, er wurde von der Schlaflosigkeit gequält. Sogar die Tatsache, dass er am Morgen mit dem Sonnenaufgang aufstehen musste, könnte ihn nicht zum Einschlafen bringen. Der Junge beschloss im Klosterhof ein bisschen spazieren zu gehen. Anschließend warf er einen kurzen Blick in die Kapelle mit dem Grab des Heiligen. Obwohl es ihm ziemlich mulmig zu Mute war, betrat Adam dennoch die Kapelle. Er begrüßte den Leon laut und verbeugte sich vor ihm tief, um ihm die Ehre zu erweisen. Danach stellte er sich im Türrahmen auf und stützte sich dabei auf die alte Tür. Der Himmel mit den schimmernden Sternen erregte, warum auch immer den aufmerksamen Blick unseres Betrachters der Schönheit. Auch damals schaute er, wie schon so oft zum Himmel, in diesem Augenblick waren aber die Sterne plötzlich verschwunden und das himmlische Blau wurde wie in ein schwarzes Tuch gehüllt. Plötzlich kam ein starker Wind auf. Er begann die auf der Erde liegende Baumblätter zu umherwirbeln. Ein Spatz, der im Sturzflug angeflogen war, erschreckte Adam. Der zerzauste Vogel saß in verwelkten Blumen zusammengekauert auf der Erde. Der Wind wurde immer stärker, bald wurde er zu einem richtigen Sturm, der sehr leicht sogar die Bäume mit ihren Wurzeln aus der Erde reißen könnte. Er schüttelte die flexiblen Baumstämme und versuchte sie zu beugen. Mächtige Wurzeln versuchten sich mit ihrer ganzen Kraft an einander festzuhalten und dadurch in der heimischen Erde zu bleiben. Adam bekam es mit der Angst zu tun, weil die riesigen Bäume, die in großer Anzahl neben dem Kloster wuchsen quietschendes Stöhnen produzierten und um Erbarmen flehten.

„Wenn es noch ein bisschen so weiter geht, wird ein großes Unglück geschehen", - dachte der Gärtner. In diesem Augenblick begannen in der Kapelle die Kerzen nacheinander zu leuchten. Adam drehte sich zum Licht und sah einen Schatten, welches sich am Kopf des Grabsteins erhob. Der Schatten faltete seine Hände zum Gebet...

Der Sturm begann schwächer zu werden und es begann ein Nieselregen. Allmählich begannen die Kerzen nacheinander zu erlöschen, dadurch wurde die Kapelle wieder in die Dunkelheit eingetaucht. Der Schatten war auch in der Dunkelheit verschwunden. Es schien, als ob der vom gerade Geschehenen völlig verdutzte Gärtner in den steinernen Boden eingewachsen war, aber seltsamer Weise verspürte er dabei keine Angst. Er wollte sich so schnell wie möglich auf dem Boden der Kapelle niederstrecken. Seine Seele zitterte vor Freude. Er war gerade mit göttlichen Kräften in Verbindung gekommen.

Nachdem er sich schließlich nach einiger Zeit doch noch auf die Straße traute, bemerkte er den Spatz, der sich sein Gefieder putzte. Die Bäume raschelten mit ihrem Laub. Es kam Adam so vor, als ob die Pflanzen miteinander flüsterten. Sie streckten ihre Zweige in Richtung der Kapelle und zeigten dabei auf den Schrein des Heiligen. Sie waren bestimmt nicht das erste Mal Zeugen der Wunder, die Leon vollbracht hatte.

Kapitel 6

Die Leidenschaft besuchte sie zum wiederholten Mal. Jemand wollte gevögelt werden, jemand andere wollte vom fremden Körper Besitz ergreifen. Wie immer fing alles mit einer eigentlich nichts größeres bedeutenden Entkleidungsszene und endete in einer Orgie, die niemanden gleichgültig zum erregenden Fleisch der anderen ließ. Am Ende könnten die in entkräfteten Körper gehüllte Seelen vor Scham einander nicht mehr ansehen. Sie hassten sich für ihre Schwäche. Ein zu diesem unpassenden Zeitpunkt den Raum betretender, ein geistlich fortgeschrittener Mönch, wurde zuerst auch zum Opfer der Leidenschaft. Danach schloss er schnell die Tür der Zelle hinter sich zu und stand noch lange dort – am Ort der Unzucht. Er wiederholte immer wieder den Namen des Allmächtigen und bat den Herrgott, ihn von seinem schamlosen Körper zu befreien, was eine noch größere Sünde war.

Die Mönche waren in den Zellen nach Sympathien angesiedelt. Die Nachbarn könnten auf gegenseitigen Wunsch alles werden: ein Liebhaber, ein Freund, oder ein seelenverwandter Glaubensbruder. Beim Gehen auf den Gängen des großen Klosterhauses konnte man fast immer Emotionen spüren, die verschiedene Gefühle zum Ausdruck brachten. Ihre Tonlage war so verschieden, dass es möglich war in einer Sekunde zum Himmel emporzusteigen, oder in die Hölle zu stürzen. Die Klosterwände könnten vieles über ihre Einsiedler erzählen, aber zur großen Freude von vielen könnten sie nicht reden. Um es kurz zu machen, lebte im Kloster die Keuschheit mit der Zuchtlosigkeit in einer schwierigen Ehe miteinander. Jede von ihnen träumte dabei, irgendwann einmal alleine bleiben zu dürfen. Dummerweise hatte der „Alles Verstehende" sie zu einem Zusammenleben gezwungen im nicht enden wollenden Kampf um den menschlichen Körper, welcher immer wieder vom Gegner in Geiselhaft genommen wurde.

In gewisser Art und Weise betrachtete Adam mit Interesse das sich wie in einem Kaleidoskop stetig wechselndes inneres Seelenleben der Mönche. Nur einem einfachen Philister erschien das Leben im Kloster als langweilig und einseitig, aber denjenigen, die den Ereignisfluss näher kennen lernen könnten, fiel sofort der rasende und unbändige Rhythmus auf, wegen dem man schon sehr bald wahnsinnig werden könnte. Das immer wieder ertönende Stöhnen hinderte Adam nachts beim Einschlafen und die anschließende aufrichtige Reue raubte ihm ganz den Schlaf. Er könnte es nicht verstehen, für welche Sünden diese armen Menschen so stark leiden müssen. Der Gärtner verurteilte sie nicht im Geringsten, er freute sich, dass er selber nicht durch so einen Vertrag mit Gott gebunden war, weil er immer davon träumte eine Frau zu haben und sie regelmäßig zu nehmen.

Das Mädchen, welches ihm einmal begegnet war, ließ in seinem Herzen einen tiefen Eindruck und sie motivierte ihn in seinen Gedanken Taten zu vollbringen, welche in der Wirklichkeit kaum jemals wahr werden würden. So dachte er zu mindestens. Seit einiger Zeit wusste der Gärtner nicht, ob er die morgendlichen Sonnenstrahlen lieben oder hassen sollte. Denn sie gaben Leben seinem Garten, aber dafür nahmen sie ihm jeden Morgen seine Geliebte weg. Adams Bruder, sein Zwilling, der sich einmal unpassend an den nächtlichen Ereignissen beteiligte, sagte, dass sie zusammen sein werden. Auf die Frage – wann das sein wird, bekam Adam keine Antwort. Deshalb begann er zu warten.

Sophie begann seit einiger Zeit auch Träume zu sehen, in denen sie ein außergewöhnliches Leben hatte. Seltsamer Weise hatte sie in diesem Leben: Geld; Bilder, welche sie selber malte und einen Mann, den sie über alles liebte. Zuerst wunderte sie sich sehr über solche Träume, aber mit der Zeit gewöhnte sie sich so stark daran, dass sie tatsächlich in der Nacht ein zweites Leben durchlebte. Es kam ihr so vor, als ob dieses Leben das wahre und richtige ist. Das reale Leben, welches so elend für sie lief, hörte auf sie zu quälen. Sie machte sich mit einem noch größeren Fleiß an ihre Arbeit, denn sie wusste genau, dass sie überleben wollte. Sie musste überleben, um all das kriegen zu können, was für sie vorherbestimmt war. So wie jetzt, als es sehr kalt war, ihre Hände taub wurden und ihre Freundin ohne eine Atempause vor sich hin plapperte:

- Schau Mal, er ist auf dich aufmerksam geworden.
- Wer?
- Hast du denn gar nichts bemerkt? Dieser verfluchte Korb wird dich bald so stark zur Erde hinbiegen, dass du vollkommen unscheinbar sein wirst, - sagte Maria und steckte sich eine Hand voll getrockneter Äpfel in den Mund. Ihre Freundin hatte die Äpfel für den Winter vorbereitet. – Was mich angeht, so habe ich nicht ewig vor, mit Fisch zu han-

deln. Ich werde irgendeinen Lord für mich finden, werde ihn zuerst verführen und dann ihn dazu bringen, mich zu heiraten, - fügte Maria hinzu und begann die Käufer anzulocken:
Fisch, Fischchen – ganz frisch
Kauft ihn, schämt euch nicht,
Morgen gibt es neuen Fisch
Kommt her, kauft und geizt nicht.
Eigentlich hatten die Mädchen Glück in ihren Leben, wenn man das so sagen könnte. Wenigstens hatten sie in ihrem Leben immer etwas zu essen und mussten nicht hungern. Meeresfrüchte und Früchte bildeten fast täglich ihre Essensration. Für das Zimmer, in welchem sie lebten, zahlten sie mit denselben Waren. Die gute Frau, welche sie beherbergt hatte, war „nicht mehr die jüngste" und könnte nicht mehr allein für ihr Essen sorgen. Bald kehrten die vom Geschrei heißer gewordenen jungen Personen nach Hause zurück, weil alle, die einen Fisch gekauft hatten, ihn mittlerweile bereits zubereiteten und die Liebhaber von trockenen Früchten und Beeren, ohne Zweifel für heute die Nase davon voll hatten. Fanni, so nannte man die Eigentümerin des Zimmers, zauberte bereits am Herd. Die Mädchen liebten sehr die Kocherei, welche Fanni vorbereitete. Bevor sie sich an den Tisch setzten, durchschauten sie sehr genau ihre Ware. Die angefaulten und leicht verdorbenen Exemplare wurden sofort entfernt. Nach dem Abendessen wollten sie noch nicht gleich schlafen gehen, außerdem wollte Fanni die letzten Nachrichten aus der Zeitung erfahren, welche Sophie irgendwo auf der Straße aufgehoben hatte. Nachdem sie mit der Hand die verbeulten Seiten geradegerückt hatte, bereitete sich das Mädchen vor, die Zeitung laut vorzulesen.
- Habt ihr gehört? Lord Blackmore suchte ein Dienstmädchen, - sagte Fanni, die als erste die riesige Anzeige bemerkt hatte, welche fast die Hälfte des Zeitungsblattes einnahm.
- Danke. Ich werde ihn auch sonst nie mehr vergessen, - antwortete Sophie.

- Was hast du gesagt? – Maria beteiligte sich auch an der Unterhaltung. – Ist der Lord etwa pflegebedürftig geworden?
- Glaube mir, er ist grässlich und scheußlich, - Sophie räusperte sich vor Ekel.
- Mädchen, worüber redet ihr denn jetzt?
- Wir reden gerade über meinen zukünftigen Bräutigam, verkündete Maria feierlich.

Kapitel 7

Der Winter brach ganz plötzlich an. Adam wusste nicht, wie er seinem Garten helfen könnte.
Die Blütenblätter der immer noch blühenden Pflanzen fanden sich unter einer Eisschicht wieder. Es war, als ob das Leben in seinem ewigen Kampf auf den Tod traf. Die Blumen weinten und ihre Tränen wurden zu gefrorenen Kristallen, die auf die Erde fielen und dabei in kleine Stücke auseinanderbrachen. Die Mönche waren mit ihren Alltagssorgen beschäftigt, sogar die Jahreszeit veränderte nichts an ihrem Tagesablauf. So war es zum Beispiel heute notwendig die ausgebrannten Kerzen in der Kapelle auszuwechseln.
Der Gärtner meldete sich freiwillig, diese schwierige Aufgabe auszuführen. Alles war fertig, nur die riesige Bronzelaterne stand noch leer, sie befand sich fast unter der Kuppel des Steinbaus. Dort – ganz oben, wohin man auf einer schmalen Leiter hochsteigen musste, stand noch die antike Truhe des Alten. Diese morsche und seltsame Treppe hatte kein Geländer. Wahrscheinlich war es eine Spezialanfertigung, die extra auf Anweisung von jemand genauso geplant und gebaut wurde. Die Mehrheit der Mönche hatte überhaupt keine Lust, auf dieser blöden Treppe hin und her zu steigen, deshalb wurde extra eine riesige Laterne bestellt. In dieser Laterne brannte eine ebenfalls riesige Kerze, die auch

eine Spezialanfertigung war, diese Kerze reichte fast für einen ganzen Monat.

Man bekam es ein bisschen mit der Angst zu tun, wenn man runterschaute. Nachdem sich Adam eine Weile auf der Truhe sitzend erholt hatte, machte er sich auf den Rückweg. Die Bergsteigersprache passt hier am besten, wenn man erfährt, auf welche Art und Weise der Abstieg erfolgte. Der Gärtner hielt sich an den morschen Brettern fest und bevor er einen Fuß auf sie setzte, versuchte er in der Leere eine Treppenstufe zu ertasten. Plötzlich fiel das morsche Holz direkt unter seinen Füßen auseinander und Adam fand sich auf einer großen Höhe hängend wieder. Er hielt sich mit den Händen an den Stufen fest, die in nächster Sekunde auf die gleiche Weise auseinanderbrechen konnten. Der Gärtner versuchte wenigstens mit einem Bein die rettende Holzleiste zu erreichen, die bis jetzt noch heil geblieben war, aber er konnte sie nicht finden. Er war mit seinen Kräften am Ende und Adam blieb nichts anderes übrig, als brav auf der Treppe runter zu baumeln.

„Wie lange werde ich so noch durchhalten können?" – dachte er.

Als er bereits ganz verzweifelt war, flehte der Junge:
- Hl. Leon, hilf mir! In dem Moment, als sich seine Finger öffneten... erschallte etwas Seltsames in der Luft. Adam könnte schwören, dass er so etwas ähnliches noch nie zuvor in seinem Leben gehört hatte. Dieses ungewöhnliche Geräusch war unglaublich mächtig.

Irgendeine Zauberkraft fing den Gärtner auf. Adam war ganz starr vor Angst, dennoch fand er sich heil und unversehrt auf dem Boden wieder.

Die Toten können nicht den Körper eines lebenden Menschen steuern, - sagte der Gärtner so laut, wie er nur könnte. Anscheinend wollte Adam mit seinen Worten diese unbekannte Kraft provozieren, um sie dadurch näher kennen lernen zu können. Aber in der Kapelle blieb es ganz still.

Vor dem Verlassen der Kapelle berührte Adam die steinerne Grabplatte, sie war... ganz heiß.

Die Holztreppe wurde bald repariert. Was den Adam angeht, so besuchte er den Hl. Leon von nun an täglich. So verging die Zeit. Der Frühling wechselte den Winter ab. Es geschah genauso rasant, wie es sein strenger Vorgänger vorher mit dem Herbst getan hatte. Adams Garten erblühte schon wieder. Das Aroma der vom Schlaf wachgewordenen Pflanzen, welches durch den Wind überall verteilt wurde, schärfte die Sinne und die Wünsche immer mehr. Aus den geöffneten Fenstern war hin und wieder lautes Stöhnen zu hören. Den armen Mönchen konnte es leider nicht immer gelingen, der „Ewigen Verführerin" stand zu halten.

Kapitel 8

Im Schlaf malte sie sich prächtige Bilder. Dort lebten auf ihren Leinwänden des Lebens...

Vögel und Tiere, die nicht immer in der Wirklichkeit existierten. Es schien, als ob der Geruch der Farben ihr auch im realen Leben folgte und dass die Schönheit der Natur ihre Fantasie anregte. Sophie liebte es, alles was ihr auf dem Weg begegnete, genau zu beobachten. Es hatte den Anschein, dass sie in ihrem Gedächtnis versuchte alle Einzelheiten und Feinheiten des gegenwärtigen Moments zu speichern. Da aß eine kleine graue Feldmaus eine Erdbeere, ohne den durchdringenden menschlichen Blick zu bemerken. Nicht weit von ihr entfernt, kämpfte eine Ameise um ihr Leben und schleppte eine riesige Kugel, die aus Birkenharz geformt war. Das Mädchen versuchte die Leiden des Insektes zu mildern, in dem sie aus seinem Weg einen kleinen Lindenzweig entfernte, denn dieser Zweig könnte ein unüberwindbares Hindernis für das kleine Geschöpf werden.

Maria

Die Kirschenbeeren waren fast schwarz. Sophie war anscheinend bereits satt, aber ihre Augen verzehrten weiter die reifen Früchte. Plötzlich hörte sie ein Knirschen der trockenen Zweige.

Das Mädchen sah irgendeinen Mann, der sich ihr näherte. Sie konnte den Fremden nicht mit einem Schrei wegscheuchen. Sophie versuchte zuerst zu fliehen, aber das Gesicht des Mannes kam ihr bekannt vor, es schien praktisch heimisch. Unglaublich, er war es – der Junge aus ihren Träumen, derjenige, dem sie einmal schon begegnet war. Sophie spuckte die Kirschenkerne aus ihrem Mund auf die Erde und fragte:

- Woher kommst du?

- Aus dem Kloster.

- Also bist du – ein Mönch! – sagte Sophie voller Enttäuschung.

- Nein, - kam als Antwort. Aber das Mädchen hörte nicht diese Worte, ein Vogelschwarm war mit lautem Geschrei genau in diesem Augenblick über ihren Köpfen vorbeigeflogen.

„Es kann nicht wahr sein", - dachte sie, dass die Mönche so ein Lotterleben führen.

Nein, ihr braucht dabei euch nichts Schlimmes zu denken. Sophie erinnerte sich einfach an die Küsse, welche sie um ihren Verstand brachten. Dabei gab es sie doch nur im Traum, werdet Ihr uns daran erinnern, na im Traum kann auch noch viel anderes aufregendes geschehen. Sophie und Adam waren froh über den glücklichen Zufall, der sie zusammenführte. Sophie erlaubte es Adam sogar, sie bis zu ihrem Haus begleiten zu dürfen. Außerdem dürfte Adam ihren Korb tragen.

Nach dem sie sich von ihrem geliebten jungen Mann verabschiedet hatte, wollte sie gerade ans Fenster klopfen und Fanni bieten ihren Korb zu nehmen aber die Tür ging von alleine auf.

- Du kommst gerade rechtzeitig, - hörte sie Marias Stimme.
– Bleibe nicht auf einem Fleck stehen! Kommst du mit mir
mit?

Sophie faste sich ein Herz und drehte sich um, um nachzusehen, ob ihr Geliebter noch immer dort steht – an dem Ort,
wo sie nach einer Weile sich voneinander verabschiedet
hatten. Nein, er war bereits nicht mehr da. Jetzt konnte Sophie alles tun und überall hingehen, es war ihr egal.

Nachdem sie ihre Freundin in die stickige Räumlichkeit
hineingeschubst hatte, welche ein Sammelpunkt für Arbeits-
suchende im Haus von Lord Blackmore war, sagte Maria:
- Sei froh, jetzt hast du auch die Chance wie ein Mensch zu
leben.

- Lord Blackmore ist ein Vergewaltiger! – rief Sophie im
Zorn. Genau in diesem Augenblick erschallte plötzlich ein
weibliches Grummeln und danach wurde es ganz still. Jede,
die sich im Raum befand, hörte Sophies Wörter. Der Herr
des Hauses konnte sie auch hören, denn er hatte gerade
plötzlich den Raum betreten. Er warf auf die Anwesenden
einen hasserfüllten Blick. Die arbeitsuchenden Frauen rückten so schnell, wie möglich von derjenigen, verächtlichen
ab, die es gewagt hatte den hohen Herren zu beleidigen. Die
Menschenmenge murmelte unzufrieden und erwartete eine
Bestrafung. Zu ihrer großen Enttäuschung war der Zorn des
Lords bereits abgeklungen und er ließ Milde walten. Er hatte
das Mädchen erkannt.

- Ich nehme dich! – sagte der Alte und zeigte mit seinem
Finger auf Sophie.

- Ich werde lieber sterben, als dass ich hier bleibe, - antwortete sie, schubste die verwunderte Frauenschar auseinander
und ging heraus. Ein erneutes Grummeln ertönte aus den
Reihen der Anwesenden. Die Menschenmenge verurteilte
die schamlose Göre für ihre freche Tat. Jede der hier versammelten Frauen träumte davon, dass der Lord ausgerechnet sie auswählen wird. Aber dieser zögerte aus irgendeinem

Grund, obwohl jede von den anwesenden Frauen für ihn verfügbar war.

- Dann wirst es du sein! – der Lord nahm Maria bei der Hand. Allmählich leerte sich der Raum, der noch vor kurzem proppenvoll mit Frauen gefüllt war. Die im Raum übriggebliebene Maria könnte ihr Glück kaum fassen.

Fast eine ganze Woche tauchte das Mädchen nicht zu Hause auf. Maria kam letztendlich am späten Abend, als Fanni bereits schlief und Sophie von der Schlaflosigkeit gequellt wurde.

Das flackernde Kerzenlicht, welches kurz aus dem Fenster zu sehen war, machte sie stutzig und das Klopfen auf dem Fensterglas zwang sie, aus ihrem Bett aufzustehen. Als sie Maria in der Dunkelheit erkannt hatte, eilte die Freundin, um die nächtliche Spaziergängerin in das Haus zu lassen.

- Wie geht es dir? – fragte sie.

- Und dir? – antwortete Sophie mit einer Frage auf die Frage.

- Es ist zu mindestens besser, als mit dem Fisch zu handeln. – Die erst vor kurzem eingenickte Fanni murmelte etwas im Schlaf und drehte sich auf die andere Seite. – Seine Frau liegt im Sterben. Die Köchin sagt, dass sie nicht mehr lange zu leiden hat. Also werde ich... Um es kurz zu machen, ich habe von der Bettelarmut die Nase gehörig voll!

- Wie soll ich dich verstehen? Was willst du mir damit sagen?

- Ach, verstehe es, wie du willst, - Maria schaute direkt in Sophies Augen. Es war offensichtlich, dass sie weiß, wovon sie spricht. – Da, nimm! Ich werde später noch mehr bringen, - das Mädchen legte in die Hand der Freundin Schillinge.

- Wofür? – wunderte sich Sophie.

- Nur dank dir könnte ich dort bleiben. Nur weil ich dich begleitet hatte, war es mir möglich eine Einstellung als

Zimmermädchen zu erhaschen. – Ich verdanke mein Glück nur dir.

Maria war ganz ehrlich zu Sophie, dennoch hielt sie es für angemessen etwas vor ihrer Freundin zu verheimlichen. Von den Peinigungen, die der alte Wüstling ihrem jungen Körper antut, traute sich Maria doch nicht Sophie zu erzählen.

Kapitel 9

Nachdem sie ein Fenster öffnete, das zu einem winzigen See führte und welches sich mittlerweile fast zu einem Moor verwandelt hatte, scheuchte Sophie eine freche Mücke weg, welche sich gerade an die Haut ihrer Hand angesaugt hatte. Anschließend rückte Sophie ein Leinentuch zurecht, auf dem die Himbeeren zum Trocknen ausgelegt waren.

In Abwesenheit von Maria wurde das Leben öde und monoton. Die Nächte wurden nun zu dem einzigen Zeitabschnitt, in dem Sophie wirklich glücklich war. Jeden Morgen beim Wachwerden bedauerte das Mädchen, dass sie die spannenden Erlebnisse aus ihren Träumen nicht in Realität verwandeln kann. Die Tatsache, dass derjenige, den sie liebte, sich ganz dem Gottesdienst verpflichtet hatte, machte sie noch mehr traurig. Um es kurz zu machen, hatte sich mit Marias Weggang ihr einigermaßen normales Leben in ein schäbiges Dasein verwandelt. Sophie und Fanni fehlten der Pragmatismus und die Berechnungsfähigkeit von Maria. Dabei hatten sich die beiden Frauen oft vorher genau deswegen über Maria lustig gemacht. Dabei muss man festhalten, dass Maria ihre alten Freundinnen nicht gänzlich vergessen hatte. Sie besuchte ihr altes Zuhause von Zeit zu Zeit, dabei teilte sie mit den armen Frauen ihr ehrlichverdientes Geld.

„Wenn Sophie und Maria nicht wären, würde ich einsam und mit leerem Magen hier sitzen", - dachte Fanni die ganze Zeit. Sie wusste, dass Sophie gerade eine schwierige Lebensphase durchmachen muss, deshalb versuchte Fanni sie so gut es geht zu unterhalten. Sie trieb neue Zeitungen auf, weil sie von Sophies Leselust wusste. Abends spielten sie oft Karten. In der späten Nacht vertrieben sich beide mit dem Kaffeesatzraten gerne die Zeit.

Ihre Kenntnisse auf diesem spannenden Feld ließen stark zu wünschen übrig, deshalb wendete sich Fanni auf Drängen von Sophie an einen professionellen Deuter. Auf diese Art und Weise führte das Schicksal beide Frauen mit Charlotte zusammen. Allerdings nannte sie keiner so, außer den uns bereits bekannten Personen. Für alle anderen war sie nur „eine alte Schachtel". Erstens war Charlotte gar nicht alt, sie war etwa um die vierzig. Zweitens wünschte sie wohl kaum einem etwas Schlechtes, denn sie diente nicht dem toten Handwerk. Deshalb war Charlotte über jeden neuen Bekannten froh, der in ihrem Leben auftauchte. Dadurch könnte sie jedes Mal aufs Neue beobachten, wie der Kaffeesatz die Geschicke der Menschen malt.

An einem regnerischen Abend besuchte die ehrenwerte Charlotte ihre neuen Bekannten. Mit der Ankunft eines Kenners der Kunst der Weissagung lebte sogar Sophie etwas auf. Das Mädchen nahm als erste am runden Tisch Platz. Dabei muss man wissen, dass Charlotte nicht nur den Kaffeesatz zu Rate zog. Auch beim Auslegen der Karten könnte die Wahrsagerin in den ersten Sekunden ein schwieriges Lebensrätselmuster erraten, welches ein Mensch in sich trug. Wahrscheinlich deshalb führte das Schicksal Maria genau zu dieser Stunde zu ihr. Sie war sogar nicht darauf angewiesen um einen Gefallen zu bieten, für sie die Karten zu legen. Charlotte tat es von selbst und freiwillig. Die Wahrsagerin schaute lange auf die Karten, die in einer bestimmten Ordnung lagen. Es war offensichtlich, dass für sie, anders als für einen gewöhnlichen Menschen alle Symbole klar sind und überhaupt keine Erklärung brauchen.

- Lass ihn los und gehe weg von ihm! – sagte sie.

- Maria war sich im Klaren, von wem die Rede ist, deshalb erwiderte sie barsch:
- Nein!
- Du wirst es später sehr bereuen!
- Wer, ich? Für so viel Geld bin ich bereit sogar mit dem Teufel in Person zusammenzuleben.
- Es ist dein Wille, - Charlotte mischte die Karten aufs Neue. Maria blieb noch für einige Zeit in der freundlichen Gesellschaft, danach erhob sie sich widerwillig von ihrem Stuhl.
- Ich will schlafen, - sagte sie und streckte sich dabei.
- Sophie versuchte sie dazu zu überreden für die Nacht hier zu bleiben, weil sie sehr froh über ihre Anwesenheit war. Außerdem war sie von Charlottes Worten alarmiert.
- Ich kann nicht. Ich gehöre nicht mehr mir selbst, - lehnte Maria ab.
- Da irrst du dich, - sagte die Wahrsagerin. – Noch bist du in der Lage den Lauf der Ereignisse zu verändern.
Aber Maria hatte bereits die Tür hinter sich geschlossen und betrat die Dunkelheit der Nacht.

Kapitel 10

Adam hatte Sehnsucht. Der junge Mann war mehrmals an der Stelle, wo sich das unvergessliche Treffen ereignet hatte, aber er hatte Sophie dort kein einziges Mal getroffen. Er hatte keinen Hunger mehr, vor Schwermut nahm er ganz viel ab und wurde ganz hager. Die Mönche, die sich ernsthaft um den Gesundheitszustand des Gärtners große Sorgen machten, beteten fleißig für ihn. Sie hatten natürlich über die wahren Gründe seiner Erkrankung keinen blassen Schimmer und schrieben das alles seinem zügellosen Arbeitsrhythmus zu. Viele meinten, dass er viel zu eifrig seinen Garten pflegt, diese Tatsache hat auch zu seiner Krankheit geführt. Diese Vermutungen entsprachen in keiner Weise der Wahrheit. Nachdem er sich mit lebendigen Kreaturen, welche Pflanzen nun Mal sind -umgeben hatte, fand Adam wahrscheinlich nur in ihrer Gesellschaft Trost. Als auch sie gegen die Sehnsucht und die Hoffnungslosigkeit, die den jungen Mann zerfraßen - machtlos waren, ging er zum Heiligen. Adam kletterte fast ganz bis unter die Kuppel der Kapelle und schaute sich alte Bücher an, die in der Truhe des Hl. Leon lagen.

Der Gärtner konnte lesen, die Mönche hatten es ihm beigebracht, aber er verstand nichts, was er in den alten Schriftrollen sah. Auf rauen Blättern, des mit der Zeit verblassten Papiers, tanzten rätselhafte Hieroglyphen. Sie wirbelten in Paaren mit gezeichneten Tieren und wiederholten dabei immer wieder dieselben Tanzschritte. Das Betrachten der alten Bücher war sehr spannend, und es gab so viel davon, dass man den Anschein hatte, ein ganzes Leben wird nicht reichen, um sich alle Bücher durchschauen zu können.

Einmal, als Adam von seinen Gefühlen, wie bei einem Seesturm wieder stark aufgewühlt wurde, saß er in der Kapelle du starrte auf eines, solcher Bücher. In diesem Moment legten sich die gezeichneten Tiere und die Buchstaben für einen kurzen Augenblick in eine bestimmte Kombination, die das Lesen ermöglichte. Nun könnte der Junge die Wörter verstehen, aber der Sinn dieser Worte blieb für ihn dennoch verborgen.

- „ ... der Gott lebt im Menschen" – las er. Wie kann das sein? – Adam berührte seinen Körper mit den Händen. – Wo genau soll er sein? – Der Gärtner konnte noch so sehr sein Gehirn anstrengen, aber es war für ihn unmöglich den genauen Aufenthaltsort des Gottes in seinem Körper festzustellen. Die Tiere flogen vor seinen Augen in einem wahnsinnigen Tanzrhythmus vorbei, dadurch blieb der Sinn des Geheimnisses weiter verborgen. Anscheinend war Adam noch nicht bereit die Information zu erhalten und zu verarbeiten, die von den Uneingeweihten versteckt blieb. Dennoch ließ der Gärtner die Zeit nicht einfach so verstreichen, er gab nicht auf und sehr bald hatten sich die Gefühle, welche ihn stark quälten, verändert. Das Feuer der Leidenschaft, welches in ihm brannte – veränderte seine Farbe und wurde zu einem Feuer der Erkenntnisse.

Im Allgemeinen nahm das Klosterleben seinen gewohnten Lauf, wie auch insgesamt die Entwicklung des ganzen Landes: gründlich und ohne Eile. Die Gentlemen verbrachten ihre Freizeit immer mehr in den Kaffeehäusern. Dazu muss man wissen, dass es keine gewöhnlichen Verpflegungsstationen waren, in denen man nur eine Tasse Kaffee trinken und einen Happen essen könnte. Nun wurden sie zu Klubhäusern, aber nur für Männer, um ganz ehrlich zu bleiben. Den Frauen blieb nichts anderes übrig, als von der Seite die Männergemeinschaft zu beobachten, eine Männergesellschaft, welche durch einen gemeinsamen Hang zu den ... Leidenschaften vereint wurde. Diese Leidenschaften wählten die Männer, ohne jeden Zweifel zu ihren Verehrern. Die Rauchpfeifen, die in ihren Münden steckten und der beißende Rauch, versetzten den männlichen Teil der Menschheit in helle Freude. Wenn man bedenkt, dass die Klubs nach Interessen der ihn besuchenden Menschen entstanden sind, dann wird schnell klar, dass sie zu einem Lieblingsplatz für die Engländer wurden. Wo wenn nicht dort hatte man die Möglichkeit sich restlos zu besaufen? Außerdem war man gleichzeitig im Zentrum des Geschehens, just in dem Moment, in dem man sich wegen seiner Rednerfähigkeiten „stolz wie Oscar fühlt". Dazu muss man hinzufügen, dass im Klub praktisch über alles diskutiert wurde, von den Essensvorlieben bis zu den königlichen Direktiven und Parlamentsbeschlüssen. Jeder der Klubmitglieder hatte dazu eine eigene Meinung, die er liebend gerne offen verkünden wollte.

Dennoch blieb auch für die vom Schicksal verschmähten Frauen etwas von den üppigen Männervergnügungen übrig. Letztendlich hatte auch das schwache Geschlecht die Möglichkeit von der verbotenen Frucht zu kosten. Sogar die Mönche gaben sich der verderblichen Angewohnheit des Schnupftabaks hin. Sie rechtfertigten dieses Laster, mit der These, dass der Schnupftabak zur Verbesserung der Gesundheit des Menschen beiträgt.

Kopfschmerzen, Erkältungen und nervliche Überbelastung ließen sich nach der Meinung der Mehrheit am erfolgreichsten mit Hilfe des Schnupftabaks behandeln. Das Wunderheilmittel wurde in die Schnupftabakdosen geschüttelt und je schöner die Schnupftabakdosen waren, desto sicherer fühlten sich ihre Besitzer.

Kapitel 11

Sophie suchte ihre alte Schürze, in die sie vor langer Zeit ein Blatt Papier mit der Adresse hineingesteckt hatte. Mit Hilfe dieser Adresse wollte sie die Lady finden, die ihr und Maria einmal begegnet war. Sophie hat sich, warum auch immer, erst jetzt an die Mädchen erinnert, die ihre freundschaftliche Unterstützung im Falle von schweren Problemen angeboten hatten. Sophie war seltsamer Weise der Meinung, dass jetzt dieser Zeitpunkt gekommen war, obwohl mit ihr momentan nichts besonders schlimmes passiert war.

Nachdem sie ihre ganze Kleidung in der Truhe durchgewühlt hatte, fand sie endlich das Richtige. Sophie faltete das Papierblättchen auf und versuchte zuerst die fremde Handschrift und danach die fast von der dreckigen Zeitung verbleichten Worte zu entziffern. Die Zeit hatte die Adresse praktisch vollkommen vernichtet. Wenn sie sich nicht zu diesem Zeitpunkt an das Papierblatt erinnert hätte, wäre es ihr später wohl kaum möglich das Geschriebene zu lesen.

Endlich stimmte die Hausnummer auf dem Papier mit der Hausnummer auf der Straße überein. Sophie traute sich lange nicht das Gebäude zu betreten, weil über der Eingangstür ein Schild mit der Aufschrift: Klub „Doppelmoral" aufgehängt war. Erstens war es den Frauen verboten jegliche Klubs zu betreten und zweitens konnte Sophie nicht verstehen, was das Wort „Doppelmoral" zu bedeuten hat. Sie kannte das Wort „Moral" nicht.

- Was für ein Treffen! – hörte Sophie eine Stimme hinter ihrem Rücken, in dem Augenblick, als sie für sich ein für allemal beschlossen hatte nie wieder hierher zu kommen.

- Miss Sophia sei doch nicht so schüchtern, komm rein und erzähle, wie es dir geht, - schlug Lori dem jungen Mädchen vor. Sie war gerade vom Markt zurückgekehrt und traf auf die vor den Klubtüren stehende Sophie.

- Fanni und ich leben jetzt zu zweit. Maria hat eine Arbeit gefunden. Sie ist jetzt Dienstmädchen im Hause von Lord Blackmore.

- Und was machst du? – fragte Sophie ein Mädchen voller Anteilnahme, welches von Beginn an der Unterhaltung beiwohnte.

- Oh! Sie hat einen riesigen Korb mit Früchten, - antwortete Lori an Stelle von Sophie.

- Und für was interessierst du dich? Kannst du lesen? – die neugierige Fremde wollte einfach keine Ruhe geben.

- Ja, sie kann lesen, - lobte Lori Sophie, die in diesem Augenblick in einem sehr weichen Sessel saß und so rote Wangen hatte, dass sie den Äpfeln, mit denen sie handelte, sehr ähnlich waren.

In den Räumlichkeiten, die einem großen Gästezimmer sehr ähnelten, befand sich ein weiteres Mädchen. Sie beteiligte sich nicht an der Unterhaltung, weil sie sich voll und ganz auf ihre Malerei fokussierte.

Man könnte die Künstlerin hinter ihrer großen direkt vor ihr aufgestellten Leinwand fast nicht erkennen. Es roch nach

Farben... Ihr Geruch ließ in Sophies Gedächtnis ihre nächtlichen Träume wieder lebendig werden.

- Wäre es mir erlaubt zu schauen, was ihre Freundin da malt? – fragte Sophie plötzlich. Ich werde auch ganz leise sein, damit ich sie bei der Arbeit nicht störe.

- Unsere Sara kann nichts auf dieser Welt von ihrer Lieblingsbeschäftigung ablenken, - antwortete Berta.

Sophie betrachtete neugierig die Gegenstände, mit welchen die Künstlerin virtuos arbeitete. Als sie auf der Leinwand die, wie lebendig wirkenden Blumen erblickte, erstarrte sie in Verzückung. Sophie hatte vorher noch nie in ihrem Leben etwas Ähnliches gesehen. Von nun an hörte und sah sie nichts mehr, sie stand nur, wie verzaubert neben der malenden Sara und Sophies Hand wiederholte unterbewusst die Bewegungen der Künstlerin.

Niemand und nichts in der Welt wird in der Zukunft Sophie von der Beschäftigung mit der Malerei abhalten können. Allerdings hatten es Lori und Berta auch nicht vor, denn die beiden Frauen wurden vom Schicksal zu Sophie geschickt, um ihr bei der Selbstfindung zu helfen.

Sara brach als erste das lange Schweigen:

- Magst du auch Blumen?

- Ja, ich mag sie, aber Tiere und Vögel gefallen mir noch mehr. Ich glaube, dass ich ihre Sprache verstehen kann.

- Die Blumen können auch sprechen, -antwortete die Malerin. – In diesem Augenblick ereignete sich das, was früher oder später unumgänglich geschehen musste.

- Willst du auch malen? – fragte Sara.

Aber ich kann doch nicht zeichnen, - wollte Sophie zuerst antworten, aber gerade in diesem Moment sagte Lori:

- Berta und ich werden euch für eine Weile alleine lassen.

Sie hatte bemerkt, wie Sophies Augen voll Lust zu leuchten begannen. Natürlich wollte sie Sophie bei ihrem ersten künstlerischen Unternehmen nicht stören. Man musste Sophie nicht lange darum bitten. Sobald hinter den beiden aus

Lady Lori

dem Klub herausgegangenen Ladys die Tür ins Schloss fiel, nahm sie sofort einen Pinsel in die Hand...

Als Lori und Berta zurückgekehrt waren, schaute sie von der Leinwand ein ungewöhnliches Geschöpf an. Es hatte vier Pfoten und einen Schwanz. Es hatte eine erstaunliche Ähnlichkeit mit dem steinernen Löwen aus dem Stadtgarten.

Lori begriff genau in diesem Augenblick, warum und wozu ihr dieses Mädchen auf ihrem Lebensweg begegnet war.

Sophie hatte Talent – das war offensichtlich. Es käme einem Verbrechen gleich, wenn man ihre Begabung außer Acht lassen würde.

- Na, du bist ja vollkommen – verrückt! Berta hatte keine Ahnung, auf welche Art und Weise man Sophie, die endlich an die Farben gelangt war, ablenken konnte. Das Mädchen ließ auf der Leinwand keinen weißen Fleck übrig: Auf dem Löwen wurde ein riesiger Adler platziert, auf ihm saßen kleine Vögelchen, und auf den Rändern hopsten lustige Insekten umher.

Lori erwartete den Besuch eines wichtigen Herrn. Deshalb war für Heute die Malstunde für Sophie am Ende. Das Mädchen rannte voller Freude nach Hause. Dort tratschte Sophie den ganzen Abend lang mit Fanni darüber, diese war von Sophies Zeitvertreib vollkommen überrascht.

- Hast du wenigstens erfahren, wer diese Mädchen waren? – fragte sie Sophie. Diese schlug die Augen nieder, weil es ihr nicht Mal in den Sinn gekommen war sie über ihr Leben zu fragen.

- Es handelt sich um Ladys, - antwortete sie.

Das war alles, was Sophie über ihre neuen Bekannten wusste.

- Interessant, was wohl Charlotte darüber sagen wird? – sprach Fanni nachdenklich aus.

46

Kapitel 12

Im Kloster gab es ein ungeschriebenes Gesetz: Die Mönche
waren verpflichtet jedem Menschen zu helfen, der das Territorium des Klosters betreten hatte. Die Mittellosen bekamen
dort das Nötigste, ohne das sie wirklich nicht überleben
konnten. Ein Hungriger bekam ein Stück Brot, der Sünder
tat hier Buße, und der Heimatlose hatte ein Dach über dem
Kopf. Eines Abends hielt eine Kutsche vor dem Kloster und
ein hoher, wohlgestalteter Gentleman stieg daraus. Adam,
der gerade in diesem Moment aus den Klostertoren raus-
ging, begrüßte den Gast. Danach wollte er ihn umgehen,
daraus wurde aber nichts, weil der Gentleman die gleiche
Idee hatte. Adam entschuldigte sich und machte einen
Schritt nach rechts, der Gast machte denselben Schritt nach
links. Einige Sekunden starrten sich die beiden Männer an.
Anscheinend wollten sie den Grund kapieren, der sie dazu
brachte vorher genauso zu handeln. Danach machte der eine
langsam einen weiteren Schritt nach links, der andere denselben Schritt nach... rechts. Adam entschuldigte sich ein
weiteres Mal, ohne genau zu wissen wofür und umging
schließlich den Gast.
Am nächsten Abend traf Adam wieder auf den seltsamen
Herren. Dieser kam, warum auch immer, zu ihm und fragte:
- Störe ich Sie nicht? – Adam wollte auf die Frage zuerst mit
einem „Ja" antworten, aber die Wände des Klosters riefen
ihn zum Gehorsam auf. – Ich finde, dass Sie ein sehr inte-
ressanter Mensch sind, - gab der Gast dem Gärtner ein
Kompliment. – Ich gehe sogar noch weiter, Sie gefallen mir!
- Wie soll ich das verstehen? – fragte der Gärtner argwöh-
nisch. Ihm wäre es lieber, dass der seltsame Herr diese Worte nicht gesagt hätte.
- Henry, - stellte sich der Gast vor und reichte seine Hand.
Als er die Verwirrung des Gärtners sah, sagte er: Um ehrlich
zu sein, bin ich hierher Nut Ihretwegen gefahren. – Danach

fuhr er fort: Ich kenne Pater Drevett seit ungefähr zehn Jahren. Er ist mein Beichtvater. Es ist gar nicht lange her, als ich ihm erzählt habe, dass ich keinen vernünftigen Gärtner finden kann. Der Pater hat Sie mir wärmstens empfohlen. Ich bitte Sie, kommen sie mit mir.

- Ich fürchte, ich muss Ihnen absagen, Mister.

- Adam, machen Sie es nicht, Sie werden es später sehr bereuen. Alles was Sie tun wird müssen, ist lediglich einem Jungen das Gärtnerhandwerk beizubringen.

- Bitten Sie mich nicht darum, - Adam wandte sich um und wollte schon weggehen.

- Ich drängle Sie nicht, - der Gast versuchte es jetzt mit einer List. – Ich werde eine Weile im Kloster verbringen, um meine Seele von den Sünden zu reinigen...

Währen den folgenden Tagen schleppte sich der Gast hinter Adam, wie ein Faden hinter einer Nadel. Man könnte sich nicht vor ihm verstecken. Nach ein paar Minuten der Illusion von Einsamkeit tauchte der Schatten des lästigen Gentlemans auf, und kurze Zeit später auch er selber. Adam hielt so einen starken Andrang nicht durch und gab auf. Der Gärtner ging persönlich zu Henry und gab sein Einverständnis, mit ihm zu fahren.

Das Landgut, welches von Mr. Hogart erst vor kurzem von einem bankroten Aristokraten abgekauft wurde lag in der Umgebung von Richmond. Ein schönes Gebäude, welches im Rokokostil erbaut wurde, versank förmlich im Grün der hohen Bäume. Genau an dieser Stelle hielten auch Henry und Adam. Die Bauarbeiten gingen erst vor kurzem zu Ende, deshalb wimmelte es im Haus von Arbeitskräften. Diese putzten und brachten die hellen und weiten Räume in Ordnung. Dabei muss man wissen, dass der Besitzer dieses prächtigen Landguts nicht von seiner Geburt an zur englischen Aristokratie gehörte. Der Titel des Barons wurde ihm erst seit kurzem verliehen und bedeutete in seinem Leben mehr, als alles andere. Außerdem kann man hinzufügen, dass der frischgebackene Baron fünfunddreißig Jahre alt war und für sein Alter als sehr reich galt.

Als die Arbeiter Henry sahen, begannen sie sich noch schneller zu bewegen, der aufeinander gut abgestimmte Mechanismus arbeitete ununterbrochen. In diesem Moment erfuhr Adam, dass Henry der Verwalter von Sir Edward Hogart, dem Besitzer des Landguts ist. Der Architekt, der vom Hausbesitzer angeheuert wurde, musste von Minute zu Minute ankommen. Genau nach seinen Skizzen wurde der Garten angelegt, erklärte Henry Adam. Um die Zeit nicht nutzlos zu vergeuden, befahl der Besitzer Adam mit dem Jungen bekannt zu machen, der die Stelle des Gärtners ausüben sollte. Der Lehrling wurde unverzüglich dem zukünftigen Lehrer vorgestellt. Dabei handelte es sich um einen sympathischen jungen Mann, welcher ungefähr neunzehn Jahre alt war.

- Fred, von dieser Minute an wirst du Adam gehorchen und alles tun, was er dir sagt, - befahl der Verwalter des Anwesens.

Der Lehrer war ein bisschen älter, als sein Lehrling. Die beiden trennten ungefähr vier-fünf Lebensjahre voneinander. Fred schaute ungläubig auf den seltsamen Mann, der eingestellt wurde, um ihn auszubilden.

- Der Architekt ist angekommen, - verkündete der Lakai.

Die angereiste Berühmtheit, Namens Mr. French zwirbelte zuerst seinen Schnurrbart zu Recht, danach breitete er die Skizzen aus und gab die Anweisung:

- Nun gut, meine Herren, fangen wir an!

Kapitel 13

Adam lebte bereits mehr als ein Monat im Hause von Sir Hogart. Während er den fremden Garten pflegte, erinnerte er sich täglich an seinen eigenen. Er hatte schon mehrmals

seine Beschwerden zum Ausdruck gebracht, wegen der immer länger werdenden Aushilfe. Mittlerweile hatte Adam die Hoffnung jemals nach Hause zurückkehren zu können beinahe aufgegeben. Nach den unendlichen Streitereien mit Henry, der sich nicht von solch einem pfiffigen Gärtner trennen wollte, wurde der Gärtner rasend. Da passte es aus Henrys Sicht auch ganz gut, dass der Besitzer des Anwesens seinen Garten ohne einen solchen kompetenten Meistergärtner, wie Adam nun einmal war, lassen wollte. Als Adam vom Geheimnis des Verwalters erfuhr, welches derselbe selber ungeschickt ausplauderte, wurde er ganz wütend. Es stellte sich nämlich heraus, dass der vorausschauende Henry das alles vor langem geplant hatte, er kümmerte sich dabei sogar um den Klostergarten, indem er Pater Drevett dazu überreden konnte, ein Paar Mönche auszuwählen, die in der Lage waren, sich um die Pflanzen zu kümmern, während der echte Gärtner abwesend ist. Es folgte eine große Aufregung – niemand war in der Lage Adam zu besänftigen, diese hatte sich aufgemacht zu Fuß nach Hause, ins Kloster zu laufen. Henry erreichte den Gärtner bereits hinter der Grenze des Anwesens. Seine Appelle hatten auf Adam keine Wirkung, dieser war unerschütterlich in seiner Sturheit. Letztendlich sah der Verwalter ein, dass er schuldig war und bat Adam seine Entschuldigung anzunehmen. As er merkte, dass Adams Herz dadurch etwas aufgeweicht wurde, stopfte er sogleich den Gärtner in die Kutsche und wollte ihn zurück zum Landgut bringen. Aber Adam sprang während der Fahrt aus der Kutsche und wollte sich kategorisch nicht mehr da rein setzen. Henry war zum Einlenken gezwungen. Er gab Adam sein Ehrenwort, das er den Gärtner jede zweite Woche zu seinem Kloster hin fahren würde und danach wieder zurück zum Anwesen bringen würde.
Allerdings erwies sich der umtriebige Verwalter abermals als ein Schlitzohr. Er sagte nämlich wieder nicht das Wich-

tigste, wann die Frist von Adams Gefangenschaft im Anwesen endet.

Als sie fast in der Stadt angekommen waren, bat Henry seinen Weggefährten ihm den Gefallen zu tun, in der Kutsche sitzen zu bleiben und auf ihn zu warten. Es war klar, dass Adams Wünsche dabei überhaupt nicht berücksichtigt wurden. Er hatte einfach keine Wahl. Der Gärtner nickte einfach mit dem Kopf, als Zeichen sein Einverständnis.

Sie waren neben einem kleinen Steinhaus stehen geblieben. Adam wollte gerade Gähnen, als Henry bereits zurückgekehrt war, er war nicht allein. Eine Frau begleitete ihn.

Adam betrachtete sie mit Interesse, weil er das schönere Geschlecht nicht allzu oft zu Gesicht bekam. Aber der Gärtner wendete sich ziemlich bald von ihr ab, weil die weiblichen Lippen vor Zorn sehr eng zusammengepresst waren und der leere Blick, verdarb jeglichen Wunsch, sie anzuschauen.

- Du wirst mit mir mitfahren, - befahl Henry der unbekannten Frau.

- Lassen sie mich frei, Sir, - die Frau fing an zu weinen.

- Es ist töricht, wenn man denkt, dass man für seine Schulden nicht bezahlen muss, - in der Stimme des Verwalters waren Metallnoten zu hören.

- Ich bitte Sie, - die Frau ging auf die Knie.

Adams Nerven hielten es nicht länger aus, er war bereit selber auf die Erde zu sinken und um den Gefallen zu bitten, die Sünderin in alle vier Himmelsrichtungen frei zu lassen.

Henry hatte eigentlich auch nicht vor etwas Schreckliches mit ihr zu tun, er wollte sie nur ein bisschen einschüchtern.

- Gehe weg und lasse dich nie wieder blicken, - sagte der Verwalter.

Die Frau beeilte sich, seinen Wunsch in die Tat umzusetzen.

– Sie war eine Bedienstete im Haus von Sir Hogart, - begann Henry zu erzählen, als er Adams vorwurfsvollen Blick sah.

- Sie flehte mich an, ihr eine Arbeit zu besorgen. Sagte, dass ihr neugeborenes Kind eine ärztliche Behandlung dringend braucht. Wie sich später herausstellte, erwies sich das alles, als eine große Lüge. Es gab überhaupt kein Kind. Die Frau dachte sich es heraus, nur um damit den Herren zu erpressen. Er selber führte sich allerdings, auch nicht wie ein Gentleman auf, er war von ihren weiblichen Reizen sehr erregt.

- Eine verwirrende Geschichte, - Adam versuchte der Handlung des Erzählers zu folgen, aber der Handlungsstrang, ging immer wieder verloren.

- Alles wurde klar, -führte Henry fort, als ich ihr Geheimnis erfahren habe. Diese Verrückte sagte, dass ihr Kind im Sterben liegt. Ich erinnere mich so klar daran, als wenn es heute gewesen wäre. - Denn es geschah am Trauungstag der Herren mit der Tochter von Lord Blackmore. Sie behauptete, dass der Vater des Kindes Edward sei. Sie fädelte die ganze Intrige so geschickt ein, dass die Braut der Herren das Alles direkt von ihr erfahren hatte. Dazu muss man von der Gutmütigkeit der Lady Luisa wissen. Durch die Tränen der Schwindlerin zutiefst gerührt, schickt sie diese zusammen mit ihrem Bräutigam zum sterbenden Kind, wo auf ihn eine Falle wartete...

- Wie das?

- Der Herr besitzt eine große Handelsgesellschaft, die chinesische Ware verkauft: Tee, Seide und Porzellan. Diese Handelsgesellschaft hatte alle kleinen privaten Firmen, die auf dasselbe chinesische Handelsprofil spezialisiert waren, sozusagen verschluckt. Der Vater dieser Betrügerin war einer von ihnen, der Bankrott ging, wegen der außergewöhnlichen Fähigkeit meiner Herren, gute Geschäfte zu machen. Also beschloss er sich auf diese Art und Weise am Edward zu rächen. Er überredete seine Tochter Jenny, ihm dabei zu helfen und meinen Herren in ein Hotelzimmer zu locken, wo er eine Eigenjustiz an ihm ausüben wollte.

Um es kurz zu machen, hat die Gerechtigkeit am Ende doch gesiegt, Jennys Vater begann Selbstmord, noch im selben Hotelzimmer und seine Tochter beeilte sich ihm zu folgen. Sie schenkte sich Gift in ein Weinglas ein und wollte es austrinken.

- Wenn das alles wahr ist, wieso ist sie dann immer noch am Leben? – fragte Adam erstaunt.

- Es klingt komisch, aber Edward hatte damals Mitleid mit ihr und schoss auf das Giftglas, so dass fast der ganze Inhalt praktisch auf dem Boden gelandet war.

- Henry, Sie haben edel gehandelt, als sie das Mädchen laufen ließen. Denn die ärmste ist eh schon genug bestrafft.

- Ja, aber was werde ich jetzt Edward sagen? Er befahl mir sie zu ihm zu bringen, lebendig oder tot.

- Sagen Sie, dass sie gestorben ist.

Bis zum Erreichen der Kloster Tore schwiegen die Gefährten. Beiden ging es in ihrem Inneren ziemlich mies. Als er in der Ferne die Gestalt des Klostersaufsehers erblickt hatte, rannte Henry zu ihm, um Trost zu finden. Auf dem Rückweg hielt es Adam nicht länger aus und fragte Henry:

- Warum wollte Sir Hogart unbedingt diese Frau sehen, was wollte er von ihr? Wenn er sie damals nicht verführt hätte, wäre das alles im Nachhinein nicht passiert.

- Edward... ist nicht schön, man könnte sogar sagen, dass er hässlich ist. Du hast sein Gesicht selber gesehen. Meine Herren kann man deshalb leicht täuschen, wegen einer Frau kann er oft alles wagen.

- Und seine Braut, die Tochter des Lords wusste von der Hässlichkeit ihres Bräutigams?

- Natürlich, aber das Mädchen gehorcht in allem ihrem Vater. Der Lord hat sein gesamtes Vermögen beim Kartenspiel verloren und nun ist er genauso arm, „wie eine Kirchenmaus".

Sie hat einfach keine andere Wahl, sie ist ebenfalls arm. So ist es nun Mal. – Damit war das Gespräch zu Ende, die Kutsche überquerte die Grenze des Anwesens und damit wäre es sinnlos, die Unterhaltung fortzusetzen.

Ungefähr nach einem weiteren Monat waren die Arbeiten im Garten zu Ende gegangen. Die Blumenbeeten bekamen ihre endgültigen speziellen Formen, die in ziemlich interessanten Posen waren – die Statuen erregten die menschliche Einbildungskraft mit ihren nackten steinernen Körpern und die Fontänen waren nicht nur Plätze, wo die Vögel ihren Durst löschen können, sondern auch der ganze Stolz des Architekten. Nun wurde auch auf ihnen der Wappen von Baron Hogart errichtet. Fred erfüllte den Befehl seines Herren und lernte es, sich mit Pflanzen zu unterhalten. Nach zwei Monaten intensiven Austausches mit dem Klostergärtner, vergötterte der Lehrling seinen Lehrer. Er nannte ihn sehr respektvoll... Sir Adam. Sein Mentor könnte sich dieser Tatsache noch so stark wiedersetzen, Mal hier, Mal dort war ständig zu hören:

- Sir Adam, und was denken Sie darüber? – Sir Adam, und was sagen Sie bezüglich dieses oder jenes... – Man muss zur Ehrenrettung des Lehrers sagen, dass er auf alle Fragen seines Lehrlings eine Antwort wusste.

Kapitel 14

Adam berührte mit seiner Hand den Grabstein und sagte innerlich in seinen Gedanken: „Grüße dich", - sogleich wurde es ihm warm ums Herz. Nach der glücklichen Rettung, damals auf der Treppe, entstand zwischen dem Gärtner und dem Geistlichen eine Verbindung, die niemand rational begreifen und erklären könnte. Diese Verbindung machte es den beiden möglich, sich gedanklich miteinander zu unterhalten. Adam stellte sich, ohne sich dessen bewusst zu sein, auf einen endlosen Weg des Lernens. Hatte er davon geträumt? Ohne jeden Zweifel! Der Wissensdurst brachte ihn

54

Pater Drevett

dazu, viele Stunden vor den Büchern zu verbringen, deren Sinn er nur mit viel Mühe und allmählich begriff. Das „Licht" durchdrang nur sehr selten das „Dunkel" und dann wurde es ihm erlaubt, mit dem großen Geheimnis des Seins in Berührung zu kommen. Seine Augen lasen das „lebendige Wort", welches durch den Schatten der Materie verdeckt wurde. Diese Materie stellte sich oft als tot – nur um das, was man nicht begreifen kann, von sich abzugrenzen.

Alte Handschriften, mit denen sich Adam vierundzwanzig Stunden beschäftigte, schienen niemand anderen im Kloster zu interessieren. Die Mönche überprüften lediglich regelmäßig, ob die Handschriften in der Truhe noch da sind, indem sie die schweren Bänder durchzählten.

Als sie den Gärtner beim Betrachten der vergilbten Bücherseiten sahen, schüttelten sie nur mit dem Kopf. Denn sie sahen darin überhaupt keinen Sinn sich so die Zeit zu vertreiben. Das hatte nicht zu bedeuten, dass sie zum Prozess des Bücherlesens negativ eingestellt waren, die Mönche gaben einfach anderen Büchern den Vorzug, die klarer geschrieben waren. Der einzige Mensch im ganzen Kloster, der den Kern der Dinge verstand, war Pater Drevett. Er selber fragte Adam nie über seine Leidenschaft aus. Er beobachtete den jungen Mann, der die Welt zu verstehen versuchte, lediglich mit großem Interesse. Eines war offensichtlich, nämlich die Tatsache, dass der Pater selber oft die Kapelle des Hl. Leon gerne aufsuchte. Der alte Mann war dort täglich zu Gast, genauso, wie Adam. Wenn sie sich dort zufällig trafen, stellte der geistige Leiter dem Gärtner, warum auch immer, ständig dieselbe Frage:
- Brennt das Feuer noch? – der junge Mann schaute sogleich auf die in der Kapelle brennenden Kerzen und antwortete: - Ja es brennt! – er sah keinen anderen Sinn in den Worten des Greises.

Kapitel 15

- Reife Äpfel und Birnen, - rief Sophie.

Eine bekannte Stimme, die in der Nähe ertönte, sagte:

- Es gibt nichts leckeres, nur für ein paar Groschen.

Sophie erkannte sofort Marias Stimme.

- Hat man dich etwa aus dem Haus des Lords gefeuert? – fragte sie ihre Freundin.

- Warum? Überhaupt nicht. Ich wollte bloß Äpfel bei dir kaufen. Verkaufst du mir sie? – den Freundinnen erschien die ganze Situation sehr komisch und sie begannen zu lachen.

- Der Lord hatte befohlen, dass ich nur deine Äpfel kaufen soll. Er sagte, dass du mit den besten Früchten in der ganzen Gegend handelst.

Sophie antwortete nichts darauf. Sie hatte keine Lust über diesen Menschen zu reden.

- Stell dir vor, mir war es möglich bei der Hochzeit der Tochter des Lords anwesend zu sein. Das war vielleicht ein richtiges Fest!

- Warst du danach sehr erschöpft?

- Ich bin doch nur für das Wohlbefinden meines Herren verantwortlich, ich diene niemandem außer ihm. Lord Blackmore vertraut mir mittlerweile, wie sich selbst.

- Gratuliere zur Diensterhöhung! – höhnte Sophie.

- Aber dem Lord gefällt wirklich das, was ich mache, - Marias Stimme hatte sich verändert. Nun klang sie nicht mehr, wie das Gurgeln eines Bächleins, sondern ähnelte eher einem alles in sich aufsaugendem Wasserwirbel.

- Erzähle mir von der Braut, - bat Sophie. – War sie sehr schön? Ja?

- Ganz und gar nicht! Wenn ihr Vater nicht wäre, würde sie so einen Bräutigam nie bekommen. Der Bräutigam selbst, war allerdings noch hässlicher, als die Braut. Aber ich an ihrer Stelle hätte auch auf die ganze Schönheit gepfiffen und

eher das Geld ausgewählt. Davon haben sie beide nämlich jede Menge.
- Also hat sie nur wegen des Geldes geheiratet?
- Na klar! Weswegen sonst?
- Ach, im Leben ist alles so kompliziert, - wunderte sich Sophie.
- Es ist eher alles voraus berechnet worden, - antwortete ihre Freundin. Danach schwieg Maria eine Weile. Anscheinend war sie in ihre Gedanken versunken. Danach fragte sie:
- Gehst du jetzt Heim?
- Nein, - schüttelte Sophie mit dem Kopf. – Du hast mir so geholfen. Jetzt habe ich Geld und sogar etwas Zeit zum Malen.
- Du bist so dumm!
- Kannst du dich an die Ladys erinnern? Na, sie gaben mir noch eine Adresse...
- Und weiter...
- Ich war bereits bei ihnen zu Gast.
- Echt? Maria weitet vor Stauen ihre Augen. – Ns sage Mal! Ich versuche hier ständig verschiedene Strategien und Taktiken heraus zu arbeiten. Ha – Ha – Ha! – es schien, als ob sie in Hysterie verfallen würde. Sie könnte sich etwa fünf Minuten lang nicht beruhigen. – Also bist du jetzt eine Künstlerin, - sagte Maria und schüttelte sich dabei vor Lachen. – Du hast erstaunlich viel Glück gehabt!
Den ganzen Rückweg zum Anwesen des Lords, könnte sich das Mädchen nicht beruhigen.
- Ich besorge es dem alten Greis, wie die letzte Närrin, während Sophie ohne besondere Mühe nützliche Bekanntschaften macht und Kontakte knüpft. Das Leben ist so ungerecht!
Beim Schließen der eisernen Tore mit Lords Wappen, schwor sich Maria dasselbe zu erreichen.
Und zwar um jeden Preis! Nachdem sie die Äpfel und Birnen im kalten Wasser abgewaschen hatte, brachte sie die

Früchte auf einem silbernen Tablett dem Lord, dabei bot sie ihm nicht nur die Früchte, sondern auch sich selber an...

In derselben Zeit saß ihre Freundin vor der Leinwand, ihre Finger waren wie aus Holz, aber in ihrer Seele formte sich bereits eine Idee. Allerdings wollte sich dieses „etwas" aus Sophies Kopf nicht auf die Leinwand übertragen lassen. Das mit Farben völlig verschmierte Mädchen machte bereits gefühlte tausend verschiedene Striche mit dem Pinsel, aber der „graziöse" Körper des rätselhaften Tieres wollte nicht erscheinen. Die angehende Künstlerin wurde dadurch sehr erbost. Sie nahm schließlich eine neue Leinwand und fing von vorne an.

Schon bald starrte von der Leinwand Sophie ein fast lebendig wirkender Elefant an.

- Bravo! – Lori und Berta klatschten in die Hände.

Von Zeit zu Zeit beobachteten sie die zeichnende Sophie. Die Ladys selber saßen auch nicht untätig dar. Berta zum Beispiel war mit der Erforschung verschiedener Pflanzenarten beschäftigt, die auf ihrem heimatlichen Boden wuchsen. Und Lori übersetzte Bücher eines griechischen Philosophen ins Englische. Vor ihr schaffte es keine Frau so etwas zu vollbringen.

Kapitel 16

Zuerst leistete Sophie Charlotte Gesellschaft, die zu Besuch war. Später kehrte Fanni nach Hause zurück. Sie schloss sich ihren Freundinnen mit großem Vergnügen an. Sie redeten ein wenig über das Leben im Allgemeinen und lachten über Fannis Erzählung, wie sie in der Kirchenschule Lesen und Schreiben lernte. Seit dem ist ziemlich viel Zeit vergangen, aber Fanni konnte sich noch sehr gut an die Ruten der Nonnen erinnern, mit dem sie das Wissen den dummen Gören beibrachten. Dazu muss man sagen, dass Fanni noch immenses Glück hatte. In ihrem Fall wäre sie sonst lebenslange eine ungebildete Analphabetin geblieben. Aber gute Menschen haben ihr geholfen. Fannis Mutter arbeitete als Wäscherin in einem wohlhabenden Haus. Einmal verbrühte sie sich ihre Füße mit Siedewasser, weil sie nicht aufpasste und über einen Haufen schmutziger Wäsche, welches auf dem Boden lag, gestolpert war. Eine andere Arbeitgeberin hätte die Wäscherin noch wegen ihrer Ungeschicklichkeit zusätzlich bestrafft. Aber Madam hatte Mitleid mit der armen einsamen Frau und bat ihr statt einer Strafe ihre Hilfe an, indem sie die Verantwortung für die Ausbildung ihrer heranwachsenden Tochter übernahm.

Fanni war sehr fleißig und lernte die grundlegenden Grammatikregeln auswendig, obwohl sie später gezwungen ihre Ausbildung selbstständig fortzusetzen, war denn die Mädchen hauptsächlich Nähen, Stricken und Spinnen lernten. So begabte Mädchen, wie Fanni gab es nicht viele, die Mehrheit von ihnen war faul und strebte nach keinem Wissen in ihrem Leben.

Maria interessierte dieses Thema überhaupt nicht, sie war seit ihrer Geburt ungeeignet für Bildung. Das Mädchen unterbrach das Gespräch, indem sie Charlotte bat, für sie die Karten zu legen. Die Freundinnen machten es sich bequem und begannen mit Interesse die geschickten Finger der Wahrsagerin zu beobachten.

- Erzähle! Erzähle rasch, was siehst du? – drängelten die Freundinnen Charlotte.

Diese versuchte, warum auch immer, zu schweigen und wollte die Information nicht teilen, welche in naher Zukunft zu einer sehr unangenehmen Wirklichkeit werden könnte.

- Ich habe bereits alles erzählt, - Charlotte mischte die Unglück bringenden Karten zusammmen.

- Mache, dass dieser Mann sich in mich verliebt, - Maria suchte sich einen günstigen Augenblick aus und reichte der Wahrsagerin einen kleinen Leinenbeutel. Als Charlotte den groben Wollfaden aufgebunden und den Inhalt herausgeholt hatte, schnappten alle kurz nach Luft vor lauter Aufregung. Im Beutel war ein menschliches, schwarzes Haarbüschel. Sophie und Fanni waren davon so erschrocken, dass sie sofort versuchten, das noch nicht angefangene Ritual zu unterbinden. Maria wurde kurz laut und sagte, dass es die beiden Frauen überhaupt nichts angeht. Sophie und Fanni gaben daraufhin Ruhe und warteten gespannt, wie ihre weise Freundin darauf reagieren wird.

- Nein, ich werde es nicht machen, - schaltete diese auf stur.
- Es ist allein meine Entscheidung, wie ich leben will, - regte sich Maria auf!
- Ich bezahle dich dafür!
- Ja, du wirst dafür bezahlen, - antwortete die Wahrsagerin und vollführte das Ritual, bei dem die menschlichen Haare verbrannt wurden.

Im Zimmer begann es sofort sehr unangenehm nach Verbranntem zu riechen.
Nachdem sie etwas gemurmelt hatte, verkündete Charlotte:
- Es ist vollbracht und fertig!
Fanni und Sophie starrten mit Schrecken auf Maria, anscheinend erwarteten sie, sofort auf irgendwelche sichtbaren Veränderungen des Schicksals ihrer Freundin.
- Nicht so schnell, - erklärte Charlotte.
Aber es schien, als ob es auf Maria überhaupt keine Wirkung hätte. Sie verabschiedete sich und ging davon. Das, wofür sie hergekommen war, war für sie bereits geschehen.

Kapitel 17

Adam scheuchte eine aufdringliche Biene weg. Er hatte genug vom bedrohlichen Summen und dem nervenden Wunsch des Insektes ausgerechnet auf ihm zu landen. Endlich hatte die Biene anscheinend begriffen, dass es zwischen einer Blume und einem Gärtner einen großen Unterschied gab. Nun drehte sie ihre Kreise über einem Bett von Gänseblümchen, dabei interessierte sie sich für eine große Mohnblume, die aus einem unerklärlichen Grund, zwischen seinen weißen Brüdern herausgewachsen war.

„Sie hat sich die schönste Blume ausgewählt", - dachte der Gärtner und beobachtete dabei, wie das Insekt zuerst in der Luft erstarrte und danach in der Mitte der Mohnblume verschwunden war. Die Biene ließ sich lange nicht blicken, aber ihr Summen war deutlich zu hören. Nun hatten diese Geräusche eine große Ähnlichkeit eines Gesanges, welches ein Geschöpf singt, welche sich der Nektar gut schmecken lässt. Adam kam es so vor, als ob er selber von der Natur verführt wurde, welche ihn durch ihre Reize anlockte. Das war auch kein Wunder, denn Adams Körper war nichts Besonderes er hörte, wie alles auf der Erde auf die ambivalente Natur. Diesem sich wie in einem Kaleidoskop ständig abwechselndem Spiel von Licht und Dunkelheit. Er kannte das Gefühl sehr gut, als ein bereits sichtbarer Thron des Herrn direkt vor den Augen verschwindet. Und alles nur darum, weil man mit einer ungeheuren Geschwindigkeit aus den glänzenden Gipfeln des Bewusstseins in das bodenlose Reich der Schatten abstürzt.

Nachts ging es Adam ganz schlecht. Dem Jungen ging der Wunsch mit einer Frau zusammen zu sein nicht aus dem Kopf. In solchen Momenten verließ er seine Klause und ging in den Garten. Auch dieses Mal bewunderte er die Ahnfrau der Erde – den Mond. Denn er genoss es, seine Macht über die menschlichen Gefühle auszuüben. Wer, wenn nicht er, hatte solch eine Macht dazu? Eine feuchte und flüssige Substanz umhüllte den männlichen Körper und hüllte ihn in eine Sternendecke. In solchen Momenten fühlte Adam den Atem des Universums. Sein Herz schlug im selben Takt, mit der Erde. Sie atmete, genauso, wie ein Mensch.

Als er zum Himmel hochschaute, sah er Sternschnuppen, welche, die sich nie wiederholenden Schicksalskarten darstellten... Plötzlich rührte sich etwas im Gebüsch. Das, was vor Adam erschienen war, erfüllte ihn mit Eckel. Zwei Männer küssten sich auf den Mund, ohne fremde Blicke zu bemerken. Ein Kloß im Hals hinderte den Gärtner daran laut loszuschreien und die Schamlosen zu vertreiben.

Hierher ins Kloster gelangte man auf verschiedene Wege. Einige, als ein ganz kleines unwissendes Kind und andere als erwachsene Männer. Das Leben war aber hier für alle kein Zuckerschlecken. Alle Außenstehenden vertraten natürlich die Meinung, dass die Männer ein für allemal die menschliche Natur in sich unterdrücken konnten. Glaubt ihnen nicht! Der unersättliche Körper wird hier noch viele Male verflucht werden, der sich nach einem sexuellen Zusammensein mit einer Frau sehnt. Was Adam angeht, so hat das Treffen mit Sophie ihm deutlich zu verstehen gegeben, dass er für nichts auf der Welt die Liebe zu einer Frau eintauschen sollte. Dieses Verständnis kam von alleine, an einem ganz normalen Tag.

In diesem Moment wurde der Schlussstrich unter seine Qualen, gezogen. Die Männer, welche aus irgendeinem Grund, zurück in die Büsche gekommen waren, erregten die Aufmerksamkeit des Gärtners. Sie suchten dort nach irgendetwas...

- Nichts, - flüsterten die Mönche.

Es war nicht schwer zu erraten, was der Grund für ihre aktiven Handlungen war. Sie hatten dort eine Flasche Apfelwein vergessen.

- Ich habe sie gefunden! – rief plötzlich einer der Mönche.

Nachdem sie beide einen großen Schluck aus der Flasche genommen hatten, konnten sie wieder endlich die Freude des Seins wieder genießen.

64

Kapitel 18

Hinter dem Fenster wimmelte es nur von Mücken. Sobald Sophie das Fenster geöffnet hatte, versuchte der Insektenschwarm sofort hineinzufliegen. Das Mädchen war deshalb dazu gezwungen die Fensterladen wieder schnell zu schließen. Danach beobachtete sie noch eine Weile die Insekten, welche es trotz aller Wiederstände versuchten ins Haus zu gelangen.

- Es gefällt mir nicht, dass du abhängig bist, - Fanni schlug ein paar nervige Insekten tot. – Ich kann es einfach nicht glauben, dass man eine Unmenge von Geld für so eine Göre, wie dich, ausgeben kann.

- Antworte mir Fanni, konnten die Frauen auch früher ihre Talente so vorantreiben? Doch nicht, oder? – Fanni erinnerte sich an ihre Schulfreundin, welche ständig auf allem, was ihr unter die Finger geriet, menschliche Figuren malte. Diese waren aber, warum auch immer, ständig nackt. Ihre Freundin konnte nicht erklären, warum sie ständig nackte Körper malt. Sie sagte nur, dass es ihr sehr gefällt. Für ihre Malbegeisterung wurde das Mädchen mehrmals von den Nonnen ausgepeitscht und ihre Bilder wurden verspottet. Einmal fand ein Gespräch zwischen der Lehrerin und der Mutter des Mädchens darüber statt, dass das Verhalten des Kindes nicht keusch ist und dass man in naher Zukunft unbedingt über ihre verirrte Seele nachdenken muss. Gleich am nächsten Tag wurde die Leiche des Mädchens in einem Teich in der Nähe der Kirchenschule, gefunden. Fanni konnte bis heute so etwas nicht vergessen... die dünnen Kinderfingerchen, die ein erloschenes Kohlestückchen festhielten. Genauso, oder fast genauso endeten die Schicksale von talentierten Engländerinnen und alles nur deshalb, weil der Weg in die Welt der Kunst und der Wissenschaft für sie versperrt war. Erst jetzt hatten sie die Möglichkeit in die für einen Spalt geöffnete Tür hinein zu gehen. Auf welche Art

und Weise? Mit Hilfe der Männer, die sich für die Frauen-
rechte einsetzten. Nun ist die Zeit gekommen einen weiteren
Protagonisten unserer Geschichte den Lesern vorzustellen.
Dieser ehrwürdige Herr hatte die Vertreterin des schönen
Geschlechts, welche ihre künstlerischen Begabungen offen-
barten, unter seine Obhut und in Schutz genommen. Er
gründete in London den ersten Frauenklub. In diesem Klub
durften nur diejenigen Mitglieder sein, welche die neue modische Strömung unterstützten. Zweifellos haben die ganzen
Neuerungen den aufgestellten Regeln enorm widersprochen.
Es gab eine Menge Menschen, die sich gegen solche Neuan-
fänge ausgesprochen hatten, aber anscheinend sollte es so
sein. Der Klub die Doppelmoral wurde nicht nur nicht geschlossen, wie es einige Bürger von ihm verlangten, sondern
hatte seine gastfreundlichen Türen für alle begabten Frauen
von London und Umgebung weit geöffnet. Für solche Ver-
anstaltungen war eine ganze Menge Geld und finanzieller
Beiträge nötig. Da kamen die Tugenden unserer Ladys besonders gut zur Geltung. Lori und Berta könnten ohne Sorgen leben und es sich gut gehen lassen, aber ihr Gewissen
ließ es nicht zu. Nun ist es höchste Zeit den Namen unseres
Helden zu nennen. Erlauben Sie mir, dass ich Ihnen ihn vor-
stelle: Doktor Samuel Estal. Dieser Mann hatte es selber im
Leben nicht leicht „im Kampf um einen Sonnenplatz im
Leben". Sein Leben war ein Beweis dafür, wie ein Zufall
das verändern konnte, wozu ein einzelner Mensch nicht im
Stande war.
Sobald er geboren wurde, hatte man ihn sofort getauft. Einige könnten daraufhin sagen: „Daran ist doch nichts ungewöhnliches!" Da irren Sie sich aber gewaltig. Der Kleine
war so schwach, dass seine Mutter dachte: „Der Neugebore-
ne wird bald sterben und wird dazu verdammt sein, ewig in
den dunklen Welten der Hölle herumzuirren." Aber Samuel
hatte, zur Verwunderung aller, überlebt. Steckte sich aber

sehr bald mir Scrophulose an. Danach wurde er auf einem Auge blind und auf einem Ohr taub.

Allen Widerständen zum Trotz studierte Samuel Estal 1728 in Oxford, wo er die Weisheit der griechischen Klassiker in sich aufsaugte. Zwei Monate vor seinem sechsundzwanzigsten Geburtstag heiratete der Held unserer Erzählung eine achtundvierzigjährige Witwe, die drei Kinder und 700 Pfund hatte. Dieses Geld verwendete er zur Eröffnung eines eigenen Schulinternates. Einer seiner Schüler wollte am liebsten Schriftsteller werden. Eines Tages machte sich Samuel mit ihm auf den Weg nach London, um das gerade erst geschriebene Werk des Schülers zu verkaufen. Während er seinem Schüler half, sich in der literarischen Welt zu etablieren, wurde der Lehrer selber bald zum Schriftsteller.

An dieser Stelle machen wir erst mal halt und kehren zur Sophie zurück, die auf dem Weg zum von ihr so liebgewonnen Klub war. Alle ihre guten Bekannten waren bereits dort. Es fehlte nur Lady Lori. Nach ungefähr einer Stunde tauchte auch sie auf und zwar in Begleitung eines charmanten Gentlemans. Als er merkte, dass Berta eine Pfeife zu rauchen begann, machte der Gast sofort seinem Ärger darüber Luft und sagte dabei, dass nur diejenigen rauchen, welche die innere Leere in sich mit Rauch füllen wollen. Berta verschluckte sich sofort und wurde dabei so rot, wie ein erhitzter Kessel. Von diesem Augenblick an rauchte sie nie mehr bis zum Ende ihres Lebens. Zuerst wurde Sophie durch die laute Stimme des Gastes erschreckt. Der Mann war sehr groß und schien irgendwie ungelenkig zu sein. Man hatte den Eindruck, dass der Körper seinem Herrn nicht gehorchen wollte und dadurch der Mann viele Qualen leidet. Sein Gesicht machte ab und zu auch unkontrollierbare Zuckungen, so dass es einem nicht ganz wohl wurde. Und dennoch waren seine offensichtlichen Nachteile kein Hindernisgrund, um sich mit ihm anzufreunden. Kaum eine Viertelstunde war vergangen, und Sophie könnte schwören, dass der Gentleman, der zu ihnen gekommen war, über ein sehr ansprechbares Herz verfügt, welches in der Lage war beim fremden Leid mitzufühlen. Genau so war es auch. Dieser ungelenke Mann zeichnete sich Wirklich durch eine außergewöhnliche Güte aus. Dazu muss man aber sagen, dass seine Milde sich allerdings nicht auf alle ausbreitete. So könnte er zum Beispiel einen unbekannten Mister, der sich auf einen Stuhl gesetzt hatte, auf dem er selber sitzen wollte, hoch in die Luft heben und irgendwohin auf den Boden werfen. Und unmittelbar danach, sollte er eine auf dem Boden liegende alte, kranke Prostituierte sehen, dann würde er sie sofort hochheben und in sein Haus tragen. Anschließend würde er sorgsam für ihre Ruhe sorgen und nach ihrer Genesung, alles dafür tun, um sie zu einem gottesfürchtigen Leben zu bewegen. Vielleicht wird das manch einer nicht als die größte Manifestation der Wohltat erachten, aber es ist ganz offensichtlich, dass niemand auf dieser Welt vollkommen ist, sollte er sich noch so bemühen, perfekt zu erscheinen.

Kapitel 19

Der Wind zerzauste die weiblichen Haare. Er könnte es wohl nicht abwarten, sie nach eigenem Ermessen in eine modische Frisur umzuformen. Die Naturkraft war mit dem Ergebnis am Ende zufrieden, aber Sophie hat es gar nicht gefallen, was das selbst ernannte Barbier mit ihr angestellt hatte. Als sie ihr Spiegelbild in einem Hausfenster sah, an dem sie gerade vorbeiging, richtete sich das Mädchen die zerzausten Haare, weil sie vorher eine große Ähnlichkeit mit einem Heuhaufen hatten. Der aufbrausende Wind berührte alles, was in seine Reichweite kam. Er stellte und legte alles auf seine Plätze, wie ein Herrscher über alles: trockene Blätter wurden von ihm in verschiedene Richtungen auseinandergeblasen, dadurch wurden die Gehwege für Passanten frei; Müll, der von ihm bemerkt wurde, fand sich auf unerklärliche Weise in verborgensten Plätzen wieder; und alles, was vorher kaputt und angerissen war, wurde jetzt schlicht und ergreifend abgerissen. Die Ordnung war wieder hergestellt worden. Die Naturkraft war mit ihrer Arbeit sehr zufrieden und zog von dannen.

Sophie gelangte endlich nach Hause. Bereits in der Haustür stehend, drehte sich das Mädchen um, weil sie das Gefühl hatte, dass ihr jemand folgt.

- Erkennst du etwa deine Freunde nicht mehr? – erklang Marias Stimme. – Ich winke dir mit der Hand und du schenkst mir gar keine Beachtung.

- Du bist ja kaum wieder zu erkennen. Was für eine Schönheit!

- Bloß ein alter Hut meines Herren und seine Handschuhe, und schon wird man anders wahrgenommen. Und das ist erst der Anfang, - lächelte Maria vielsagend. – Und warum bist du so zerzaust? Sophie, deine Kleidung ist voller seltsamer Flecken. Ist es etwa Blut?

- Nein, es ist Farbe, - antwortete Sophie stolz.

- Und die Haare?

- Haare? Ach, mit ihnen hat der Wind bloß ein wenig rumgespielt.

- Fanni! – rief Maria in ein offenes Fenster. – Sophie ist ja mittlerweile ganz verrückt geworden. Sie hat Wind in ihrem Kopf!

- Mädchen, warum macht ihr nichts anderes, als euch zu streiten, - das sagte nun Charlotte, die gerade an ihrem Haus vorbeiging.

- Komm zu uns doch herein, wir langweilen uns ohne dich, - rief Fanni aus dem Zimmer.

- Ich kann nicht, alle meine Kerzen sind ausgebrannt, - antwortete Charlotte.

- Zu dieser Zeit zählt Mister Digby seinen Gewinn und sein Diener wäscht den Fußboden im Laden, - Fanni erschien auf dem Vorbau. – Vergangene Woche hatte ich es genau um diese Zeit sogar nicht mehr geschafft den Laden zu betreten. Da hat mich dieser vorlaute Bengel praktisch aus der Tür rausgeschubst. Stellt euch das nur vor, dieser Lausbube zog den nassen Lappen direkt unter meinen Füßen weg, auf den ich zufällig heraufgetreten war. Und alles nur, weil ich die Tollkirsche gesehen hatte, die bei ihnen auf dem Tresen lag. Ich frage mich, wen sie damit vergiften wollten? Maria, wo willst du hin? – Fanni zuckte mit den Schultern.

- Und was hat Mister Digby dazu gesagt?
- Mr. Digby hatte überhaupt nichts dazu gesagt, weil er meine Demütigung nicht gesehen hat.
- Vielleicht wäre es wirklich besser nicht dorthin zu gehen, – Fannis Worte schienen Charlotte überzeugt zu haben.
- Probiere lieber meinen Kuchen, - die Gastgeberin lud Charlotte zum Tisch ein.
- Wie geht es eigentlich Maria? – wollte Charlotte wissen, nachdem sie ein Stückchen vom Apfelkuchen abgebissen hatte.
- Ich weiß es nicht, - antwortete Sophie. – Sie ist ja nicht einmal ins Haus gegangen, stand nur in der Tür und lief dann plötzlich spontan weg, sogar ohne sich zu verabschieden.

Kapitel 20

Der Wintereinbruch störte den gewöhnlichen Tagesablauf, deswegen verbrachte der Gärtner seine gesamte Freizeit in der Kapelle. Das einzige Geschöpf auf der ganzen Welt, das man um Hilfe bitten könnte, war der heilige Leon. Wenn irgendjemand nur gewagt hätte zu behaupten, dass der Heilige schon lange tot sei und dass es sich bei Adam um normale Halluzinationen handelt, dann hätte er es mit einem Menschen zu tun gehabt, welcher von der Kontinuität des

Lebens überzeugt ist. Adam fühlte Leon, genauso wie alle anderen auf der Erde lebenden Geschöpfe. Der einzige Unterschied bestand darin, dass die Antworten auf die Fragen in Form von mentalen farbigen Bildern in Adams Gehirn kamen. Allerdings waren sie schwer zu verstehen. Manchmal interpretierte Adam das gerade Gesehene falsch und verzettelte sich in mentalen Bildern. Das äußere Leben des Gärtners glich nun dem Dasein eines Einsiedlers, einem Menschen, der völlig untätig ist. Sein inneres Gemüt hatte aber ehe viel Ähnlichkeit mit einem Vulkan, der oft feuriges Lava aus seinem Inneren spie.

Einmal, als Adam sich wie gewöhnlich in der Kapelle aufhielt, öffnete sich plötzlich die Tür.

Eine menschliche Figur erschien im Türrahmen und versperrte dadurch das Licht. Nachdem die Figur eine Zeit lang auf der Stelle getreten war, hustete sie, um auf sein Erscheinen aufmerksam zu machen.

- Henry, ich freue mich dich zu sehen, - sagte Adam, der sofort das Auftreten des Fremdes bemerkt hatte. – Der Gast hob seinen Kopf und schaute nach oben. Ganz hoch, fast unter der Kuppel der Kapelle, konnte er Adam erblicken. Henry wollte sich gerade auf den Weg nach oben auf der Holztreppe machen, aber der oben sitzende Gärtner begann herunterzuklettern.

- Versteckst du dich hier von den Menschen? – stellte Henry die nicht ganz korrekte Frage.

- Nein.

- Warum, verdammt noch mal sitzt du dann die ganze Zeit dort oben?

- Der Garten schläft, ich habe nichts anderes zu tun, - antwortete der Gärtner.

- Dann kommt ja meine Visite ganz zur rechten Zeit, - der Gast zwinkerte Adam zu. – Edward ist von deiner Arbeit ganz begeistert und Fred ist immer noch wie verzaubert. Er kann nur noch über Sir Adam sprechen.

- Und was geht mich das an?

- Nach seiner Italienreise ist mein Herr ganz verrückt nach Blumen. Er hat bei einem Grafen seinen Wintergarten gesehen. Nun träumt er Tag und Nacht davon etwas Ähnliches in seinem Anwesen zu erschaffen.

- Einen Wintergarten? Es klingt schön. Blumen im Winter, aber wie?

- Willst du das Alles mit deinen eigenen Augen sehen? Ich hatte es mir schon gedacht... – freute sich Henry, als er in Adams Blick den Wunsch sah, so schnell wie möglich mit der Arbeit zu beginnen.

Nach dem Lunch fuhr die Kutsche, in die zwei Pferde gespannt waren, von den Klostertoren ab. Drinnen saßen Henry und Adam. Sie erreichten ihr Endziel wohlbehalten, ohne jegliche Vorfälle. Adam hatte gerade die Erde des Barons betreten, als dieser den Gärtner an seinem Plan teilhaben ließ. „Der Wintergarten" sollte ein Geschenk für seine junge Frau Luise sein. Diese Nacht hatte Adam nach einer langen Pause wieder einen Traum. Im Traum gingen er und sein Zwillingsbruder durch einen Wintergarten spazieren, in dem entzückende Blumen wuchsen. Adam hatte sich alles bis in alle Kleinigkeiten genau gemerkt. Sogar die Anordnung kleiner Statuen. Am Morgen traf er den bereits ihm wohlbekannten Architekt, der auf den Gärtner im Gesellschaftsraum wartete. Adam rekonstruierte aus seiner Erinnerung den Garten aus seinem Traum. Danach zeichnete er einen Plan auf das Papier. Der Architekt war vollkommen am Boden zerstört. Mister French hielt sich für sehr bekannt in seiner Branche, ja sogar berühmt, aber die von Adam gerade angefertigte und ihm vorgelegte Skizze, stand im Widerspruch zu allen bestehenden Dogmen. Aber Donnerwetter, der vom Klostergärtner gezeichnete Plan des Wintergartens beeindruckte durch seine außerordentliche Harmonie. Zuerst wollte sich Mister French dem talentierten jungen Mann widersetzen, denn dieser war ja kein Architekt. Später entschloss er sich sogar dazu, von fremder Skizze Gebrauch zu machen. Am Ende hatte die Wahrheit gesiegt und ein Mensch, der sein ganzes Leben lang nach Schönheit und Harmonie strebte, wagte es nicht, ihr im Weg zu stehen. Was Adam angeht, so brach für ihn eine interessante Zeit an, in der er wieder sein Dasein in vollen Zügen genießen konnte. Diese Glückseligkeit dauerte fast ganze drei Monate lang. Am Ende des Winters bekam der Herr des Anwesens eine neue, malerische Ecke, die an die Südseite des Hauses angebaut wurde. Und Freds Begeisterung wuchs scheinbar bereits in eine Form die Anbetung über. Nichtsdestotrotz war der traurige Tag des Abschieds dennoch gekommen, man musste sich voneinander verabschieden. Die Pferde scharrten bereits ungeduldig mit den Hufen und der Kutscher war jede Minute bereit, sich auf den Weg zu machen. Adam schaute auf sein Zimmer, in dem er einen glücklichen Winter erlebt hatte. Er wollte gerade das Zimmer verlassen, als plötzlich ein lauter Schrei ertönte. Der Gärtner rannte aus dem Haus. Geschrei und Schluchzen waren aus den Fenstern des zweiten Stocks zu hören, wo sich das Schlafzimmer der Frau des Sir Edwards befand. Da er nicht wusste, wie er den im Aufruhr herumeilenden Dienern helfen konnte, setzte sich Adam in die mit Pferden gespannte Kutsche. In diesem Moment war auch Henry aus dem Gebäude herausgelaufen. Adam wäre fast aus der Kutsche rausgefallen, weil die Pferde sich abrupt von Null auf Hundert in Bewegung setzten und mit einer unheimlichen Geschwindigkeit in Richtung London rasten.

Kapitel 21

- Mrs. Hogart ist tot!
- Aber ich hatte sie noch gestern Abend bei voller Gesundheit gesehen...

- Ich auch. Bei uns gibt es keine fremden Menschen. Alle Diener wurden von mit persönlich angestellt und ich vertraue ihnen. Es könnte vielleicht sein... Jenny ist noch am Leben...

- Sie könnte doch nicht nochmals so eine schreckliche Tat vollbringen. Oder etwa doch?

- Das werden wir bald herausfinden, - sagte Henry seinem Weggefährten. – Sie konnten am Rande der Stadt ohne größere Anstrengungen das richtige Haus ausfindig machen. Henry klopfte lange mit einem Eisenteil auf das alte Holz, danach wurde die Tür geöffnet und ein unordentlich angezogener Halbstarker kam heraus. Henry schubste ihn weg und gelangte in das Gebäude. Bald öffnete sich die alte Tür aufs Neue. Das, was Adam dort sah, führte ihn zum Gedanken, dass er wohl kaum bald nach Hause zurückkehren wird. Denn die Sache hatte eine unerwartete Wendung genommen. Henry hielt in seinen Händen eine Frau, es war Jenny. Nachdem er den fast leblosen Körper neben Adam gesetzt hatte, befahl Henry dem Kutscher sie zum nächst gelegenen Mediziner zu bringen.

Der Arzt untersuchte die Kranke gleich auf der Straße. Er schüttelte mit dem Kopf und knurrte, dass er nichts mehr tun kann, um die Patientin zu retten.

- Das sehe ich, auch ohne dich. Mach, dass sie zu sich kommt! – brüllte Henry.

- Mister, das ist aber unmöglich, - antwortete de erzürnte Arzt.

- Beeile dich! – Henry reichte ihm seine goldene Uhr. – Ich werde dir sogar einen Tipp geben, welches Gift sie gerade umbringt, - der Arzt starrte auf den Herren, der in sein gemessenes Leben eingedrungen ist und sagte: - Das ist zu wenig. – Nachdem er die Summe, die er für angemessen hielt, eingesteckt hatte, rannte er in sein Haus. Er kam bald mit einer Standflasche zurück. Den Inhalt aus dieser Glasflasche goss er direkt in den Mund der sterbenden Frau.

Fanni

Adam betrachtete das Ganze mit Grauen. Er schaute voller Misstrauen auf den herumtuenden Arzt, der mit Gewalt versuchte die Unglücksselige aus dem Jenseits zurück zu holen. Es hatte den Anschein, dass ihre Seele endlich den ersehnten Frieden gefunden hatte... Aber der aufdringliche Arzt gab sich nicht geschlagen und goss ihr noch eine Portion irgendeines Trankes ein... Plötzlich öffneten sich Jennys Augen. Henry stürzte zu ihr und begann an ihrem vom Schweiß durchtränkten Nachthemd zu rütteln.

- Gib es zu, - flüsterte er. – Hast du Luise vergiftet?
- Nein, - antworteten die blutleeren Lippen.
- Lüge mich nicht an! – zischte der Verwalter.
- Ist sie gestorben? – stammelten dieselben Lippen.
- Ja, sagte Henry mit Härte.
- genauso, wie ich auch... Für einen kurzen Moment war in Jennys Blick etwas erschreckendes zu sehen, aber danach ging es wieder weg und ein Ausdruck der Freude stellte sich auf dem weiblichen Gesicht ein.
- Beerdige sie, - Henry gab dem Arzt noch mehr Geld. Der Mediziner hatte keine Wahl. Zu dritt trugen die Männer die Verstorbene in das Haus des Arztes hinein und ließen sie auf der Couch im Flur liegen. Diese alte Couch hatte noch viel Schlimmeres in ihrem Leben gesehen. Die rostigen Federn stöhnten unter der Schwere der Leiche. Dieses Geräusch führte dazu, dass bei Adam ein kalter Schauer den Rücken runter lief.

Kapitel 22

- Wenn es nicht sie gewesen ist, wer könnte es dann sein? – Henry wollte einfach keine Ruhe geben. Er saß neben Adam und murrte die ganze Zeit etwas vor sich hin. Was Adam angeht, so hatte er für sich beschlossen, überhaupt an nichts mehr zu denken, weil der Tod der Frau ihn aus seinem gewöhnlichen seelischen Gleichgewicht gebracht hat. In solcher Stimmung erreichten sie auch das Elternhaus von Luise. Der Gärtner wollte nicht den gemütlichen, warmen Platz in der Kutsche verlassen, er fühlte sich darin viel sicherer, als in der Gesellschaft von vielen fremden Menschen. Adam tat sogar so, als ob er Henrys Worte nicht gehört hätte, als dieser ihm sagte, dass er Henry begleiten sollte. Aber der Verwalter war unnachgiebig, ohne langes Überlegen, nahm er den unwillkürlichen Gefangenen an der Hand und führte ihn hinter sich her.

Das Territorium des Anwesens von Lord Blackmore war sehr groß und es sah sehr verlassen aus. Die Erde war schon seit langem ungepflegt. Auf ihr lagen überall trockene Äste und altes Laub. Mächtige Eichen reichten bis in den Himmel. Anscheinend waren sie die wirklichen Herren dieser Erde. Denn vor ihren Augen kamen und gingen die Vertreter des alten Blackmore Geschlechtes. Wo sind sie jetzt alle? Sie ruhen auf dem heimischen Friedhof. Trotz aller Henrys Überredung, ins Haus rein zu kommen, blieb Adam dennoch auf der Straße. Er hat es letztendlich doch nicht gewagt die prächtige alte Villa zu betreten. Er setzte sich stattdessen auf eine Bank in der Nähe der Eingangsterasse und begann zu warten. Es waren ungefähr fünfzehn Minuten vergangen, die Henry anscheinend gebraucht hatte, um über das geschehene Unglück zu berichten. Danach war ein lauter Schrei zu hören. Er war nicht minder laut und durchdringend, als der von heute Morgen, der im Haus von Sir Hogart zu hören war. Adams Herz krümmte sich erneut zusammen, er könnte solche Laute nicht ausstehen. Der Rückweg wurde für Adam noch beschwerlicher. Er hatte einfach keine Kraft mehr, dauernd den leidenden Vater zu sehen, der gerade seine einzige geliebte Tochter verloren hatte.

- Ich wollte nicht, dass Luisa von mir wegfährt, - sprach der Lord endlich aus.

- Ich bin so ein Dummkopf! – Henry schlug sich auf die Stirn. – Wie konnte ich es nur vergessen. Zwei Tage vor ihrem Tod ist sie doch bei Ihnen zu Besuch gewesen.
- Und was ändert das?
- Sehr vieles...
- Was für einen Unterschied macht es jetzt, wo und wann meine Tochter vor ihren Tod gewesen ist, - in den Augen des Alten blitzten Tränen.
- Euer Wunsch ist für mich Befehl, - antwortete der Verwalter demütig. Mit diesen Worten waren sie auf die Allee gefahren, die zum Haus des Schwiegersohnes von Lord Blackmore führte.

Kapitel 23

Adam befand sich nun bereits zwei Tage in einer schwierigen Lage. Er wollte nach Hause zurückkehren, aber alle um ihn herum schienen den Gärtner vergessen zu haben. Alle waren mit den Vorbereitungen zur Beerdigung für Mrs. Hogart sehr beschäftigt. Ihr Mann befand sich in einer schrecklichen Depression, Edward wollte niemanden sehen. Er hat sich in seinem Schlafzimmer eingesperrt und ließ nicht Mal die Diener rein, die ihm Essen brachten. Über alles im Haus hatte jetzt sein Schwiegervater das Sagen. Die Diener hatten Angst vor ihm. Und die Reibeisenstimme des Alten lähmte sie vollkommen. Sie waren wie hypnotisiert und handelten wie Zombies, praktisch ohne nachzudenken.
Spät am Abend besuchte der Verwalter Adam und sagte ihm, dass sie zum Anwesen des Lords zurückkehren. So langsam war der Gärtner anscheinend mit seiner Geduld am Ende.
- Du fährst mit uns, - sagte Henry in einem Befehlston. Auf Wunsch des Lords wird seine Tochter auf dem Familien-

friedhof beerdigt. Morgen am Mittag wird die Trauerzeremonie stattfinden.

Adam musste sich zum wiederholten Mal auf einem holprigen Weg durchschütteln lassen. Er hatte nur einen Wunschtraum, wieder in seiner Klosterzelle zu sein. Nachdem er den Wunsch des Gärtners, sofort nach der Beerdigung, nach Hause zu fahren, gehört hatte, bat ihn Henry:

- Hab noch etwas Geduld! Im Leben gibt es viel wichtigere Dinge, als die klösterliche Einsamkeit. Als er merkte, dass Adam nicht nur vor Zorn, sondern auch vor Kälte zittert, gab Henry dem Gast seine Reisewolldecke. Der Gärtner wickelte sich in sie und schlief ein.

- Wachen Sie doch endlich auf! – eine junge Unbekannte schüttelte Adam an der Schulter.

- Sie haben genug geschlafen!

- Mrs., lassen Sie mich endlich in Ruhe, - Adam machte eine abweisende Handbewegung in Richtung der nervigen Dienerin.

- Mister Henry gab mir die Anweisung Ihnen etwas zum Essen zu geben, - sagte das Mädchen und zog die Decke des Gärtners zu sich.

- Wie heißen Sie? – fragte Adam verärgert.

- Maria.

- Hören Sie Mal, Mrs. Maria. Gehen Sie vor und ich werde etwas später nachkommen. – Nachdem die unzufriedene Dienerin endlich gegangen war, traute sich Adam unter der warmen Wolldecke hervorzukriechen. Nachdem er dem Pfad unter den Fenstern der Villa folgte, gelangte der Gast in eine große und helle Eingangshalle.

„Irgendwo hier muss es auch einen Eingang zur Küche geben", – dachte Adam. Der junge Mann öffnete, wie ihm vorkam die richtige Tür und begann sich umzusehen. Neben einem Fenster bemerkte Adam die ihm bereits bekannte Mrs. Maria. Auf der Straße war es laut. Sehr viele Gäste kehrten von der Beerdigung von Mrs. Hogart zurück. Die

Menschen waren sehr aufgeregt. Jeder versuchte seine Meinung, wegen des so schnellen und unerwartet frühen Todes von Luisa, kund zu tun.

- Ich hätte nicht damit gerechnet, dass Luisa vor ihrem Vater das Zeitliche segnet, sie ist doch niemals krank gewesen. Obwohl in letzter Zeit ihr Gesicht eine große Ähnlichkeit mit einem verfaulten Ei hatte.

- Da kann ich Ihnen leider überhaupt nicht zustimmen. Ich kenne, um genau zu sein kannte Luisa seit ihrer Kindheit. Die Ehe mit Edward war ihr Verderben!

- Da, hat sie die Wahrheit gesagt, - mischte sich in die abgehörte Unterhaltung Mrs. Maria ein, die im Raum stand.

- Armer Edward! Nun ist er noch hässlicher geworden. Das letzte Mal hatte ich ihn vor ungefähr einem Jahr gesehen. Damals sah er nicht so widerlich, wie jetzt, aus, - hörte Adam dieselben Stimmen, die von der Straße kamen.

- Jetzt ist er meiner! Sie sollten nicht in so einem Ton über meinen Bräutigam lästern, - zischte das Dienstmädchen. Der Gärtner fühlte sich wegen ihrer Worte sofort unwohl. Er stampfte extra mit dem Fuß, dadurch versuchte er ein Stück Dreck von seinem Stiefel ab zu schütteln. Mrs. Maria zuckte und drehte sich um.

- Haben Sie jetzt Hunger?

Im Blick des Gastes könnte man eine Verurteilung ablesen. Dem Mädchen wurde klar, dass der Gärtner jedes einzelne Wort gehört hatte, welches sie gerade so unvorsichtig ausgesprochen hatte. – Ich bitte Sie zu Tisch, - lud Mrs. Maria den Gast ein. – Vielleicht wollen Sie sich nach dem langen Weg zuerst waschen? – Adam hatte nun überhaupt keine Lust den ihm angebotenen, bereits auf dem Tisch stehenden Teller mit Essen, abzuweisen. Denn sollte er jetzt sogar für eine Minute irgendwohin weggehen, dann könnte diese Mahlzeit für ihn die letzte in seinem Leben sein.

Kapitel 24

Nachdem sie sich den Mund mit getrockneten Äpfeln, die sie von zu Hause mitgenommen hatte, vollstopfte, malte Sophie einen sonderbaren Vogel, der nach ihrem Verständnis nur in Überseeländern zu finden ist. Was wirklich verwunderlich daran war, ist die Tatsache, dass egal von welchem Standpunkt Lori und Berta das von Sophie gezeichnete Gefiederte anschauten, der Blick des Vogels immer auf sie gerichtet war.

- Drehe ihn um, bat Berta. – Ich kann mich sonst nicht auf meine Pflanzen konzentrieren

- Es wirkt wie lebendig! – sagte Lori und erschauerte.

Die junge Künstlerin wusste nicht, ob sie lachen, oder weinen sollte. Sie verstand nicht, dass sie sehr begabt war und dadurch lebendige Bilder erschafft. Sophie schämte sich für ihre Arbeit und drehte die Leinwand um. Nun hinderten sie am Malen die Sonnenstrahlen, die auf das Bild fielen. Dadurch wurde die Aufmerksamkeit des Mädchens abgelehnt und sie begann Pferde zu betrachten, die unter dem Fenster ihres Klubs erschienen waren. Außerdem bemerkte Sophie zwei Männer. Sie unterhielten sich miteinander über etwas und vertraten sich dabei die Füße, die während der Fahrt etwas eingeschlafen waren. Als einer von ihnen sich mit dem Gesicht zu ihr wendete, schrie Sophie vor Freude und rannte auf die Straße.

- Wo will sie denn jetzt hin? – wunderte sich Lori.

- Ach, da soll einer diese Genies verstehen, sie sind so impulsiv, - antwortete Berta. – Sophie hörte nicht mehr die Unterhaltung ihrer Mentorinnen. Das Mädchen stand bereits vor demjenigen, von dem sie die Hoffnung schon längst aufgegeben hatte, ihn jemals in ihrem Leben wiederzusehen. Der junge Mann war ebenfalls starr vor Verwunderung, als er vor sich diejenige erblickte, von der er so lange geträumt hatte. In diesem Moment sahen beide Henry, der durch die von Sophie offen gelassene Klub Tür ging.

- Kennst du Henry? – fragte Adam als erster.

- Henry? Wer ist Mister Henry?

- Er hat gerade den Klub betreten, als du rausgelaufen bist.

- Wahrscheinlich kennt Mister Henry Lady Lori oder Lady Berta.

- Ich glaube nicht. Er will Mister Estal sehen.

- Er wird ihn hier nicht finden. In diesen frühen Morgenstunden bevorzugt Mister Estal zu arbeiten. Das erzählte er mir zumindest einmal.

- Na sage Mal! Du kennst Doktor Estal persönlich? Henry sagte, dass sein Freund sehr berühmt ist.

- Da hat er nicht gelogen! – ertönte es plötzlich hinter dem Rücken der jungen Leute.

Adam drehte sich um. Ein hochgewachsener und sehr sonderbarer Gentleman starrte ihn direkt an.

- Samuel Estal, - stellte er sich vor.

- Adam, - antwortete der Gärtner.

- Und Sie, junger Mann, sind extra hergekommen, um unsere Sophie zu besuchen?

- Nein.

- Und Sie, Mister Adam scheinen sehr schüchtern zu sein. Selbst das „Nein" schämen Sie sich laut und deutlich auszusprechen. – Adam errötete, was als eine Art Bestätigung der vorigen Worte gelten konnte.

- Oh Gott! – wunderte sich Samuel, - hat etwa Sophies Farbe auch für Ihre Wangen gelangt? In diesem Moment tauchte Henry auf. Auf der Straße, konnte er denjenigen ausfindig machen, den er im Klub vergeblich gesucht hatte.

- Ich hatte schon die Hoffnung fast aufgegeben, dich zu finden, - ging er sofort auf Samuel los. – Dort gibt es keinen, außer irgendwelchen Mädchen, - Doktor Estal hustete ein paar Mal, damit versuchte er seinem Freund zu verstehen zu

82

geben, dass er in Sophies Anwesenheit von Frauen in so einem herablassendem Ton nicht reden sollte.

- Miss hat anscheinend ihre Arbeit unterbrochen, - wandte sich Samuel an das Mädchen – Sophie, erlauben Sie mir Ihnen meinen alten Freund, Henry Mount vorstellen zu dürfen, - sagte Doktor Estal und gab diesem einen Stoß in den Hintern mit seinem Knie.

- Ich bitte um Entschuldigung, aber wir müssen sie nun verlassen, - Henry verbeugte sich hochachtungsvoll. – Zu unserem großen Bedauern.

Kapitel 25

Nur noch ein bisschen Geduld und dann wird das Kloster auf einen Blick zu sehen sein, - sagte Henry. – Na, bist du froh wieder nach Hause zurück zu kehren? – wandte er sich an Adam. – Das nächste Mal...

- Das nächste Mal werde ich zuerst tausend Mal überlegen, bevor ich dir mein Einverständnis zu irgendetwas gebe, - antwortete Adam.

- Ich würde mich gerne erkundigen, worüber Sie gerade reden? – fragte Samuel neugierig.

- Unser Adam war irgendwelche drei Monate nicht in seinem Kloster, aber für ihn war das eine gefühlte Ewigkeit. Jetzt wird er sich in seiner Klosterzelle einsperren, oder was noch schlechter wäre, wird wieder unter das Dach der Kapelle kriechen und wird dort auf seiner Truhe wie ein Kauz bewegungslos sitzen.

- Du hast vergessen meinen Garten zu erwähnen... – sagte Adam.

- Die geliebten Blümchen!

- Erstaunlich! – Samuel hatte anscheinend keine Worte, für das, was er gerade gehört hatte. – Für eine Minute herrschte Stille.

- Wenn Sie nicht sofort das Maul halten, dann werde ich zum Kloster zu Fuß weiter gehen, - sagte der Gärtner erbost.
- Ist das wahr? – fragte Doktor Estal und schaute dabei auf den Dreck, auf dem die Pferde stapften.
- Wenn du willst, dann kannst du auch im Kloster bleiben, - wandte sich Henry an seinen Freund. – Wenn ich mit meinen Aufgaben fertig bin, werde ich dich von dort abholen.
- Lieber nicht, fahrt, so wie wir vorher geplant haben.
- Unser Gärtner liebt Gäste über alles, - witzelte der Verwalter.
- Adam, dann sind Sie also ein Gärtner? Und ich dachte, Sie wären ein Mönch, - Samuel faltete die Hände so, als ob er gerade beten würde.
- Wir sind da, - verkündete der Kutscher.
- Steige aus! – Samuel wurde von seinem Freund aus der Kutsche geschubst. – Komm, ich werde dich mit meinem Beichtvater bekannt machen.
Doktor Estal schüttelte mit dem Kopf, damit gab er klar zu verstehen, dass er es nicht will.
- Willst du etwa so schnell wie möglich von deinen Sünden befreit werden? – sprach Samuel mit einer großen Portion Ironie aus.
- Sie ersticken mich, - Henry führte seine Hand zum Hals. – Henry nutzte die Gedankenversunkenheit von Doktor Estal aus, anscheinend dachte dieser gerade über den Sinn des Lebens nach, schubste ihn in irgendeine Zelle und schloss die Tür hinter ihm zu.
Der Gärtner blieb alleine zurück, er atmete erleichtert auf und ging in seine Klosterzelle. Sein Körper schmerzte wegen des beschwerlichen Reiseweges und des Schlafmangels. „Ich werde mich für eine Minute hinlegen", - beschloss Adam. Aus der Minute wurde eine Stunde, die ausreichend war, damit Adam wieder einen Traum hatte. Dort, im Traum nahm Adam wieder an einer Beerdigung teil... nun war es Lord Blackmore, der zu Grabe getragen wurde.

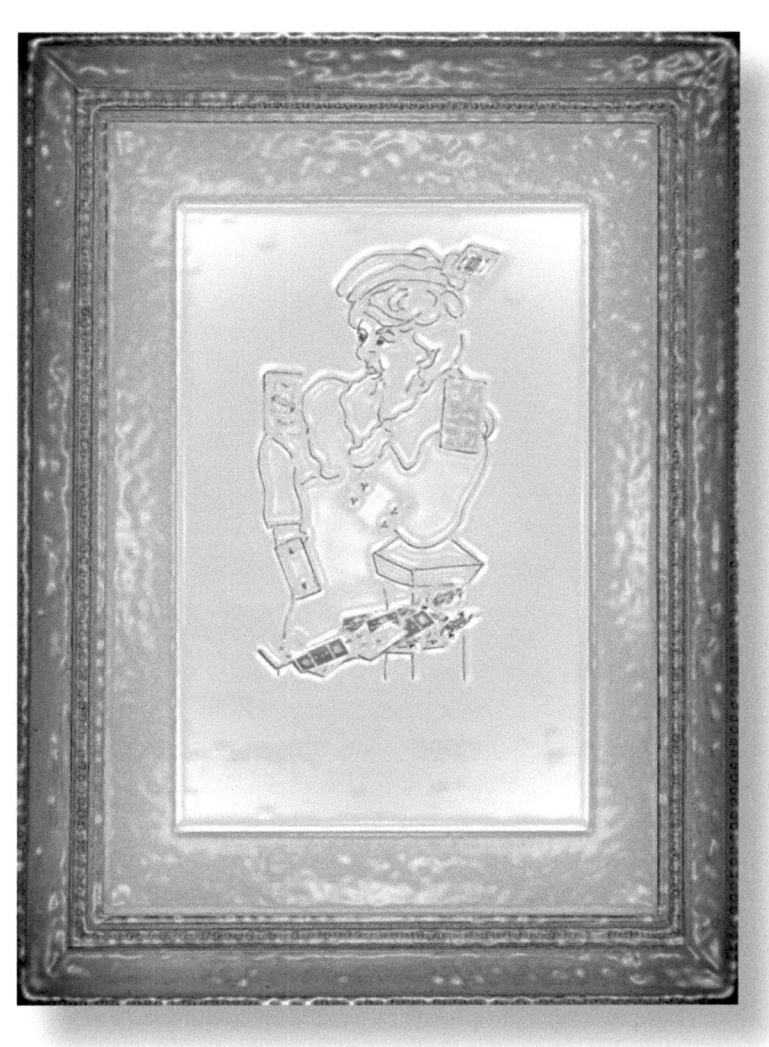

Charlotte

- Ich hasse Trauerprozessionen, - sagte Adam und wachte auf. Um die unangenehmen Gefühle zu vertreiben, ging er auf die Straße. Er besuchte jeden Strauch und jeden Baum in seinem Garten und berührte Alles mit seiner Hand. Samuel, der diese ziemlich komische Prozedur aus einem Fenster beobachtet hatte, fragte seinen Freund:
- Was macht er?
- Nun, er begrüßt seinen Garten, - antwortete Pater Drevett an Henrys Stelle.
- Ach so... Euer Gärtner ist krank. Psychisch...
Um irgendwie die Situation zu bereinigen, führte Henry Samuel weit weg.
- Bist du ganz verrückt geworden? – stürzte sich Henry auf seinen Freund, sobald sie den Klostervorstehenden hinter sich gelassen hatten und auf die Straße herausgegangen sind.
- Meine geliebten Blümchen, - Doktor Estal begann hysterisch zu lachen, als er Adam sah. Der Gärtner war gerade zu Ihnen gekommen, um so schnell wie möglich von seinem schlechten Traum zu erzählen. Allerdings dämpfte das Läuten der Glocke die Stimme des Gärtners. Dadurch wurden seine Befürchtungen, über das Schicksal des Lords Blackmore von Henry nicht beachtet und nicht richtig verstanden.

Kapitel 26

Sophie und Fanni hatten heute Wäschetag. Das hatte zu bedeuten, dass es zuvor notwendig war genügend Wasser her zu karren und es in die Fässer zu gießen. Anschließend sollte damit der riesige Tank gefüllt werden, der bereits auf dem Herd stand. In das auf dem Feuer kochende Wasser wurde die dreckige Wäsche getaucht, welche periodisch mit einem langen Stock umgerührt wurde. Man konnte Sophie wegen des Dampfes gar nicht sehen. Der Dampf stieg vom Herd hoch, auf den Wassertropfen fielen.

- Fanni, mach doch bitte die Tür auf, - bat das Mädchen. Allmählich wurde das ganze Zimmer gelüftet und die Fenstergläser wurden wieder durchsichtig. Durch sie hatte Fanni auch, wie es ihr vorkam, Maria gesehen, die auf einer Bank neben einem Teich saß.

- Deine Freundin ist hier, - verkündete die Wohnungseigentümerin die frohe Botschaft. – Da sitzt sie, dort am Teich.

- Ich kann es nicht glauben, - Sophie kannte Marias Gewohnheiten sehr gut. Es wäre sehr untypisch für sie.

- Zu Maria kam der Diener von Sir Digby angelaufen, - Fanni kommentierte das gerade am Teich Geschehene. – Der Bengel hat „etwas" Maria übergeben und sie hat „dieses etwas" in ihre Tasche gesteckt. Im Gegentausch hat Maria dem Lausbuben etwas in die Hand gedrückt, anscheinend war es Geld... Ich hätte nie gedacht, dass unsere Maria in Verbindung mit einem Diener des Besitzers eines örtlichen Ladens treten wird, - rief Fanni aus.

- Was für ein Verhältnis soll das denn sein! Anscheinend hatte Lord Blackmore ein dringendes Bedürfnis nach etwas und da hat er eben Maria hingeschickt, - sagte Sophie sehr überzeugend. – Der Bengel war bald an ihren Fenstern vorübergerauscht, ohne die Frauenaugen zu bemerken, die ihn mit Interesse beobachtet hatten. Als sie sich an den Tank mit kochender Wäsche erinnert hatten, kehrte Fanny mit Sophie wieder zum Herd zurück. Die Glasfenster wurden wieder beschlagen und ihre Freundin ist am Ende bei ihnen überhaupt nicht aufgetaucht, so, wie sie es auch erwartet hatten.

- Warum hat uns denn Maria nicht einen kurzen Besuch abgestattet, obwohl sie ganz in der Nähe war, - Sophie wurde traurig.

- Sie hat jetzt andere Sorgen und keine Zeit mehr für uns, - gab Fanni von sich. Dabei erinnerte sie sich, warum auch immer, an ihre eigene Jugend und Träume... Träume sind das Privileg der jungen Leute, dachte sie plötzlich.

Maria drehte sich mehrmals um, während sie die Schattenallee im Laufschritt erreicht hatte. Hier fühlte sie sich mehr, oder weniger in Sicherheit. Leider hatten die Bäume immer noch kein Laub, denn die Zeit der jungen Blätter war noch nicht gekommen. Dafür schwollen die Knospen überall an, der Harz rannte überall von den Ästen runter... Da ist ein trockenes Blättchen beim Vorbeifliegen an einer alten Eiche unfreiwillig hängen geblieben und dort hat sich an einer Birke ein Stück rostroter Eichhörnchenhaare festgeklebt. Nachdem sie sich vergewissert hatte, dass sie alleine ist und dass es um sie herum keine Menschen gibt, blieb Maria stehen und stellte ihre Atmung wieder her. Dann holte sie aus einer Geheimtasche ein ziemlich großes Glasfläschchen. Es war nicht ungefährlich es zu öffnen, außerdem machte es keinen Sinn, aber das Mädchen schüttelte es zu irgendeinem Zweck. Wahrscheinlich, um sich zu vergewissern, dass es den richtigen Inhalt hat. Ja, es war das, wofür sie eine ziemlich stolze Summe Geld dem habgierigen Jungen gezahlt hatte. Der Saft der Tollkirsche, mit dem Maria die Kirschen für ein ausgelesenes Dessert übergießen wollte.

- Was für ein Schlitzohr! Wollte mein ganzes Vermögen dafür haben. Zum Glück werde ich nicht mehr auf seine Dienste angewiesen sein, - die zufriedene Maria steckte das Fläschchen wieder in ihre Tasche ein und richtete sich den Rock zu Recht. Bis zum Anwesen des Lords waren noch ungefähr die letzten hundert Yards zu gehen.

Nachdem sie auf der breiten Empfangstreppe in das obere Stockwerk gestiegen war, ging sie in ihr Zimmer. Dort versteckte sie den teuren Einkauf in der hinteren Ecke eines Kleiderschranks. Danach ging Maria eine Etage tiefer. Man könnte hören, wie die Tür in das Schlafzimmer des Herrn geöffnet und wieder geschlossen wurde.

Kapitel 27

- Und hilfst du schon seit langem aus, Miss Sophie? – fragte Henry.
- Um ehrlich zu sein, macht das hauptsächlich Lori. Ich trage eigentlich nichts dazu bei.
- Sage das nicht! Lori würde es nicht schaffen sich dauernd mit den Männern zu messen.
- Ach sie würde doch jeden beliebigen Puritaner leicht entlarven.
- Ich habe gehört, dass deine Lori allen Bräutigamen abgesagt hatte, die um ihre Hand anhielten und ihr Geld wollten.
- Na und? Was folgt daraus?
- Ich will nur damit sagen, dass sie ihr gesamtes Vermögen, bis zum letzten Schilling für Literaturstudien und auf die Entfaltung fremder Talente, verbrauchen wird.
- Ich könnte so etwas nicht, - gab Samuel offen zu.
- Weil du eigentlich kein Vermögen hast. Deine Taschen sind leer.
- Nun es geht kein Wind in ihnen spazieren. Und dafür bin ich schon dankbar. Dafür hast du anscheinend etwas auf die hohe Kante gelegt, Edward ist wohl ziemlich großzügig.
- Mich interessiert etwas ganz anderes. Samuel, hattest du nicht das Gefühl, dass der Gärtner und Miss Sophie etwas für einander empfinden, - Henry lenkte das Gespräch in eine ganz andere Richtung und wechselte das Thema.
- Und wer soll das sein? – fragte Samuel seinen Freund und ließ somit Henrys Frage unbeantwortet, dabei zeigte er mit dem Finger auf Fred, den man durch die Glasfenster des Wintergartens beobachten konnte. – Etwas Ähnliches habe ich bereits einmal gesehen...
- Erraten! Seinen Lehrer kennst du höchstpersönlich.
- Einfach unfassbar. Die Verrücktheit scheint also ansteckend zu sein!

So, nun bist du bestraft durch deine eigenen Worte. Du hast verloren! – rief der Verwalter aus und rieb sich mit Zufriedenheit die Hände. Das Schicksal hat dir einen Streich gespielt.

- Ich werde schon wieder zurückschlagen... – Doktor Estal schaute enttäuscht auf seine, eigentlich gar nicht Mal so schlechten Karten. Nachdem er noch etwa zehn Kartenrunden hintereinander verloren hatte, warf Samuel seine Karten auf den Tisch.

- Gehe und schnappe etwas frische Luft, - schlug Henry seinem im Kartenspiel so unglücklich agierendem Freund vor. Er selber hatte auf diesem Gebiet fast immer Glück. Die Fortuna war immer auf seiner Seite, weil sie wusste, dass außer ihr der Klient in seinem Leben nichts Schönes hatte. So wie zum Beispiel jetzt, denn die nächste Aufgabe des Verwalters bestand darin, seinen Herren ins Bett zu bringen. Ohne jeden Zweifel dienten im Haus spezielle Leute für so etwas, aber unglücklicher Weise vertraute Baron Hogart niemandem, außer seinem Verwalter.

Währenddessen hatte es sich Doktor Estal im Wintergarten gemütlich gemacht und blätterte im neuen Gedichtband, den Lori erst vor kurzem veröffentlicht hatte. Das Herz sagte ihm, dass seine Gefühle nicht unbeantwortet bleiben werden. Die Liebesbekennungen wurden zwar verschleiert, aber dennoch vom Autor der Gedichte ausgesprochen. Die Blumen, die in diesem Moment in Samuels Seele aufgingen und die Rosen, die auf den Sträuchern wuchsen, jubelten scheinbar mit ihm zusammen. Ja, er wurde trotz allem wieder geliebt! Ein Paar Insekten, die zu dieser Jahreszeit bereits außerhalb des Wintergartens am Leben waren, versuchten durch die Glasfenster in die Zimmer zu gelangen. Sie wollten auch dort drinnen sein, im Reich der blühenden Pflanzen.

Sie stürzten sich stur auf das Fensterglas, weil es sie hinderte ihre Träume zu verwirklichen.

Ihre verkümmerten Körper, die am Ende an diesem Glas festkleben werden, wird der Regen wegwischen und die Welt wird sich nicht mehr erinnern, dass sie im Leben existiert haben, denn sie sind an ihr, wie ein Tagestraum vorübergesaust.

Kapitel 28

- Also weißt du, mit dir kann man sich unmöglich unterhalten. Du lebst in Fülle, bist mit allem zufrieden.
- Na und?
- Aber ich will so nicht leben.
- Du tust mir leid.
- Behalte dein Mitleid für andere, es ist nichts für mich, - sagte Maria so grausam, dass Sophie sogar zu weinen anfing. Danach fügte sie mit noch mehr Hass hinzu:
- Heul doch, du blöde Kuh!
- Aus welchem Grund weinen wir denn? – Fanni und Charlotte haben das Haus betreten und erlebten dort eine ziemlich düstere Szene. Die Freundinnen saßen auf dem Bett, umarmten sich dabei und heulten wie die Schlosshunde.
- Wir weinen wegen unserem Leben, - antwortete Maria zutiefst erbost.
- Übers Leben – ist gut, - fügte Charlotte ihr Wort dazu. – Es ist besser jetzt zu weinen, anstatt danach, denn sonst wird es dann bereits zu spät sein. – Maria konnte den direkten Blick der Wahrsagerin nicht aushalten und richtete ihren Blick auf den Boden.
- Fanni, warum beleidigt sie mich?
- Ich?
- Doch nicht ich, oder. Du sprichst doch dauernd darüber, dass ich etwas bereuen werde.
- Ja, du wirst es bereuen, - antwortete für Sophie Charlotte.
– Maria fing wieder an zu weinen. Fanni schlug ihr eine

Kartenpartie vor, um sie auf diese Weise von traurigen Gedanken abzulenken. Maria nahm ohne jede Begeisterung das ungemischte Kartendeck in die Hand...

- Und ich habe Tabak dabei, - Charlotte öffnete ihre Schnupftabakdose. Für eine Weile hörte der Streit auf und im Zimmer war immer wieder ein lautes „Apchi!" zu hören. Durch den Tabak wurden die Sinne der Frauen vernebelt und sie begannen jeglichen Quatsch von sich zu geben, der ihnen in den Kopf kam.

- Maria, warum bist du nicht zu uns gekommen, an dem Tag, an dem du am Teich warst?

- Hör auf zu lügen! Du hast jemand anderen und nicht mich dort gesehen. – Fanni, die davon überzeugt war, dass sie und Sophie Recht hatten, wurde traurig:

- Und wer soll dann auf der Bank gesessen haben, wenn du es nicht warst?

- Woher soll ich das wissen, wer sich dort ausruhen wollte.

- Und mit dem Diener von Mr. Digby hast du auch nicht gesprochen?

- Nein, ich war das nicht.

- Wegen so einer Unverfrorenheit fing bei Fanni sogar ein Auge an zu zucken:

- Ich hätte nie gedacht, dass ich im Alter ganz blind sein werde, - sagte sie.

- Ich habe dich auch dort gesehen, - bestätigte Sophie.

- Und was wollt ihr beide von mir? – Maria stellte sich in eine Pose.

- Und was soll denn so besonders daran sein, selbst wenn sie dich dort am Teich gesehen hätten? – fragte Charlotte.

- Das war nicht ich! – Maria wurde jetzt richtig böse.

- Ein Gespenst. Das nächste Mal werde ich an dir grußlos vorbei gehen. Ich werde mich extra wegdrehen, um deine schamlosen Augen nicht sehen zu müssen.

Mister Hogart

- Was soll es! – Maria hatte nicht vor, sich kampflos zu er-
geben, sie verteidigte sich, mit Allem, was sie hatte. Ihr
krächzt herum wie Krähen. Keine Kultur!
- Und du bist wohl, sehr kul... kul... kultiviert, - Fanni fing
sogar leicht zu stottern an. – Bist du etwa selber schon lange
aus der Gosse empor gekrochen?
- Ich habe keine Lust länger eure Beleidigungen zu ertragen!
Ich gehe nach Hause.
- Wie hat sie das gesagt! - vor Erzürnung, wusste Fanni
nicht, was sie darauf antworten sollte.
Maria schlug extra die Tür hinter sich mir einem lauten
Knall zu und ging raus auf die Straße. Es war schon spät,
deshalb verspürte das Mädchen Angst. Nachdem sie alle
inneren Reserven, die sie noch hatte, mobilisierte, ging Maria im Laufschritt, ohne sich umzudrehen. Plötzlich hörte sie
lautes Pferdegetrappel hinter sich, zum Glück rasten sie an
ihr vorbei. Aber Maria wurde es dadurch nicht leichter, ihre
Knie begannen, aus irgendeinem Grund zu zittern. Um sich
wenigstens irgendwie zu ermuntern, begann sie ein Lied zu
singen, welches sie einmal im Haus des Lords gehört hatte.
Es war ein lustiges Liedchen, darüber, wie ein Hahn seine
Hähnen liebte. Jeden Tag sang er am Morgen dasselbe Lied:
Hier ist eine...da noch eine...
Sie lässt mich nicht mehr alleine.
Ich werde euch die Liebe schenken.
Und mein Herz in euch ertränken...
Es ertönte ein Stöhnen. Das Mädchen schenkte ihm keine
Beachtung, sie hatte es einfach nicht gehört, weil sie sich so
auf ihr Lied konzentriert hatte. Plötzlich begann Maria zu
schreien an. Unter ihren Füßen lag etwas. Sie bückte sich.
Auf der Erde fand Maria einen fast leblosen Menschen. Er
wurde hart geschlagen, aus seinen Wunden floss Blut.
- Zum Teufel! – Maria wollte zuerst einfach über den Kör-
per des Unbekannten treten, aber das Mitleid hat alle anderen, nicht so edlen Gefühle in ihrer Seele besiegt. Aus

irgendeinem Grund ergriff sie fest den Kragen seines Leib-
hemdes und schleifte den Mann über die staubige Straße.

Kapitel 29

Am nächsten Tag meldete sich Maria krank ab. Der Herr
machte sich große Sorgen um die Gesundheit seiner Lieb-
lingsdienerin und erlaubte ihr einen Tag Urlaub zu nehmen.
Zu ihrem Glück war zu dieser frühen Zeit am Morgen die
Dienerschaft so beschäftigt, dass niemand merkte, wie Maria aus ihrem Zimmer verschwunden war.
Das Knacksen der Zweige, die unter ihren Füßen auseinander brachen, erschreckte sie genauso stark, wie das, was sie
gerade tat.
„Wenn man mich jetzt sieht, dann wird es mein Ende sein",
- dachte Maria, während sie sich durch das hohe Gebüsch
kämpfte. Ein Gartenhäuschen, das extra zum Aufbewahren
von Gartenwerkzeugen errichtet wurde, befand sich im Di-
ckicht von vertrockneten Bäumen. Die Diener des Herrn,
hatten keine Zeit diese alten Pflanzen zu entfernen und mit
Jahren verwandelte sich diese Erde in eine verlassene Insel.
Hier hatte Maria den Mann vor fremden Augen versteckt,
den sie gestern auf der Straße gefunden hatte.
„Warum musste ausgerechnet ich in diese missliche Lage
geraten, - dachte Maria, während sie die Türen des alten
Schuppens öffnete. Was soll ich jetzt mit ihm tun?"
Der Mann war nach wie vor bewusstlos. Auf der Straße
stand ein Fass mit Regenwasser, Maria durchtränkte damit
ihr Taschentuch und legte es an die Lippen des Unbekannten.
„Mir wird es ganz schlecht gehen, wenn nur irgendjemand
herausfindet, dass ich ihn hier versteckt habe", - dachte sie,
während sie das Gesicht des Mannes betrachtete. Ihr alles
berechnenden Gehirns funktionierte heute schlecht. Maria

hatte aus irgendeinem Grund ein Gefühl, sollte sie jetzt weggehen, dann würde etwas sehr schlechtes und nie wieder gutzumachendes mit dem Unbekannten geschehen. Das erste Mal in ihrem Leben hörte sie nicht auf ihren kühlen Verstand, sondern folgte ihrem Herzen. Bis zum Anbruch der Dämmerung wich Maria nicht von der Seite des Kranken.

Sie kehrte in das Haus des Lords, als es praktisch ganz dunkel war. Maria legte sich in ihr Bett, ohne die Kerzen anzuzünden, dabei hatte sie zuerst gar nicht bemerkt, dass dort ihr Herr bereits lag.

- Ich habe schon seit langem dein Fleisch nicht mehr gespürt, - flüsterte der Lord.

- Wir haben noch so viel vor uns, - Maria leistete Widerstand.

- Mir fehlt aber schon jetzt deine Liebe! – der Lord zog seine Hosen aus. Maria musste den männlichen Organismus bis zur Ekstase führen... Das Stöhnen des Lords war genauso widerwärtig, wie sein Kuss. Sie stand vom Bett auf. – Gehe nicht weg, - bat der entkräftete Alte. Ich will dich sehen, dich lieben...

- Ich bin müde, - antwortete Maria. Dann fügte sie hinzu: - Bald werden wir eh zusammen sein. Sie wollte diese Leier so schnell wie möglich beenden. Die Frau schlüpfte aus ihrem Zimmer und beschloss, sich im Gästezimmer zu verstecken, welches direkt über ihrem Schlafzimmer lag, wo sie gerade zuließ, dass man sie liebte. Nach dem sie eine Weile gewartet hatte, kehrte Maria nach unten zurück. Sie hatte Glück, der Lord war nicht mehr da.

- Ich habe auf dich gewartet. Sehr! – ertönte es in der Dunkelheit. – Komm zu mir! – die Frau, die nach einem anderen Mann roch, hüpfte in die offenen Arme...

Kapitel 30

Der festgelegte Tag war gekommen. Lord Blackmore hatte
ausgezeichnete Laune. Die Diener wurden sprachlos, als sie
ihren Herren in einem Bräutigam Anzug erblickt haben.
Das, was sich vor ihren Augen in der nächsten Minute abgespielt hatte, versetzte sie in ein noch größeres Staunen. Sie
sahen nämlich eine Arbeitskollegin – Maria, in einem
Brautkleid. Sie hatte sichtlich Gefallen an ihrer Rolle. Maria
schaute hochnäsig von oben auf ihre ehemaligen Mitstreiter
herab, diese schauten auf sie voller Neid. Denn ausgerechnet
sie Maria, schien ein Glückslos gezogen zu haben, um dem
normalen Schicksalsverlauf zu entfliehen.
Der Pastor führte die Trauung durch, allerdings hatte er
sichtlich keine Lust dazu. Aber was blieb ihm anderes übrig? Man hatte ihn sehr gut bezahlt, außerdem fragte niemand seinen Rat. Außerdem wurde für den Pastor das beste
Zimmer im Haus bereitgestellt. Dazu wurden für ihn spezielle Diener abgestellt, die alle seine Wünsche sofort erfüllen
sollten. Um es kurz zu machen, hatte er eigentlich keinen
Grund sich zu beklagen. Außerdem war er der einzige Gast,
der zum Fest eingeladen wurde, das vom Herrn des Anwesens organisiert wurde. Sogar Edward fehlte aus irgendeinem Grund bei den Feierlichkeiten seine Exschwiegersoh-
nes. Noch vergangene Woche war er plötzlich irgendwohin
weggefahren. Sein Plan, das chinesische Volk in einen Dro-
genrausch zu versetzen hatte dringende finanzielle Investiti-
onen nötig. Es war selbstverständlich, dass der Inhaber und
Präsident der Ostindischen Handelsgesellschaft die Sache
selber in die Hand nehmen musste. Er wollte die nicht so gut
laufenden Geschäfte verbessern und sie sozusagen in die
richtigen Ufer lenken.
Das Brautpaar war überglücklich. Der Lord bat immer wieder seine junge Frau den Dienern zu befehlen, verschiedene
Aufträge zu erfüllen. Es machte im Spaß, zu beobachten,

wie sie nur äußerst wiederwillig der frischgebackenen Lady gehorchten. Den Dienern machte das Lachen des Herrn sehr zu schaffen, sie wurden böse und verfluchten die Jungvermählten, die ihre Würde immer wieder erniedrigten. Am Abend zog sich der Bräutigam mit seiner Braut ins Schlafzimmer zurück. Den Dienern war es strengstens aufgetragen worden die Bettspiele des Brautpaares ja nicht zu stören. Am nächsten Tag erschienen die Jungvermählten Hand in Hand zu Lunch. Nach den feierlichen Speisen wurde eine Hochzeitstorte serviert mit weißer Sahnecreme, der mit blutroten Kirschen geschmückt war, außerdem gab es ein Dessert aus Kirschen dazu. Nach dem Abendessen fühlte sich der Hausherr ganz unwohl. Der Lord bat voller Scham seine junge Frau und den Pastor um Entschuldigung. Danach schleppte er sich in sein Schlafzimmer und legte sich ins Bett. Aus welchem er nicht mehr aufstehen sollte. Am Abend war er bereits tot. Im Anwesen des bereits toten Lords kam es zu einem großen Aufruhr... Jemand sagte, man sollte schnell zum Pastor laufen und ihn um Hilfe bitten. Gott sei Dank war der Weg zu ihm nicht weit. Er befand sich noch im selben Haus. Die Diener fanden den geistigen Vater bei einem ganz weltlichen Vorgang – beim Baden. Eine bildhübsche Köchin schöpfte aus einem riesigen Bottich, in dem der Pfarrer nackt saß, warmes Wasser und begoss aus einem vergoldeten Krug sein bebendes welkes Fleisch. Das Wasser floss... und landete im Bottich zurück. Der aufgeregte Pastor fand die junge Witwe, die in Hysterie neben dem Totenbett ihres Mannes verfallen war. Das alles war so quälend für ihn, dass er nicht wusste, wie er sowohl die leidende Frau, als auch sein erregtes Fleisch beruhigen sollte. Denn sein Körper verlangte bereits bei der Berührung der Hand der überaus attraktiven Herrin, sofortige Befriedigung. Die Witwe schrie, dass sie vor Kummer, welches ihr Herz zerreißt, sofort sterben wird. Es schien, als ob der Pastor mit ihr ganz solidarisch in dieser Frage war. Er war mittlerweile selber so weit, sich eigenhändig zu beschneiden, um sein erregtes Glied zu beruhigen und damit endlich ein für alle Mal seine Quallen zu beenden. Nach der Verabschiedung von Lord Blackmore und seinem letzten Geleit ins Jenseits verließ der geistige Vater mit zerrissenen Gefühlen das gastfreundliche Haus. Und was ist danach passiert? Zur großen Verwunderung der Diener hatte es ihre neue Herrin überhaupt nicht eilig die Bekannten und Freunde ihres Mannes über die Tragödie zu unterrichten. Sie sagte, sie sei selber krank und fühle sich nicht dazu im Stande. Die Diener sahen, wie sie, in eine Wolldecke gehüllt im Garten spazieren ging, oder wie sie neben ihrem Schlafzimmerfenster saß. Die Witwe schaute immer wieder aus irgendeinem Grund auf die ungepflegte, hintere Ecke des Gartens. Keiner wusste, warum sie solch ein großes Interesse und Gefallen daran gefunden hat.

Kapitel 31

- Edward, ich bin so froh dich zu sehen! Gut, dass der Kummer deinen starken Charakter nicht gebrochen hat.
- Ja, sie tut mir immer noch leid. Meine Frau war kein schlechter Mensch.
- Da, gebe ich dir Recht und mit deinem Schwiegervater hatte ich mich auch immer gut verstanden.
- Er ist sehr niedergeschlagen, wegen des Todes seiner einzigen Tochter. Der Lord hatte Luise vergöttert.
- Sie haben sich mittlerweile bestimmt schon wieder getroffen – dort, im Himmel. Sir Hogart hob seine Augen nach oben und schaute auf die vorbeisegelnden Wolken.
- Wie können sie sich dort treffen? – fragte er erstaunt.
- Wie? Wie! Wie alle, nach dem Tod, wenn es natürlich wahr ist.
- Ich weiß es nicht...

- Dafür weiß es dein Schwiegervater...
- Der Lord ist nicht mehr jung, aber er ist noch ziemlich rüstig.
- Ich würde es nicht wagen, zu behaupten, dass Lord Blackmore sich gut fühlt. Vor allem, wenn man bedenkt, dass während seiner Totenmesse... – das Gesicht des Barons krümmte sich voller seelischem Schmerz.
- Edward, was ist mit dir? Oh mein Gott, dann weißt du also auch nicht, dass sich dein Exschwiegersohn vor seinem Tod mit seinem Dienstmädchen verheiratet hat? Jetzt gehört alles ihr!
- Wem?
- Na, dieser Maria. Edward, wo willst du denn hin? – rief Graf Dorling, ein alter Bekannter von Lord Blackmore dem Wegrennenden nach. Es freute ihn, wenigstens jemanden von denen zu treffen, mit dem er seine Sorgen teilen könnte, bezüglich der Schicksalsschläge, welche seinen unglücksseligen Freund ereilt hatten.
Der Kutscher hetzte seine Pferde fast zu Tode, weil der praktisch unter ihre Hufen sich werfender Gentleman es sehr eilig hatte. Er schrie ununterbrochen: „Fahr schneller!"
Der Kammerdiener von Sir Hogart hatte gerade die Tür der Kutsche aufgemacht und wollte ihm, wie üblich die Hand zum Aussteigen reichen, da war dieser bereits ins Haus geeilt. Dort frühstückte gerade der Verwalter, weil es ebenfalls zu dieser Zeit immer üblich war. Er hatte gerade mit einer kleinen Dessertgabel ein Stück Kuchen aufgespießt und wollte ihn sich gerade in den geöffneten Mund verfrachten.
- Henry! – schrie der Baron in diesem Augenblick.
Der Verwalter blieb in der gleichen Pose, mit geöffnetem Mund sitzen, weil Edward aus seiner Hand das Silbergabelchen zusammen mit dem Kuchenstück entrissen und es auf den Teller zurück geworfen hatte.
- Lass uns losfahren, - Sir Hogart versuchte den Verwalter vom Stuhl hochzuheben.

Samuel Estal

Henry nahm die Dessertgabel wieder in die Hand. Der Kuchen war zwar ein bisschen verbeult, sah aber dennoch sehr appetitlich aus.

- Hast du etwa immer noch nicht verstanden? Ich sagte, dass wir jetzt losfahren! – begann der Baron zu schimpfen. Sein Verwalter, war einfach baff wegen so eines Umgangs mit ihm. Der Kuchen, den er trotzdem in seinen Mund geschoben hatte, steckte nun in seinem Hals fest. Henry streckte sich nach einer kleinen Tasse, welche Sir Hogart immer weiter von ihm weg bewegte. Ein Diener, der bei dieser, auf den ersten Blick ziemlich lustigen Szene, anwesend war, merkte, dass der Verwalter wirklich dringend Hilfe nötig hat, reichte ihm eine andere Tasse, die bei ihm auf dem Tablett stand. Mit seiner gütigen Hilfe, ist es Henry letztendlich gelungen das verdammte Kuchenstück doch noch herunterzuschlucken. Der Verwalter schaute den Diener dankbar an und wischte sich die Tränen aus seinen Augen. Der Baron sah ein, dass er den Bogen etwas überspannt hatte.

- Na gut, du kannst deinen Kuchen aufessen, - erlaubte der Herr und setzte sich selber neben seinem Verwalter an den Tisch. Der Diener begriff, dass die Gefahr nun vorüber ist und gab Anweisungen seinem Herrn das Frühstück zu servieren. Nun hatte er keine Angst mehr, dass das Essen an irgendeinem ungewöhnlichen Ort landen wird. Zum Beispiel auf seinem sauberen Kittel, oder was noch schlimmer wäre in seinem Gesicht oder das Essen würde dort landen, von wo man es nur mit sehr viel Mühe und Zeitaufwand aufwischen müsste. Sir Hogart hatte den Ruf eines aufbrausenden Menschen. Zum Glück beruhigte er sich genauso schnell, wie er hochging. Nun lag es am Verwalter, herauszufinden, was seinen Herren so wütend gemacht hatte.

- Etwas Nichtwiedergutzumachendes ist passiert, - begann der Baron zu erzählen.
- Das habe ich bereits begriffen, aber was ist es genau?
- Du wirst es nach dem Frühstück erfahren.

102

- Besser gleich jetzt.
- Henry, ich sorge mich um deine Gesundheit. Wenn du erfährst, was passiert ist, kriegst du keinen Bissen vom Quarkkuchen mehr herunter. Das garantiere ich! – Henry hörte auf zu kauen, und Edward fuhr fort:
- Wie könnte sie nur?
Natürlich hatte Henry aus diesen Worten des Herrn überhaupt nichts verstanden. Aber er war nun satt, bis zum geht nicht mehr.
- Wen meinen Sie denn damit? – fragte er neugierig.
- Der Lord ist tot, - Henry wurde es sofort wirklich schlecht. Der gerade gegessene Kuchen, begann sich irgendwie komisch im Magen zu benehmen. – Das war ungefähr vor drei Monaten passiert.
- Was? – Henry sprang auf und stellte sich mit seinem großen Körper aufrecht.
- Hör auf rumzuzappeln! – Sir Hogart nahm einen Schluck vom abgekühlten Kaffee und streckte sich.
- Und die ganze Zeit wussten wir von nichts?
- Ganz genau! Ich war selbstverständlich zu dieser Zeit mit den Angelegenheiten meiner Handelsgesellschaft beschäftigt, aber du – mein Verwalter, könntest durchaus derjenige Mann sein, den man in so einer Situation um Rat und Hilfe bieten könnte.
- Fahren wir los! Sie müssen das Erbe antreten. Jemand muss doch die Sachen des Lords in Ordnung bringen.
- Ich sagte doch bereits, keine Hektik. Der Besitz des Lords ist nicht herrenlos geblieben.
- Der Verwalter krachte förmlich auf einen Stuhl herunter, den ihm der vorausschauende Diener rechtzeitig hingestellt hatte. – Maria.
- Sir, erklären Sie mir doch bitte, was hat sie denn damit zu tun?
- Zuerst hatte sie nichts damit zu tun, aber mittlerweile fühlt sie sich in der Rolle der Herrin des Anwesens einfach

großartig. – Henry könnte darauf nur eine abweisende Geste mit der Hand machen, danach begann er laut zu lachen.

- Das ist alles Kinkerlitzchen. Eine Lüge! – er sprang wieder von seinem Stuhl auf, gleich darauf erstarrte er aber im Stehen, als er die Worte seines Herrn hörte:

- Maria ist die Witwe von Lord Blackmore.

Es war interessant zu beobachten, wie Henry mit einem heftigen Gefühlsausbruch kämpft. Er blieb stehen und stützte sich dabei auf die Schulter desselben treuen Dieners, der zu seiner Hilfe herbeigeeilt war.

- Ich werde es nicht glauben, bevor ich es nicht mit meinen eigenen Augen sehen werde, - sagte der Verwalter und setzte sich seinen Hut auf.

Komischerweise täuschten sie ihre Augen nicht. Nachdem Sir Hogart mit seinem Verwalter im Anwesen von Edwards Schwiegervater angekommen waren, wurden sie tatsächlich von Maria empfangen. Aber Henry war nicht nur wegen dieser Tatsache verwundert. Seiner Meinung nach, war das Verhalten seines Herrn ebenfalls nicht besonders adäquat. Statt Begrüßung und üblicher Beileidsbekundung, schleppte Sir Hogart die Witwe sofort zum Haus mit folgenden Worten:

- Und ich habe dir vertraut. – Henry wollte gerade ihnen folgen, da sah er einen Diener, der schon sehr lange, seit ungefähr zwanzig Jahren, bei der Familie Blackmore angestellt war.

„Ich werde erst mal ihn ausfragen. Er wird mir sicher alles erzählen" – dachte der Verwalter.

Nachdem er länger als eine Stunde mit dem Diener gesprochen hatte, war Henry keinen Schritt schlauer, im Vergleich zu vorher.

Das Einzige, wobei er keinen Zweifel mehr hatte, war die legitime Erbschaft Marias über den Besitz des Anwesens und alles was der unglücksselige Lord in seinem Leben gespart hatte.

- Wir alle waren wegen dem plötzlichen Tod unseres Herren sehr traurig, - fuhr der Diener seine Erzählung fort. In letzter Zeit sah er einfach fabelhaft aus. Gab sich jugendlich...
- Kannst du dich genau daran erinnern, wie es passiert ist?
- Der Herr sagte, dass er krank sei und legte sich hin, um auszuruhen.
- Zuerst die Tochter, dann der Vater...
- Madam trägt noch immer Trauerkleidung. Geht nicht aus dem Haus.
- Warum hat sie denn keinen Boten zu Sir Hogart mit der Nachricht über den Tod ihres Mannes geschickt?
- Ich weiß es nicht, - beendete der treue Diener das vertrauliche Gespräch.
Henry betrat das leergewordene Haus, wo eine ungewöhnliche Ruhe herrschte. In der Hoffnung Edward zu finden, guckte er hin und wieder in jedes der zahlreichen Zimmer. Nachdem er auf diese Weise das Erdgeschoss fertig durchwandert aber dort niemanden getroffen hatte, stieg Henry die Treppen zum ersten Stock hoch.
„Hier ist die Tür, die zum Schlafzimmer des Lords führt", - Henry stampfte ein wenig unentschlossen herum und wollte gerade den Türknauf drücken, als er plötzlich Gelächter hörte. „Von wo könnten denn die Geräusche herkommen?" – der Verwalter versuchte die einzelnen Phrasen zu verstehen. Denn sie wurden zweifellos von Edward ausgesprochen. Sie kamen aus einem Zimmer, welches etwas weiter lag. Henry steckte seinen Kopf durch die Tür. Das, was er zu sehen bekam, war widerlich. Edward lag auf einer Couch, seine nackten Beine waren breit auseinandergestellt... Maria hob ihren Kopf hoch und wischte mit dem Ärmel ihren Mund ab.
- Mache die Tür zu! – sagte sie ohne jedes Schamgefühl.

Kapitel 32

- Und wie ging es weiter? – fragte Samuel.
- Nun, das ist wohl nicht besonders schwer zu erraten.
Edward ging ihr auf den Leim.
- Ich würde auch diese Maria sehr gerne kennen lernen.
- Lieber nicht. Sie ist eine richtige Hexe. Mein Herr läuft
wie verzaubert hinter ihr her.
- Also interessiert er sich nicht mehr für die Ursache von
Lords Tod?
- Ich glaube nicht mehr. Seine eigene Frau hat er auch be-
reits vergessen. Es war am selben Tag, an dem es mir mög-
lich war sich mit ihm vernünftig zu unterhalten. Nachdem
ich sie in flagranti erwischt hatte. Edward kam später aus
Marias Zimmer und sagte mit, dass er sie sehr liebt. Er bat
mich, sie in Ruhe zu lassen und niemandem von ihrem Verhältnis zu erzählen. Meiner Meinung nach hat er bis auf
weiteres nicht vor, nach Hause zurückzukehren.
- Man könnte neidisch auf dich werden.
- Manchmal werde ich aber deswegen auch sehr traurig.
- Dann amüsiere dich doch.
- Ich kann es nicht. Die Frauen kommen mir nun alle gleich
vor, sie alle ähneln Maria.
- Ich verstehe es nicht, - wunderte sich Samuel.
- Ich war ganz ruhig, als Edward die mittlerweile verstorbene Mrs. Blackmore geheiratet hatte. Nun glaube ich, dass er
sehr unglücklich ist.
- Und was hast du damit zu tun?
- Du verstehst es nicht? Ich fühle, dass es alles ein schlim-
mes Ende nehmen wird. Übrigens hatte mich Adam davor
gewarnt, dass mit dem Lord etwas sehr Unangenehmes geschehen könnte.
- Mache dir selber keine Vorwürfe. Du könntest ja nicht
ahnen, dass in diesem Fall diese unangenehme Schwierig-

keit dazu führen wird, dass er auf einem Friedhof landen wird.

- Es tut mir leid, dass ich ihm damals nicht geglaubt hatte.
- Und gerade aus diesem Grund fahren wir jetzt ins Kloster? Um Adam zu berichten, dass er recht hatte?
- Ich will mit meinem Beichtvater sprechen.
- Und was soll ich in der Zwischenzeit dort machen?
- Du bist ja aus freien Stücken mitgekommen.
- Anscheinend sind wir angekommen, - Samuel versuchte etwas in der Dunkelheit zu sehen. – Vielleicht übernachten wir in der Kutsche, bis es hell wird?
- Bist du etwa ganz verrückt geworden? Das können wir nie im Leben bezahlen, - regte sich Henry auf. – Dieser habgierige Mensch hat uns eh schon viel zu viel Geld abgeknöpft und alles nur, weil es so spät gewesen war.
- Mein Lieber, du kannst verduften! – verkündete Henry dem Kutscher. – Lebe wohl! – der Verwalter gab dem Rad der Kutsche mit seinem Fuß einen Stoß.
- Ich habe den Eindruck, dass alle bereits schlafen, - Doktor Estal rüttelte zögerlich an den großen Toren. Er hatte keine Ahnung, dass eine Tür existierte, die es möglich machte zu jeder Uhrzeit das Klosterterritorium zu betreten. Aber Henry fühlte sich mittlerweile hier wie zu Hause. Die Freunde zwangen sich durch die schmale Pfortentür.
- Schau, es scheint, als ob eine Kerze brennen würde, - rief Samuel aus.
- Wo?
- Na dort! – trotz der stolzen Körperhöhe der Freunde, könnte keiner von ihnen richtig erkennen, was tief im Inneren der Klosterklause geschieht. Sie hatten keine Lust Draußen zu übernachten und deshalb entschieden sie sich dazu, um jeden Preis das Fenster zu erreichen.
- Hilf mir, - Henry schwang ein Bein auf einen dicken Ast, welcher zum Glück aus dem Baum nicht all zu hoch herausragte. Samuel half seinem Kumpel hoch, so dass dieser sich

bald auf dem Ast sitzend wiederfand. Es war ganz offensichtlich, dass dieser Platz nicht besonders bequem war. Henry hielt sich sogar mit seinen Armen am Baum fest, um nicht runterzufallen.

- Henry, rief Samuel nach seinem Freund.
- Warte mal, - winkte dieser ab. – Samuel wartete noch eine Weile, danach zupfte er seinen Freund noch stärker an seinem Hosenbein. Aber Henry saß dort, wie angenäht und reagierte in keiner Weise auf die Forderungen von Mister Estal, die Lage zu erklären.

Ach, auf den Baum zu klettern erwies sich, als eine überaus schwierige Aufgabe. Samuel befand sich nun sogar in einer günstigeren Position, im Vergleich zu seinem Kumpel. Die Füße von Mister Estal befanden sich genau über Henrys Kopf. Das, was Samuel in den nächsten Sekunden zu sehen bekam, rief in ihm widersprüchliche Gefühle hervor: Er wollte gleichzeitig zusehen und sich davon abwenden...

„Oh mein Gott, ich befinde mich doch gerade in einem Kloster" – dachte Mister Estal, als er die unzüchtigen Mönche beobachtete. – „Will mich der Herrgott etwa persönlich auf die Probe stellen? ..." Die Kerze war bald erloschen.

- Wie werden wir vom Baum runterklettern? – fragte Samuel als erster.
- Ich habe keine Ahnung, - antwortete Henry. Es hatte den Anschein, als ob seine Füße die Form der Äste angenommen hätten. Sie verwickelten sich auf dieselbe Art und Weise unten, damit wurden sie wegen der enormen Spannung ganz fest zusammengedrückt. – Niemand hatte dich ja mit Gewalt hochbefördert, - fügte er hinzu. – Du bist von alleine hochgeklettert.
- Ja, aber nur weil du mir nichts erklärt hast.
- Du hättest einfach ein bisschen warten können, aber du hast ja keine Geduld. – Samuel entschloss sich zu handeln und begann mit dem Fuß nach einem Ast unter ihm zu

tasten. Noch ein kleines bisschen und er würde wieder unten sein.

- Hey, wo willst du denn hin? – wollte Henry seinem Freund gerade hinterher rufen. Aber er kam nicht mehr dazu, weil dieser bereits auf der Erde lag. Henry musste schnellstens sein warmes Plätzchen verlassen, um Samuel zu helfen. Aber die scharfen Zweigspitzen waren   durch die dichte Hosenmaterie durchgedrungen. Henry setzte sich auf und sprang herunter...

- Samuel...

- Lass mich in Ruhe.

- Samuel...

- Ich flehe dich an, sei still, ah...

- Samuel, etwas ist mit meinem Fuß nicht in Ordnung. Hilf mir! – Zuerst ließ Mister Estal seinem Ärger Luft, danach schulterte er seinen Freund auf den Rücken.

- Na, und wohin sollen wir jetzt gehen?

- Nicht weit von hier befindet sich eine Kapelle. Sie ist ganz nah.

- Das hängt vom Standpunkt und vom Gewicht ab, - murrte Mister Estal. Als sie die Kapelle erreicht hatten, hievte er die enorme Last von seinen Schultern herunter.

- Kannst du etwas vorsichtiger sein? – regte sich Henry auf. – Ich bin doch kein Mistsack.

- Wo werden wir jetzt schlafen? - fragte Samuel und öffnete dabei die Kapellentür.

- Schau dich um, hier gibt es genügend Platz. Kannst du die Holzbänke sehen?

- Ja, ich sehe sie.

- Breite aber erst deinen Umhang aus, ansonsten wird es für mich viel zu hart zum Einschlafen, Henry führte sich ganz widerlich und unmöglich auf. Mister Estal, der vollkommen erschöpft war, legte sich ebenfalls hin und legte sich seine Hände an Stelle eines Kissens unter den Kopf.

- Wie lautet der Name des Heiligen, der hier begraben ist? –
fragte Samuel und betrachtete dabei die Grabplatte. Man
hatte den Eindruck, dass auf ihr tatsächlich ein Mensch
liegt. Denken Sie sich dabei bloß nichts Böses, in dieser Zeit
sahen praktisch fast alle Grabplatten in England genauso
aus. Noch seit geraumer Zeit wurden die Skulpturen aus
weichem Gestein hergestellt, die den verstorbenen Menschen genau kopierten. Danach wurden sie auf die Grabplatte gelegt.
- Heiliger Leon, - sagte Henry kaum hörbar und ganz leise.
Er könnte vor Müdigkeit seine Augen kaum offen halten.
- Heiliger wer?...
Statt einer Antwort war lautes Schnarchen zu hören.
Samuel konnte noch lange nicht einschlafen. Er beneidete
jetzt sehr seinen schlafenden Freund. Mister Estal schaute
sich mit Grauen um. Er hatte große Angst, ohne dabei genau
zu wissen, vor was er sich eigentlich fürchten müsste. Aber
in einem könnte Samuel vielleicht doch Recht haben. Es
kam ihm so vor, als ob sich in der Kapelle noch jemand,
außer ihnen befand. Außerdem fühlte er sich allzu verdäch-
tig und sehr leicht. Er wollte fliegen... Plötzlich erblickte
Samuel irgendeinen Menschen. Er kam zu ihm, nahm Mister
Estal an der Hand. Samuel schrie, er erkannte ihn. Es war
der Heilige. Danach kamen sie beide zu Henry, der nach wie
vor regungslos auf der Bank lag. Der Heilige führte ein paar
Mal mir seiner Hand über die kranken Füße... und danach
gingen sie alle zusammen unter dem Nachthimmel spazieren.

Kapitel 33

Samuel schlief so fest, dass er nicht hörte, wie mit dem
Hahnenschrei sein Freund aufgewacht war. Er fühlte sich
dabei einfach blendend. Henry öffnete die Kapellentür ganz

110

weit und stieß dabei buchstäblich Nase auf Nase mit einem
jungen Novizen zusammen, der aus irgendeinem Grund den
Heiligen aufsuchen wollten.
- Fremde in der Kapelle! – schrie er, so laut er konnte. Henry wurde sofort von Mönchen umzingelt. Mit welch verschiedenen Blicken schauten ihn die Männer an, die dabei
alle in gleiche Kutten gekleidet waren. Ihre Augen drückten:
Hass und Wut, Liebe und Gleichgültigkeit aus. In einem
kurzen Zeitraum schien es so, als ob Henry in allen Ecken
des grenzenlosen Universums gewesen war.
- Wozu habt ihr so einen Aufruhr an so einem heiligen Ort
angezettelt? – Henry hörte eine bekannte Stimme und kurze
Zeit später sah er auch die Augen seines Beichtvaters, in die
er so gerne schaute, während er Busse tat.
Pater Drevett brach den Kreis der Mönche auseinander.
Schon sehr bald begleiteten, die von der geistlichen Leitung
ermahnten Untergebenen, die Freunde in die Mensa, wo sie
die Reisenden bewirtschaften mussten.
Die Holzbank ächzte unter dem Gewicht der Gäste. Samuel
rutschte ununterbrochen auf der glatten Bankoberfläche hin
und her, dabei versuchte er, es sich gemütlich zu machen.
- Ich kann auf diesem Holzschemel nicht sitzen, - flüsterte
Henry Mister Estal immer wieder ins Ohr. – Henry erinnerte
sich an seine Qualen, die er erlitten hatte, als er das erste
Mal hier zu Besuch war. Damals war er genauso wegen den
klösterlichen Unannehmlichkeiten nervös.
- Schau, - der Freund führte sein Klagelied fort. – Wenn ich
die Füße ausstrecke, dann werden sie auf der anderen
Tischseite sichtbar sein. – Nur nachdem Henry Samuel
streng ermahnt und ihn dabei als einen Schwächling be-
schimpft hatte, hörte Mister Estal mit dem Bankrutschen auf
und biss ein Stück Roggenbrot mit einer knackigen Kruste
ab. Der Mönch, der die Gäste betreute und der die Aufgabe
hatte für den Speisenachschub zu sorgen, merkte, dass nur
ganz wenig Brot übrig blieb und dass die Milch alle war. In

der Küche füllte er einen sauberen Krug mit dem reinsten Milchprodukt, nahm eine Schüssel mit Brot und machte sich auf den Weg zu dem reisenden Gentleman auf.

Samuel war nervös. Sein Bein juckte, außerdem begann aus einem unerklärlichen Grund sein Auge zu zucken. Er stand kurz auf, rieb mit den Händen an der nötigen Stelle, danach setzte er sich wieder hin und streckte seine Beine aus. In diesem Moment wollte der Mönch, welcher gerade zu ihnen mit Milch und Brot gekommen war, den schweren Krug auf den Tisch stellen. Aus irgendeinem unerklärlichen Grund könnte er diese an sich ziemlich einfach erscheinende Aufgabe nicht bewältigen. Das Ergebnis daraus war, dass die weiße Flüssigkeit sich auf die Leinenhose des langbeinigen Gastes ergossen hat.

- Der Teufel soll dich holen! – rief Mister Estal verärgert aus. – Sobald der Mönch den Namen des Teufels hörte, fing er sofort fleißig an zu betten. Keine Minute früher, oder später hat Adam die Mensa betreten. Dabei bot sich ihm ein seltsames Bild: ein kniender Mönch, der den Herrgott um Schutz vor der Teufelei bat; Doktor Estal in nassen Hosen, der Alles um sich herum verflucht und Henry, der fast stirbt vor lauter Lachen. Schon sehr bald stand Adam vor den ehrwürdigen Herren. Er hielt in seinen Händen eine Mönchskutte.

- Soll ich das etwa anziehen? – Doktor Estal explodierte förmlich.

- Willst du lieber nackt und ohne Hose bleiben? – tat Henry seine Meinung kund.

- Ihr seid so gemein! - Samuel wusste nicht, was er machen könnte. - Henry versuchte sich das Lachen zu verkneifen, aber sein Freund sah so komisch aus, dass er sich vor Kichern krümmte. Die ungeschickte Figur von Mister Estal hatte eine große Ähnlichkeit mit einer Vogelscheuche, welche in einer auf die schnelle bunt zusammengewürfelte Kleidung angezogen war, dabei hatte sie auch noch die fal-

112

sche Größe für ihn. Sogar Vögel hielten ihn für das, dem er so ähnlich sah. Sie flogen in alle Richtungen und suchten das Weite, sobald sie so etwas seltsames erblickt hatten, das in einem Rosenstrauch steht.

Adam und Henry liefen in die Wäscherei, um die von Milch verdreckte Samuels Kleidung zu reinigen. Nachdem er auf den Zaun die richtig riesigen Hosen von Mister Estal aufgehängt hatte, wunderte sich der Gärtner noch lange, wegen ihrer ungewöhnlichen Größe.

- Ich wollte dir etwas erzählen, - Henry hatte inzwischen genügend gelacht und saß nun unter dem Zaun, auf dem die Hosen trockneten. – Lord Blackmore ist ungefähr vor drei Monaten gestorben. Er legte sich kurz hin und stand danach nie mehr auf.

- Armer Lord! Und wie fühlt sich sein Schwiegersohn, lebt er noch?

- Ja... – Henry starte Adam an. – Ich flehe dich an, sage mir, droht ihm etwa auch... – Henry führte seine Augen zum Himmel.

- Das, was vorherbestimmt ist, wird auch geschehen, - antwortete der Gärtner. In diesem Moment sahen Adam und Henry Samuel. Er kam zu ihnen. Ihre Verwunderung war sehr groß, als er an ihnen vorbeigehuscht war. Alle wussten, dass Mister Estal kurzsichtig ist, aber dass die Krankheit so stark ausgeprägt ist, dass er seine ganz in der Nähe sitzenden Freunde nicht erkennt, war für alle überraschend.

- Samuel! - rief Henry seinem Kumpel hinterher. – Als dieser eine bekannte Stimme hörte, blieb er wie angewurzelt stehen.

- Was könnte in der Zwischenzeit mit dem Armen noch geschehen? – Adam und Henry tauschten besorgte Blicke aus.

- Er, er... – murmelte Samuel.

- Und was hat „dieser er" dir angetan? – fragte Henry. Dabei konnte er sich vor Lachen kaum festhalten, denn die Augen von Mister Estal hatten große Ähnlichkeiten mit sich drehenden Tellern.

- Er hat mich berührt... – Henry erinnerte sich an das Bild, welches sie zusammen letzte Nacht gesehen hatten und lachte laut.

- Hast du etwa in deinem neuen Kleid jemandem gefallen? – Henry zwinkerte seinen Kumpel an.

- Er war wunderbar! – Samuel verdrehte die Augen.

- Ich hätte dich auch sehr gerne berührt, - scherzte der Verwalter und stupste mit dem Zeigefinger in das von der Kutte unbedeckte Knie seines Freundes. Dieser verstand diesen Scherz nicht, nahm Adam an der Hand und führte ihn irgendwohin. Henry trottete hinterher.

Ihn interessierte auch brennend die Antwort auf die Frage: „Wer könnte seinen Freund so dermaßen erregt haben?"

Alle blieben aus irgendeinem Grund vor der Kapelle stehen.

Der Heilige Leon hat mich berührt, - erklärte Doktor Estal. – Er sagte, dass ich meine Füße schonen soll.

Kapitel 34

„Was für ein Pech, - dachte Maria. – Wird er etwa noch lange so regungslos liegen bleiben?" – die Frau tränkte mit Wasser die prallen Lippen. Die Abschürfungen und Schwellungen waren von dem männlichen Gesicht schon lange verschwunden, es erschien sehr anziehend. Heute sagte Maria zu Edward, dass sie den Tag mit Sophie verbringen wird. Er war natürlich dagegen, aber er könnte sich seiner herrschsüchtigen Geliebten nicht wiedersetzen. Nachdem Maria die knarrende Schuppentür hinter sich geschlossen hatte, machte sie sich zu Fuß auf den Weg in die Stadt auf. Natürlich konnte sie auch die Pferde benutzen, aber aus irgendeinem Grund liebte sie es, auf unebenen Straßen spazieren zu gehen.

114

Lord Blackmore

Als Maria in das Zimmer einen Blick hinein warf, in dem sie eigentlich ziemlich viele glückliche Tage in ihrem Leben erlebt hatte, war Sophie gerade damit beschäftigt, einen alten Kessel mit Sand zu reinigen. Mittlerweile glänzte er wie ein Spiegel und man könnte in ihm wunderbar Sophies Spiegelbild sehen.

- In eurem Leben ändert sich absolut gar nichts, - sagte Maria, nachdem sie sich im Haus umgesehen hatte. Überall lagen und hingen Früchte und Beeren. Man könnte absolut nirgends hintreten.

- Probiere mein Gastgeschenk, - Maria steckte ihrer Freundin einen Keks in den Mund, der extra für sie aufbewahrt wurde. – Schmeckt es dir? – Sophie nickte mit dem Kopf, um ihre Dankbarkeit auszudrücken. – Mein Koch sagte, dass das Rezept für diesen Keks hundert Jahre alt ist.

- Dein Koch? – fragte Sophie nach. – Ach ja, klar, ein Lord hat immer seinen eigenen Koch.

- Er ist mein, genauso, wie die Diener.

- Du bist einfach unverbesserlich!

- Übrigens bin ich jetzt auch eine richtige Lady. Erlauben Sie mich Ihnen vorzustellen, die Witwe von Lord Blackmore, stets zu Ihren Diensten. Der Kessel, den Sophie gerade in ihren Händen hielt, fiel auf den Boden und rollte unter den Tisch. Sophie kletterte wortlos hinterher.

- Bist du etwa nicht froh, über mein Glück?

- Wann hast du es geschafft ihn zu heiraten? Wie bist du verwitwet? – fragte Sophie und stellte den Kessel auf den Herd.

- Ja Sophie, du bist anscheinend wirklich nicht in Stande solche Sachen zu verstehen. Sie sind nicht für dich geeignet. – Maria machte mit dem Finger eine kreisende Bewegung um ihre Schläfe. – Ich habe jetzt Alles im Überfluss, leider war mein Mann nicht besonders reich. Alter Gauner! Obwohl... diese Sache kann man auch verbessern.

- Und warum ist er gestorben? – fragte Sophie.

- Weil er alt und dumm war. Vergiss ihn, - Maria umarmte ihre Freundin. – Ich kann mich bis jetzt immer noch nicht daran gewöhnen, mich entsprechend meiner neuen Stellung in der Gesellschaft zu verhalten, - beklagte sich Maria. – Rein vom Aussehen könnte ich als eine vollblutige Lady durchgehen, aber in meinem Inneren wohnt immer noch dieselbe Fischhändlerin, - sie richtete ihren modischen Damenhut und die Schleife auf ihrer Bluse zu Recht.
- Du bist sehr gnädig, - lobte Sophie ihre Freundin. Wenn du nicht wärst, würde es Fanni und mir ganz schlecht gehen.
- Und was ist mit deinen neuen Bekanntschaften? Was für einen Sinn haben sie, wenn sie dir keinen Nutzen bringen? – Maria langweilten inzwischen alle diese sinnlosen Gespräche. – Ich werde jetzt nach Hause gehen, dort wartet man bereits auf mich, - sagte sie. Während des Rückweges hatte es Maria sehr eilig. Sie war, wie ein Wirbelwind, in den Schuppen eingedrungen... und legte sich neben dem Unbekannten, der für sie mittlerweile ganz vertraut war. Sie umarmte den regungslosen männlichen Körper, als ob sie ihn dadurch zum Leben erwecken versuchte.

Kapitel 35

Nachdem er endlich seine Hose wieder hatte, zog der Besitzer sie sofort mit Freude an. Jetzt fühlte sich Samuel wieder, wie ein vollwertiger Mann. Er warf voller Hass die Kleidung auf die Erde, in der er eine für sich vorher unvergleichbare Scham erdulden musste. Als er sich an die Wunder des Heiligen erinnerte, wurde Samuel nachdenklich. Alles war gar nicht Mal so schlecht. Dazu muss man sagen, dass Henry in dieser Zeit, wie immer den Anweisungen seines Beichtvaters zuhörte. Was Samuel angeht, so drängte er sich Adam, als Helfer auf.

Der Müllberg wurde von ihnen am Rande des Gartens ordentlich zusammengelegt. Er rauchte bereits, weil Doktor Estal ihn nicht besonders geschickt angezündet hatte.

- Adam, liebst du Sophie? – fragte plötzlich Samuel ohne jede Vorwarnung. Dabei berührte er ein Thema, über welches Adam bis jetzt nie und mit niemandem geredet hatte. Es war ihm unangenehm. Der Gärtner wollte nicht mit Samuel über seine Liebe sprechen.

Ich habe dieses Mädchen bloß ein paar Mal in meinem Leben gesehen, - versuchte Adam sich heraus zu reden. – Man könnte den Worten des Gärtners trauen, wenn seine Augen dabei nicht so sonderbar leuchten würden. Sein Blick verriet, dass Alles längst nicht so einfach war.

- Dann hatte ich mehr Glück, - antwortete Doktor Estal. – Ich kenne Missis Sophie, vielleicht sogar etwas besser, als du.

- Und wie ist sie so? – man hatte den Anschein, dass Adam den Köder von Mister Estal geschluckt hat. Denn jetzt war er bereit, über seine Geliebte zu sprechen.

- Sie ist sehr talentiert. Wenn du willst, dann können wir dich mitnehmen, sobald Henry mit dem Beichten seiner Sünden fertig wird. Zu Adams Glück hatte Henry Mount nicht allzu viel Laster angesammelt. Schon bald begrüßten die Männer Lori und Berta, die froh waren Doktor Estal und seinen Freund bei sich zu Besuch zu haben.

- Sophie, ich habe eine Überraschung für Sie..., - freute sich Samuel, als er hinter der Staffelei die junge Künstlerin sah, wegen der sie so viele Meilen hinter sich gelegt hatten.

- Was ist es für eine Überraschung? – fragten die Mädchen gleichzeitig. – Sophie legte ihre Pinsel bei Seite und wischte ihre Hände mit einem Leintuch ab. – Du? – wunderte sich die Künstlerin, sobald sie Adam sah, der hinter den Rücken der beiden Gentlemans stand. Die Freunde stellten den jungen Mann vor sich auf.

- Du riechst nach Farbe, - der Gärtner wurde verlegen.

118

- Ich liebe diesen Geruch, - antwortete Sophie.
- Und ich liebe den Duft der Rosen, - sprach Adam kaum hörbar aus und wurde sofort rot, wie eine Tulpe.
Nachdem sie zwei Stunden getratscht hatten, verabschiedeten sich die Gäste, dabei ließen sie den Gärtner bei Sophie, denn dieser erklärte sich bereit, sie bis zu ihrem Haus zu begleiten. Nachdem sie ein Paar Straßen durchfahren haben, merkte Henry, dass Samuel eine Frau zu erkennen versuchte, die auf dem Gehsteig ging. Und was glaubt ihr, um wen es sich dabei handelte? Es war natürlich Maria! Plötzlich brüllte Henry aus voller Kehle:
- Seien Sie gegrüßt Madam! Tragen Sie immer noch Trauerkleidung? – sobald Samuel den Namen der Frau hörte, über die er so viel Schlechtes erfahren hatte, starte er die Unbekannte an. Ihr ganzes Aussehen erweckte den Eindruck, dass die Frau einen starken Charakter hat. Sie würde es niemandem erlauben, Streiche mit ihr zu spielen.
- Sie ist gar nicht mal so übel, - tat Doktor Estal seine Meinung kund, nachdem er Marias Schönheit genügend gewürdigt hatte.
- Sogar verführerisch, - antwortete Mister Mount. – Um ehrlich zu sein, hätte ich selber nichts dagegen, an Edwards Stelle zu sein, an dem Tag, an dem ich sie zusammen erwischte, - sprach Henry aus und schaute der Frau nach.

Kapitel 36

- Du warst in letzter Zeit ziemlich kühl zu mir. Küsse mich!
– Edward atmete den Geruch des weiblichen Körpers ein... Marias Fleisch... er war davon abhängig... Ein plötzlich aufkommender Wind, öffnete das Schlafzimmerfenster einen Spalt breit. Der Wind war sehr neugierig. Er wollte über Alles, was in der menschlichen Welt vor sich geht, Bescheid wissen. Aber die Worte, die in der Innbrunst der Leiden-

schaft fielen, versanken in der körperlichen Wonne und fleischlichen Glückseligkeit. Der Wind drehte noch ein bisschen seine Runden über dem Platz, wo er männliches Stöhnen hören könnte, welches ihn eher an die Geräusche mancher Tiere erinnerte. Und danach flog er dorthin, wo die Liebe herrschte und regierte.

Ende des ersten Teils.

Teil 2

Deine Hand liegt in meiner Hand,
Ich halte sie gut fest.
Meine Seele hat sich vereint
Mit deiner Seele auf der Erde
Und freut sich frech darüber.

Du bist – mein Augenlicht, mein Gott!
Sei also nicht so grausam.
Mein Stöhnen, meine Hitze,
Du bist doch nicht allein,
In deiner Liebe, mein Gott.

Darauf antwortete der Gott frech:
Dein Schicksal liegt in deinen Händen
Pass bloß auf, dass du die Ewigkeit deines Gottes
Nicht in Tränen der Liebe ertränkst.

Entweder entzündete sich die Seele von alleine, wegen starken Durstes nach dem irdischen Leben, oder ihr wurde von oben erlaubt, alles von neuem anzufangen. Wie auch immer, aber seine Augen öffneten sich. Nachdem er sich nach allen Seiten umgeschaut hatte, begriff er, dass er sich an irgendeinem gottverlassenen Ort befindet und ganz alleine ist. Er berührte mit den Händen seinen Körper. Er wollte aufstehen, konnte es aber nicht, weil die Glieder seines geschwächten Körpers die Befehle des Gehirns nicht befolgten. Genau in diesem Moment wurde die Tür geöffnet. Eine junge Frau erschien vor ihm. - „Wer ist das?" – dachte er. Die Unbekannte kam zu ihm und umarmte seinen schwachen Körper. Ihre Handlungen riefen in ihm einen Sturm von Emotionen heraus. Erstens war es angenehm. Zweitens fühlte er endlich wieder Leben in seinem Körper. Schon sehr bald lag der junge Mann wieder ganz alleine. Die Unbekannte war weggelaufen, um Essen zu holen. Dabei hatte sie aber versprochen, dass sie rasch zu ihm zurückkommen wird. Als er sie wieder sah, verspürte er Freude in seinem Herzen. Sein Bewusstsein wurde nun von keiner Illusion vernebelt, es wusste: er war ausgerechnet für diese Frau geboren worden.

Nachdem sie ein Stück getrocknetes Fleisch in seinen Mund gelegt hatte, sagte sie:

- Was soll ich jetzt mit dir machen?

„Lieben" – dachte er, aber er sagte diese Worte nicht laut.

- Wie ist dein Name? – fragte der Mann.

- Maria.

- Und ich kenne meinen Namen nicht.

Wie sich bald herausstellte, könnte er sich an überhaupt nichts aus seinem früheren Leben erinnern.

- Ich kehrte einmal spät nach Hause zurück. Plötzlich hörte ich Pferdegetrappel und Schreie, danach wäre ich fast über etwas gestürzt. Das warst du.

- Und weiter?

- Viel Blut, man könnte dein Gesicht deswegen fast nicht erkennen, ein einziger blauer Fleck.

Dann wird man dich bestimmt bestrafen, wenn man mich findet, - sagte der junge Mann.

- Ich muss gehen, - er versuchte aufzustehen, schaffte es aber nicht.

- Mach dir keine Sorgen. Ich bin die Herrin dieses Anwesens, - beruhigte ihn Maria und streichelte die Haare des jungen Mannes.

- Du? – sein Blick war sofort erlöschen, zusammen mit der Hoffnung auf eine gemeinsame Beziehung in der Zukunft.

- Fürchte dich nicht, - Maria schaute dem jungen Mann in die Augen.
- Reichtum bringt kein Glück. Es zerstört die Liebe! – Die Herrin eines riesigen Anwesens wollte solche Worte nicht hören. Sie fügten ihr große Qualen zu.

Kapitel 1

Henry hatte es sich gemütlich auf der weichen Couch gemacht. In letzter Zeit verwandelte sich sein Leben in ein endloses Vergnügen. Sir Hogart wohnte bei Maria und suchte sein eigenes Haus nur selten auf. Der Verwalter klingelte mit einer Glocke. Anstatt eines Dieners ist aber in das Zimmer ein völlig besoffener Edward reingeplatzt. Vor so einer unerwarteten Überraschung rollte Henry von der Couch auf den Boden.
- Legen Sie sich hin, Sir! – der Verwalter merkte, dass es seinem Herrn ganz schlecht ging.
- Ich will nicht! Wir fahren sofort nach Hause.
- Aber Sie sind bereits zu Hause, Sir.
- Mein Haus ist dort, - der Baron zeigte mit dem Finger irgendwohin.
- Sie irren sich, - versuchte ihm Mister Mount die Wahrheit zu erklären.
Aber seine Rede wurde von Sir Hogart unterbrochen, indem er verkündete:
- Mein Haus ist dort, wo Maria ist.
- Oh mein Gott, Sie können sich ja kaum auf den Beinen halten. Wie sind Sie hierher alleine gekommen?
- Wir haben gegessen...
- Was meinen sie mit „wir"?
- Ich und Maria. Danach sagte sie, dass es nicht schlecht wäre eine kleine Spritztour zu machen...
- Und was war dann?

- Ich kann mich nicht mehr daran erinnern.
- Lassen sie diese Maria los. Schauen Sie sich um, so viele Frauen träumen von Ihnen.
- Sie träumen von meinem Geld.
- Und Maria tut das natürlich nicht? – fragte Henry mir Bosheit.
- Schau mich an, ich... bin eine Missgeburt! – der erboste Sir Hogart holte aus und wollte gerade auf die Spiegelfläche mit seiner Faust einschlagen. Zum Glück knickten seine Füße unter ihm um und er stürzte zu Boden. Der Verwalter hob den Herren auf und legte ihn auf die Couch. – Decke diese verfluchten Spiegel zu! – schrie Edward.
In diesem Moment wurde die Tür erneut geöffnet. Der Verwalter schluckte einen Kloß im Hals herunter und starrte die unerwartete Dame an. Dazu muss man sagen, dass sie genauso unerwartet erschienen war, wie der Nebel in England. Du denkst, er ist nicht da, und schon ist er hier. Das war Maria. Mit den Absätzen klopfend kam die Frau zu Henry, der erstarrt war.
- Was ist mit ihm?
- Ich wollte das gleiche dich fragen, - antwortete der Verwalter.
- Hat sich voll laufen lassen, wie ein Schwein.
- Ich denke...
- Mich interessiert nicht was du denkst, oder fühlst... Außerdem hast du in deiner aufgeblähten Rede vergessen, meinen Titel zu erwähnen. Das ist eine Schweinerei! – Maria richtete sich ihre zerzausten Haare zu Recht.
- In meinen Augen wirst du immer bloß ein einfaches Dienstmädchen bleiben.
- Grobian!
- Es ist besser ein Rüpel in deinen Augen zu sein, als ein Mörder in den Augen des Herrgottes, - sagte Henry.
- Wer bist du überhaupt, um deine Nase in meine Angelegenheiten zu stecken? – Maria stellte sich in eine Pose und

richtete ihre nicht allzu kleine Nase auf. – Wie kannst du es wagen, dazu den Allmächtigen zu erwähnen. Er geht mich überhaupt nichts an, genauso wenig, wie mein Leben, welches ihn überhaupt nicht kümmert.

- Zu dieser Sache hätte mein Beichtvater Pater Drevett einiges zu sagen...

- Gehe doch zum Teufel! – fauchte Maria und ging zum Ausgang. – Der Verwalter wollte gerade etwas in Richtung von Maria antworten, als Edwards Stimme ertönte:

- Hexe! – erhalte es in der Stille.

Kapitel 2

- Du hast einen sehr unangenehmen Befehlston, - sagte Samuel.

- Zum Teufel mit ihm, wegen ihm gerate ich in letzter Zeit immer wieder in Schwierigkeiten, - Henry schnitt eine Grimasse. – Wegen meiner gut gestellten Stimme habe ich gehörig auf die Mütze bekommen. Ich habe so viele Schläge abgekriegt, wie noch kein Straßenbengel zuvor. Meinen Kumpels hatten immer den Eindruck, als ob es mir Spaß bereiten würde, sie herum zu kommandieren.

- Was machen sie heute?

- Ach, jeder unterschiedlich. Allerdings arbeitet keiner meiner Schulfreunde mit so einer großen Anzahl von Menschen, wie ich es tue.

- Dein Befehlston war ein Anhang zu deinem Schicksaal, - lachte Mister Estal.

- Verstehe es, wie du möchtest.

Nachdem er eine Weile geschwiegen hatte, sagte der Verwalter plötzlich:

- Mir gefällt es nicht, was mit Edward gerade geschieht.

- Hat er etwa wieder Schwierigkeiten mit seiner Handelsgesellschaft? – fragte Samuel. – Haben die Chinesen etwa keine Lust nach dem, von Sir Hogart für sie entworfenen Plan zu leben? Während den Parlamentsdebatten am vergangenen Montag hatte ich gehört, dass es mittlerweile keinen gab, der sich gegen Edwards Lieferungen wiedersetzen könnte. Ich verstehe allerdings nicht, wozu die Chinesen praktisch Alles für das Opium getauscht haben. Wozu geben sie für das Opium alle ihre Waren, was für einen Sinn macht das? Du hast mir erzählt, dass es für England sehr vorteilhaft ist. Dabei ist es doch ein Verbrechen der britischen Behörden. Am Ende wird gar nichts von dem einst mächtigen chinesischem Imperium übrig bleiben. Aha, ich verstehe, genau das war Edwards Plan, genau dadurch konnte er genügend für einen Titel des Barons verdienen, - Samuel begann mittlerweile zu nerven, dass Henry immer wieder von seinem Stuhl aufspringt und zum Fenster rennt. – Wirst du dich endlich ruhig hinsetzen? – Doktor Estal rieb seine müden Augen. – Du flitzt immer wieder hin und her. Hör auf damit!

- Der Diener sollte jede Minute zurückkehren. Ich habe ihm befohlen, Edward nachzuspionieren.

- Das ist ja was Neues.

- Das Alles geschieht in seinem eigenen Interesse. Er ist von mir zu Maria weggefahren, dabei befand er sich in einer schrecklichen Verfassung.

- Wenn er zusammen mit Maria war, dann gibt es keinen Grund zur Sorge.

- Das würde ich so nicht sagen. Das, was ich erst vor kurzem gesehen habe, führte mich zu der Überlegung...

Mister Estal könnte seinen Freund immer noch nicht verstehen, weil dieser plötzlich von seinem Sitzplatz aufgesprungen war und irgendwohin gestürmt ist. Samuel folgte ihm. Als er aus dem Haus rausgelaufen war, sah er Henry, der sich um eine Kutsche kümmerte, die gerade angefahren war. In ihr lag der bewusstlose Sir Hogart.

- Was hat diese Hexe mit Ihnen gemacht? – jammerte der Verwalter die ganze Zeit... Wir brauchen einen Arzt,

schnell! – Auf sein Geschrei konnte man kaum anders reagieren, man musste sofort den Befehl befolgen. Derselbe
Diener, der den Baron hergefahren hatte, wurde sofort fast
unsichtbar wegen dem Wegstaub, den er beim energischen
Weglaufen aufwirbelte. Die restliche Dienerschaft rannte
sofort, um ihre Pflichten zu erfüllen. Schon bald lag der
Herr, umgezogen in ein Nachthemd, in seinem Bett. Neben
ihm thronte Henry in einem Sessel. Es war klar, dass niemand es schaffen würde, die Ruhe von Sir Hogart zu stören.
- Alles ist genau so geschehen, wie ich es mir gedacht habe,
- Henry wischte sich den Schweiß von seiner Stirn ab. – Sie
hat versucht ihn umzubringen.
Der angekommene Arzt brachte den Patienten zuerst wieder
ins Bewusstsein, danach führte er bei ihm eine Magenspü-
lung durch. Er stand sehr lange vor den Exkrementen des
Kranken und danach führte er einen Aderlass durch. Danach
verkündete er, dass Barons Leben nicht mehr in Gefahr ist.
Der Verwalter stürmte auf ihn zu und umarmte den Retter
vor lauter Freude. Daraufhin sagte dieser, dass er sich statt
der vielen Küsse, die im der Verwalter gegeben hatte, sich
viel mehr darüber freuen würde, wenn die Dankbarkeit in
Bargeld ausgedrückt würde.

Kapitel 3

Die gefrorene Erde wurde mit einer weißen, glänzenden
Decke bedeckt. Dort könnte man überall auf Spuren von
Vögeln und Tieren stoßen, die mit Nahrungssuche beschäf-
tigt waren. An einer Stelle könnte man eine angebissene
Drosselbeere finden. Sie schien wohl auf irgendeine Art und
Weise dem gefräßigen Nimmersatt nicht geschmeckt zu
haben und lag nun auf dem Schnee. Und dort, unter einer
Espe haben die Eichhörnchen Nussschallen hinterlassen.

In der Nähe lag auch ein von jemand wohl in der Eile vergessener Steinpilz herum.

- Sind Sie Doktor Estal?

- Ja, das bin wohl ich. Schaue ich etwa anders aus?

- Ich hatte Sie schlicht und ergreifend zu dieser Zeit und an diesem Ort nicht erwartet.

- Niemand braucht mich. Henry hat mich zu allen Teufeln geschickt. Er sagte, ich solle zurück in mein London kehren. Ich wollte zuerst ein wenig Zeit im Kloster verbringen, aber dort erkennt man mich überhaupt nicht mehr.

- Sagen Sie doch so etwas nicht, Samuel! Sie sollten sich schämen so zu reden. Ich bin doch immer froh, wenn Sie vorbeischauen, - sagte Adam und fing dabei an zu lachen. Er erinnerte sich nämlich in dieser Sekunde, wie Henry ihn wegen seiner Unfreundlichkeit beschimpfte.

Nachdem sich Doktor Estal im gut geheizten Zimmer etwas aufgewärmt hatte, wurde seine Laune auch besser.

- Schade, dass Henry nicht hier zusammen mit uns sein kann.

- Und warum hat er Sie denn nicht begleitet? – wollte der Gärtner wissen.

- Ich hab von ihm die Nase gehörig voll, - gab der Gast offen und ehrlich zu, nachdem er einen Schluck Apfelwein getrunken hatte. – In letzter Zeit kam es mir so vor, als ob ich außer ihm und den kranken Edward mit niemandem zu tun hatte. Mein Freund kümmert sich sehr hingebungsvoll um seinen kranken Herrn, wie eine Mutter um ihr Kleinkind.

- Ist es etwa wirklich so ernst? Steht es wirklich so schlimm um ihn?

- Ich hatte auch zuerst gedacht, dass alles nur Kinkerlitzchen ist. Aber nach einer Weile, sah ich dass ich die Situation falsch eingeschätzt hatte... Armer Edward! Wenn Henry nicht wäre, dann würden wir jetzt mit dem Wein nicht wegen unseres Zusammentreffens anstoßen, sondern Edward die letzte Ehre erweisen.

Nachdem er sich endlich die angesammelten Emotionen von der Seele geredet hatte, beruhigte sich der Gast langsam. Die nervliche Anspannung wich der Müdigkeit, so dass sehr bald Mister Estal in einer Gästeklause gemütlich schnarchte. Im Kamin knisterte das Feuer und auf Samuels Gesicht machte sich ein zufriedenes Grinsen breit. Das Kloster versank in der Dunkelheit... Ein unmenschlicher Schrei durchbrach sehr bald die summende Stille.

Schlaftrunken konnte man nur schwer begreifen, woher er kam. Die Mönche rannten barfuß auf dem eiskalten Boden und wussten nicht, welche Maßnahmen sie treffen müssten, um die Ordnung wieder herzustellen. Sie öffneten die zahlreichen Klaus Türen, die ihnen in der Eile als schier unendlich vorkamen und guckten in jede Klosterzelle. Eine letzte Tür blieb übrig, in die sie noch nicht hineingeschaut hatten. Nachdem sie die Tür geöffneten hatten, starrten sie auf einen Mann. Es ist nicht schwer zu erraten, um wen es sich dabei handelte. Es war natürlich Samuel. Er schrie ununterbrochen, man hatte den Anschein, dass bei ihm irgendwo irgendetwas stark klemmte, denn das grässliche Geschrei wollte einfach kein Ende nehmen. Der Gast reagierte nicht in geringster Weise auf unbekannte Gesichter, die vor ihm flimmerten. Als Samuel Adam sah, machte er endlich seinen Mund zu.

- Dort... dort... – Mister Estal zeigte mit der Hand auf das Bett, in dem er noch vor kurzem geschlafen hatte. – Adam ging zum Bett und warf die Bettdecke zurück. Er konnte dort nichts Außergewöhnliches finden.

- Dort ist nichts, - sagte der Gärtner.

- Mag sein, dass da nichts ist, aber dafür ist da jemand.

- Vielleicht haben Sie von diesem „jemand" nur geträumt? – fragte Adam.

- Dieser „jemand" hat dafür aber sehr scharfe Krallen... –
einige der Mönche begannen ein Gebet zu sprechen, andere
fingen an zu lachen. Nachdem der grobe Gast alle Anwesenden zum Teufel geschickt hatte, verließen die Mönche
den Raum. Adam gefiel diese ganze Komödie, die von Samuel veranstaltet wurde, ganz und gar nicht. – „Er machte
auf mich einen ordentlichen und äußerst soliden Eindruck
und dann so etwas", - dachte er, während er in einem langen
dunklen Flur neben Doktor Estals Zimmertür auf dem Boden saß. Der Gärtner machte seine Augen zu, er wollte wenigstens für eine kurze Zeit schlafen und sich erholen. Plötzlich sprang jemand direkt auf seinen Schoß. Adam war davon so überrascht, dass er begann, laut zu schreien... Der
davon aufgeweckte Samuel machte auch mit. „Gott sei
Dank, dass der Morgen endlich gekommen ist!" – dachte
jeder einzelne Mönch im Kloster. Mittlerweile hatte keiner
von ihnen Lust darüber zu sprechen, was sich vor den Augen der Mönche vergangene Nacht abgespielt hatte. Nachdem sie wieder zur Tür des Gastes geeilt waren, sahen sie...
einen gewöhnlichen Kater, der wahrscheinlich wegen der
Kälte und des Hungers im gastfreundlichen Kloster einen
Unterschlupf gefunden hatte. Der geläufige Kater saß nun in
der hintersten Ecke, unter Samuels Bett verkrochen, in der
Hoffnung, dass ihn dort niemand stören wird.
In der nächsten Nacht schliefen alle im Kloster ganz fest
und tief. Der von seiner anstrengenden Wache befreite
Adam schlief alleine in seinem Bett, was man über Samuel
nicht sagen kann. Denn er schlief nicht alleine. Neben ihm
und um genauer zu sein, direkt auf ihm, schlief der Kater. Er
schnurrte im Schlaf und fuhr dabei seine scharfen Krallen
aus. Diese bohrten sich in Mister Estals Körper, der sich
dabei ausgezeichnet fühlte. Wenn irgendjemand in dieser
Nacht nachsehen wollte, ob der Gast gut schläft und zu diesem Zweck sein Zimmer aufgesucht hätte, dann würde er

auf Samuels Gesicht einen höchst zufriedenen Gesichtsausdruck erkennen.

Kapitel 4

Man gab dem Kater den Namen Ludwig. Dieser ausländische Name wurde von einem Mönch vorgeschlagen, der ihm aus seinem vorigen, misslungenen Leben bekannt war. Alle waren damit einverstanden. Der Name machte zwar keinen einfachen Eindruck, aber man brauchte nur die Schnauze des Katers genauer zu betrachten, damit einem klar wurde, er ist Ludwig. Runde fettgeschwollene, listige Augen, ein flaumiger Schwanz. Die Enttäuschung der Mönche war riesig, als der Gast verkündete, dass er den Kater mitnimmt. Nach ein paar Tagen saßen Mister Estal und Ludwig in einer Kutsche und rüttelten Richtung London.
- London ist genauso alt, wie die Menschheit, - pflegte Doktor Estal oft zu sagen und dabei hatte er, ohne jeden Zweifel Recht. Vor sehr langer Zeit, noch im Jahre 228 erfuhr man in Rom über die Existenz von Londonium, das damals 45 000 Einwohner hatte. Mit der Gründung auf seinem Territorium der Kirche des Hl. Paulus wurde im Jahre 607 dem Papst über Londonium, als einer wichtigen Siedlung berichtet. Und dennoch handelte es sich damals noch nicht um die Stadt London, aus heutiger Sicht. Alles begann mit dem Bau des Klosters der Hl. Petrus, der im Jahre 750 gegründet wurde, es war der Ursprung für das spätere prächtige Westminster, in dem die zukünftigen Könige Englands gekrönt werden. Im 14. Jahrhundert wird London sein eigenes unverwechselbares Flair bekommen, das ihm in der Zukunft ermöglicht, zu einem bedeutenden europäischen Hafen und Markt zu werden. Im Jahre 1665 wird der Mangel des sauberen Trinkwassers die Stadt zu einer Tragödie führen. In einem kurzen Zeitraum werden 75 000 Menschen der Pest

zum Opfer fallen. Ein Jahr später wird die Stadt von einem riesigen Brand heimgesucht, der an Stelle der vernichtenden Krankheit gekommen war. Fünf Tage wird das Feuer wüten und Alles auf seinem Weg verschlingen. Von den 13 000 Häusern und 87 Kirchen wird nur Asche übrig bleiben. Die Menschen, welche die Pest und den Brand überlebt haben, werden dringend neue Wohnstätten brauchen. Aus den Ruinen wurden eilig neue Häuser errichtet. Nun waren sie nicht aus Holz, sondern aus Stein. Am Ende des 17. und Anfang des 18. Jahrhunderts, hatte die Stadt wieder ein Straßen - Netz, neu erbaute Kirchen und öffentliche Gebäude und dazu Brücken und Kommunikationswege.

Das vierstöckige Haus, welches Samuel Estal sich mietete, kostete ihn jährlich 300 Pfund und befand sich im neuen Teil der englischen Hauptstadt. Genau in diesen östlichen Gebieten siedelten sich gerne die reichen Menschen des 18. Jahrhunderts an. Dabei investierten sie ihre immer größer werdenden Einnahmen in die zukünftig sehr bekannte Oxford Street. Ursprünglich war sie eine der Hauptstraßen für die Römer, später wurde sie zu einer Postkutschenstraße. Auf ihr wurden sogar verhaftete Verbrecher ins Gefängnis gefahren. Nun konnte man auf dieser Straße zahlreiche wichtige und über viele Jahre äußerst erfolgreiche Handelshäuser finden. Was Mister Estal angeht, so lebte er nicht genau auf dieser noblen Straße, sondern ein Stück darunter. Dazu muss man hinzufügen, dass Samuel erst vor kurzem seine mittlerweile nicht mehr junge Frau verlassen hatte und sich hier alleine angesiedelt hat. Man könnte das Leben von Mister Estal zwar nicht als prächtig bezeichnen, aber dennoch brachte ihm seine Arbeit ein stabiles Einkommen. Diese Mittel reichten dazu aus, nicht nur seine Bedürfnisse zu befriedigen, sondern auch bei den Nöten anderer zu helfen. Erst vor kurzem hatte er ein Werk zu Ende gebracht, mit welchem er sich die letzten sieben Jahre beschäftigt hatte. Dadurch wurde er in ganz England berühmt, verbesserte

sein Einkommen und bekam von der Oxforduniversität den
Titel „Magister Atrium" verliehen. Um es kurz zu machen,
wenn wir das Leben von Mister Estal, mit dem Leben eines
durchschnittlichen englischen Bürgers vergleichen würden,
dann könnten wir mit einer Gewissheit behaupten, dass er
durchaus ein ehrenwertes und würdiges Leben führte. Zum
Beispiel verdiente ein Weber in den Jahren 1740 – 1750
sechs Schilling in der Woche. Zum Vergleich war der Lohn
einer Weberin für die gleiche Arbeit fünf ein halb Schilling.
Dabei muss man in Betracht ziehen, dass der Wochenlohn
einer Kinderarbeit zwei ein halb Schilling betrug.
Ein normaler Werktag dauerte 13 Stunden, sechs Tage in
der Woche wurde gearbeitet.
Kehren wir nun unmittelbar zur Person von Doktor Estal
zurück. Die Scheidung von seiner Frau hat er ziemlich leicht
verkraftet, weil er sie eigentlich nie so richtig geliebt hatte.
Er heiratete sie mit ihren Kindern nur wegen des Geldes.
Die Kinder waren mittlerweile erwachsen geworden, das
Geld war alle, also wozu jetzt diese unnötigen Gespräche
führen.

Kapitel 5

- Du siehst einfach hervorragend aus. Ich mag es, wenn die
Frau nicht nur klug, sondern auch wunderschön ist. Ach,
werde doch nicht gleich rot!
- Sie sehen ja angeblich so schlecht!
- Das, was wichtig und nötig ist, werde ich noch entziffern
können.
- Die Sitten der Engländer sind einfach widerlich, - regte
sich Lori auf. – Ja, ich bin selber auch eine Engländerin,
aber ich stelle mich nicht so dar, als ob ich etwas Besonderes wäre, wie es die Puritaner tun. Ihre Taten sind noch
schlimmer, als die eines Dandys, der verrückt nach französi-

schen Spitzen ist. Schauen Sie sich um, wenn man hundert Mädchen befragen würde, dann würde sich herausstellen, dass weniger als zehn davon ohne jegliche sexuelle Erfahrung vor der Heirat sind. Praktisch fast jedes Familienoberhaupt, aus sogenannten idealen Ehen, geht fremd. Dafür klopft er sich lautstark auf die Brust und versucht die Öffentlichkeit davon zu überzeugen, dass er sehr gläubig ist. Der Teufel soll sie alle holen!

- Lori, Sie sind in Ihrem Zorn einfach unwiderstehlich! – Das war eine enorme Beleidigung für die reizende Lady. Sie nahm ihren vom Regen durchnässten Damenhut ab und ging schweigend ins Gästezimmer. Mister Estal lachte herzlich und eilte ihr hinterher. – Miss Lori, haben Sie bereits Ludwig kennen gelernt ? – fragte er.

- Nein, und ich kann Ihnen versichern, dass ich nicht die geringste Lust habe, ihn kennen zu lernen. Ich habe keine Zweifel darüber, dass er genauso ein Frechdachs und Grobian ist, wie alle anderen Männer.

- Da haben Sie nicht ganz Recht. Er ist ohne jeden Zweifel ein Frechdachs, aber überhaupt kein Grobian, - sagte Samuel, nachdem er sich an den gestrigen Streich seines Haustieres erinnert hatte. Der Versuch seine Hausschuhe anzuziehen, war zum Scheitern verurteilt. In ihnen fand Mister Estal Essbestände für schwere Tage, die von seinem Kater darin verstaut wurden. Es handelte sich dabei in Detail um ein geklautes Stück Käse und um eine tote Maus. Das bedauernswerte Geschöpf war wohl erst vor kurzem, vor Angst, an den Folgen eines Herzinfarktes gestorben.

- Da haben Sie es Samuel, Sie haben doch gerade selber zugegeben, dass er ein Frechdachs ist. In meinem Leben gibt es, aus irgendeinem unerklärlichen Grund, eine ganze Menge davon. Mehr, als mir lieb wäre.

- Lori, ich gebe Ihnen mein Ehrenwort, dass dieser Frechdachs sehr nett sein kann.

- Und wo ist er jetzt, euer Ludwig? – die Frau, die zu Besuch war, zuckte mit den Achseln. Im Wohnzimmer ist sonst niemand, außer uns beiden.
- Lori, lassen Sie uns in mein Arbeitszimmer gehen. – Sie stiegen auf einer Holztreppe in das obere Stockwerk. Lori nahm mit großem Vergnügen im Sessel des Hausherrn Platz, welches in der Nähe des Schreibtisches stand.
Ein verdächtiges Klopfen war auf der Treppe zu hören. Zuerst kam es von unten, danach kam es immer näher.
- Miss Lori, erlauben Sie mir Ihnen Ludwig vorzustellen. – Die junge Frau drehte sich um und erblickte... einen Kater, der offensichtlich überhaupt nicht begeistert über den Wunsch seines Herren war, ihn mit seiner Freundin bekannt zu machen. Außerdem war Ludwig sehr beschäftigt. Er wälzte auf dem Boden rohe Lamm-Rippen. Dem Anschein nach, waren sie für das Mittagessen bestimmt. – Der Lunch ist angerichtet, - verkündete der Hausherr. Danach fragte er seinen Kater streng, nachdem er sah, wie dieser mir dem Fleisch sich auf den Weg unter sein Bett machte. – Willst du die Beute freiwillig hergeben, oder muss man dich dazu zwingen? – man hörte nur ein lautes Schmatzen als Antwort.
– Ludwig, mach keinen Blödsinn, ich werde dich so, oder so, unter dem Bett rausbekommen, - warnte der Herr seinen Kater. – Komm da raus! – befahl Samuel.
- Er ist wirklich sehr nett und reizend, - witzelte Lori. – Ich würde keinen einzigen Tag mit ihm zusammen leben wollen.
- Das müssen Sie auch nicht befürchten. Ich werde ihn niemandem hergeben. – Unter dem Bett könnte man nun ein lautes Schnurren hören. Anscheinend war Ludwig bereits satt. Nun war er mit Allem einverstanden, was Samuel zu sagen hatte. Wie könnte es auch anders sein, sie waren ja Freunde.

Kapitel 6

Henry betrat das Schlafzimmer seines Herrn, mit einer Tasse heißer Milch in seiner Hand. Die Diener bereiteten Sir Hogart zum Mittagsschläfchen nach dem Essen. Aber anstatt sich umzuziehen, wie ihm vorgeschlagen wurde und eine Tasse warmer Milch zu trinken, schubste Edward die Diener von sich weg und stand vom Bett auf.

- Wo wollen Sie denn hin? – machte sich Henry sofort Sorgen.

- Zu Maria.

- Aber das ist ganz unmöglich... Ich kann es nicht erlauben! Sie waren bereits mit einem Fuß im Jenseits...

- Und selbst, wenn es so wäre, was geht dich das an?

- Ich traue meinen eigenen Ohren und meinen Augen nicht mehr, - Henry wedelte mit irgendwelchen Papieren direkt vor der Nase von Sir Hogart. Übrigens handelt es sich dabei, um Ihren Verzicht auf Eigentum. Euer Kammerdiener hat ihn mir übergeben, nachdem ich ihn beauftragt hatte, sich um Sie zu kümmern. Maria fühlte Sie mit Alkohol ab, in den auch Schlafmittel dazu gemischt wurde.

- Ich werde nicht lange in dieser Welt leben, - murrte Edward, irgendwie ganz resigniert. Henry blieb nichts anders übrig, als seinen kranken Herren anzuziehen und ihn zu begleiten. Nachdem sie am Anwesen seines früheren Schwiegersohnes angekommen waren, schritt Edward selbstbewusst auf dem Gehweg, der zum Haus führte. Ihm entgegen war irgendein schmutziger, rotziger Bengel hergelaufen, anscheinend handelte es sich dabei um den Sohn von einem Dienstmädchen.

- Sir, der Zutritt ist verboten! – Edward erstarrte vor lauter Unverschämtheit.

- Mach, dass du wegkommst! – rief er und holte mit seinem Spazierstock aus, ohne den er in letzter Zeit sich nicht mehr fortbewegen konnte. Der Lausbube schrie schrill und gab sofort Fersengeld. Wegen dem kaum zu überhörbarem Lärm, kamen einige Bedienstete angelaufen.

- Sagen Sie ihrer Herrin, dass ich hier bin, - befahl der Baron. Die Diener senkten in Ehrfurcht. ihre Köpfe. Einer von ihnen, der Sir Hogart noch aus den früheren Zeiten kannte, in denen noch Glück in ihrem Haus herrschte, versuchte die Schuld des Jungen wenigstens etwas wieder gut zu machen.

- Achten Sie nicht auf die ungezogene Rotznase, Sir, - sagte er, dadurch erzürnte er den ohnehin schon beleidigten Gast noch mehr.

- In diesem Hause wurde ich vorher noch nie so grob und unverschämt behandelt, - antwortete Edward, dabei könnte er seinen Zorn kaum zügeln.

- Man wird ihn bestrafen, Sir, - sagte der alte Diener und neigte seinen Kopf ganz tief.

Sobald der Schlingel von der anstehenden Bestrafung erfuhr, fing er laut an zu schreien:

- Die Herrin hatte mir persönlich befohlen diesen Gentleman nicht ins Haus zu lassen.

Es begann eine Pause der Stille. Die Diener sanken auf die Knie vor lauter Angst.

- Man soll sie sofort hierher rufen! – befahl Sir Hogart, dabei wurde er rot vor Scham. Die Diener befolgten sein Befehl, dennoch hatte keiner den ehrenwerten Gast in das Haus eingeladen.

- Ein ausgezeichneter Empfang, ohne jeden Zweifel! – brüllte Edward. Die Herrin des Hauses schwieg. Sie wollte zuerst den Grund für das Auftauchen des ihr verhassten Gastes erfahren. Deshalb wollte sie nicht sofort ein Streitgespräch mit ihm beginnen. Aus den Fronttüren kamen zahlreiche Diener. Sie brachten Silbertabletts mit Weingläsern darauf. Auf anderen Tabletts lagen eilig hergerichtete Früchte.

Oh nein, Alles, nur das nicht, - flüsterte Henry sobald er die von Maria angebotene Köstlichkeiten erblickte.

Der Verwalter weigerte sich sogleich strikt ein Schluck Wein aus dem vor ihm gestellten Glas zu nehmen, Sir Hogart dagegen nahm das Angebot an und setzte sich sogar auf einen in der Nähe stehenden Stuhl.

- Du bist und bleibt ein einfaches Mädchen aus der Gosse, - fing Edward an.

- Aus welchem Grund bist du dann hier?

- Ich stelle mir selber ständig die gleiche Frage, aber ich finde keine Antwort darauf. Ich weiß nur eines – ohne dich fühle ich mich einsam.

- So, du bist also grob zu mir, auch aus Einsamkeit?

- Ich will zusammen mit dir sein...

- Du bist so tief gefallen Edward. Schämst du dich denn nicht über deine Gefühle in Anwesenheit von Dienern zu sprechen?

- Ich liebe dich.

„Das ist einfach unglaublich" – dachte Henry in derselben Zeit. Der Verwalter schien in den nicht ausgesprochenen Wörtern zu ertrinken, sie schwelten in seinem Inneren.

- Bist du etwa nur deswegen hierher gefahren? Du kannst mit deiner Liebe zum Teufel gehen! – hörte der Verwalter und bekam sofort einen Hustenanfall. Er schämte sich wegen seinem Herren, der sich vor den Augen dieser Frau erniedrigen musste. Noch keine Frau vorher hatte in so einem Ton mit ihm gesprochen. Und diese... Göre nahm es sich heraus den Baron Hogart in Person so anzupöbeln.

- Wir fahren weg, - Henry gab sich beleidigt.

- Sei nicht so voreilig, - hielt ihn Edward auf. Ich habe noch nicht von Marias Mahl gekostet und überhaupt Henry, gerade ist in meinen Kopf ein wunderbarer Einfall gekommen. Wir werden hier bleiben.

- Nicht... nicht...

- Ich sehe, dass du damit einverstanden bist. Was haben wir heute zum Abendessen? – Einer der Diener, anscheinend der Verantwortliche für die Küche, begann das Menü aufzulisten. – Ein wunderbarer Abend! Er fühlt sich irgendwie besonders an, - Edward streckte sich.

- Wie Sie wollen, meine Herren, - die Herrin des Hauses verließ die Terrasse. Henry blickte finster. Edward betrachtete währenddessen seine Finger und war anscheinend sehr zufrieden, mit ihrem Aussehen.

- Beim Abendessen benahm sich Maria ziemlich seltsam, sie schaute immer wieder auf die Eingangstür, als ob sie jemanden erwarten würde.

- Der Lord hat einen vernünftigen Koch, - bemerkte der Baron und schluckte ein Stück Beefsteak herunter.

- Was willst du damit sagen? – Maria nahm Messer und Gabel in ihre Hände.

- Och einfach so..., nichts Besonderes.

- Dann stopfe dir deinen Mund voll mit Steak und sei still, - die Herrin schnitt ein kleines Stückchen Fleisch mit Blut ab und kaute es sorgfältig. – Oder bereust du etwa, dass du keine Möglichkeit hattest, deinem Schwiegervater, persönlich die letzte Ehre zu erweisen? – Henry und Edward spuckten sofort synchron das Fleisch heraus. – Maria lachte: Meine Herren, das Abendessen ist zu Ende.

Die Gäste waren vor Benommenheit wie eingefroren. Der eine, wegen der Unverschämtheit der Gastgeberin und der andere hegte ganz eindeutig etwas aus.

- Hast du bemerkt, wie nervös sie war?

- Sie fühlt sich unwohl in unserer Gesellschaft.

- Lass uns gehen! – antwortete Edward. Sein Verwalter gehorchte ihm. Dabei nahm er vorsichtshalber eine Leuchte vom Tisch mit. Es war nämlich inzwischen ganz dunkel geworden und das Esszimmer, in dem sie sich aufhielten, blieb der einzige helle Ort im ganzen Anwesen.

Kapitel 7

Ein riesiges Gebäude, welches zu Lebzeiten von Lord
Blackmore dicht besiedelt wurde, hinterließ nun einen Eindruck von einer „einsamen Insel", welche man so schnell
wie möglich verlassen wollte. Nachdem die Gäste in der
Dunkelheit die lange finstere Eingangshalle durchschritten
hatten, stiegen sie ein Stockwerk höher. Sie hatten noch
nicht das Zimmer des ehemaligen Hausbesitzers erreicht, da
ertönte irgendwo in der Nähe eine weibliche Stimme. Die
Männer zuckten vor Überraschung und begannen sich in alle
Richtungen umzuschauen.
- Das ist das Zimmer meiner früheren Ehefrau, - Sir Hogart
nickte mit dem Kopf und zeigte auf die offene Tür, von wo
Marias Stimme ertönt war, die sie so stark erschreckt hatte.
- Leise! – die Gäste blieben stehen, sie hatten Angst sich zu
bewegen und dadurch sich irgendwie zu verraten.
- Wozu sind sie hierher gefahren? – Edward und Henry
tauschten verwirrte Blicke aus.
- Ich weiß es nicht, aber es wäre besser, wenn sie uns so
schnell, wie möglich in Ruhe ließen.
- Vergiss doch sie, du – bist der einzige, mit dem ich mich
glücklich fühle. – Die darauf folgende Pause im Gespräch
hatte zu bedeuten, dass in dem Zimmer dort etwas ganz all-
tägliches für die Liebenden stattfand, nämlich Umarmungen
und heiße Küsse. Wenn man jetzt in Edwards Gesicht
schauen würde, dann würde man sofort Angst bekommen,
es war entgleist vor lauter Eifersucht.
- Ich flehe Sie an, fahren wir weg von hier, - Henry versuchte seinen Herrn vor weiteren Qualen zu bewahren. Stattdessen wurde er gezwungen hinter seinem Herrn den Korridor
entlang auf dem Bauch zu kriechen, bis zum Zimmer des
verstorbenen Lords.
Nachdem er sie vorsichtig fest geschlossen und danach mit
einem Schlüssel abgeschlossen hatte - der Schlüssel steckte

140

praktischerweise bereits im Schlüsselloch – begann Edward krampfhaft etwas in der Wand zu suchen, die mit einem dichten Gewebe beschlagen war.

- Der Lord erzählte, dass es in der Wand eine spezielle geheime Öffnung gab. Durch diese Öffnung könnte er seine Tochter oft beobachten, als sie noch klein war. Er hatte ständig Angst, dass die Kindermädchen sie schlecht behandeln würden. – Plötzlich wurde Sir Hogart ganz leise, man hatte den Eindruck, als ob er an der Wand festkleben würde. Henry wollte ebenfalls dorthin hineingucken, wo sein Herr hin spähte, leider hatte er überhaupt keine Möglichkeit dazu. Edward hatte es ihm nämlich strengstens verboten. – Lege dich schlafen! – befahl der Baron. Er selber drehte sich wieder zur Wand, neben der ein Bett stand. Seine Schultern bebten noch lange und man könnte noch lange seinen schweren Atem, wegen der verstopften Nase und den vergossenen Tränen, hören. Als endlich ein Schnarchen zu hören war, flüsterte der Verwalter: - Und wie viel Uhr ist es jetzt? – Nachdem er keine Antwort darauf bekommen hatte, stand er von seinem Bett auf und eilte zur Öffnung in der Wand... Das Liebespaar, welches man durch die Öffnung beobachten könnte, befand sich in einer sehr ungewöhnlichen Pose. So etwas Ähnliches hatte Henry nur auf den Gravüren östlicher Künstler gesehen, die auf dem Markt verkauft wurden. Der Genuss, den die beiden gerade durchlebten, war so offensichtlich, dass Henry vor Lust zu zittern begann. Was wollte er jetzt? Dort - auf der Liege der Liebe sein.

Kapitel 8

Das Sonnenlicht schien direkt in die Augen und blendete. Henry stülpte sich die Decke über seinen Kopf, um noch etwas länger schlafen zu können. Er sprang jedoch sogleich

vom Bett auf, weil er hörte, dass jemand an der Tür zog, die von Innen mit einem Schlüssel abgesperrt war. Im Gang waren Stimmen zu hören:
- Edward, mach die Tür auf! – Sir Hogart antwortete nicht der Herrin des Anwesens, weil er noch schlief. Henry antwortet ebenfalls nicht. Er blieb heimlich hinter der Tür versteckt so lange stehen, bis es auf der gegenüberliegenden Seite wieder ganz still wurde. In diesem Moment wachte Edward auf und schlug Henry vor, zum Frühstück zu gehen. Nachdem er das Esszimmer betreten hatte, wählte Sir Hogart ein seiner Meinung nach passendes Plätzchen für sich und seinen Verwalter aus. Obwohl Henry überhaupt keine Lust zu frühstücken hatte. Wenn jemand ihn bitten würde den Grund für die ihn so plötzlich befallene Angst, die er sogleich verspürte, zu nennen, dann wette ich mit Ihnen, das Henry keine vernünftige Erklärung dazu finden könnte.
- Sir, - flehte der Verwalter. – Ich will nichts essen. Und Sie werden das ebenfalls nicht essen, - Henry entriss direkt aus den Händen seines Herrn ein weich gekochtes Ei, welches vor ihm in einem kleinen Becher stand. Die Spitze des Eis war, aus irgendeinem Grund abgeschnitten, außerdem stand das Ei im Becher irgendwie viel zu schief.
- Ich liebe Eier. Gib es mir zurück! – empörte sich darüber Sir Hogart. Henry warf daraufhin das Ei auf den Boden.
- Dafür... nimm das, - Edward warf im Zorn ein Teller Haferflockenbrei auf seinen Verwalter. Henry wich aus, der Brei tropfte langsam – zum Glück für Henry – nicht von ihm, sondern von der Wand herunter.
- Was veranstaltet ihr denn hier? – ertönte plötzlich Marias Stimme. Die Gäste hatten im Gefecht gar nicht bemerkt, wie sie das Esszimmer betreten hatte. Hinter der Gastgeberin stand einer ihrer Diener.
- Wir frühstücken gerade, - antwortete Sir Hogart. Die Herrin des Anwesens ließ ihren Blick über das gesamte Esszimmer streifen. Überall lagen Eier, zerbrochenes Geschirr

142

und noch dazu... der tropfende Brei von der Wand, an einer Stelle hatte sich bereits ein Häufchen daraus auf dem Boden gebildet.

- Und warum hat euch der Brei nicht geschmeckt? – fragte Maria.

- Fangen wir lieber mit den Eiern an, - begann Henry. Sir Hogart wurde in diesem Augenblick aus irgendeinem Grund von einem starken Schluckauf befallen. Statt den Worten, die sicherlich an die gastfreundliche Herrin gerichtet waren, könnte man nur: - B-r-e-i... hören.

- Du bist ekelhaft, - sagte Maria mit Abscheu, drehte sich um und ging weg.

- Also hat sich deine Herrin geweigert mit mir zusammen zu frühstücken? – wandte sich Sir Hogart an den Diener, der den Befehl der Herrin befolgte und im Esszimmer aufräumte.

- Ich weiß darüber nichts, Sir, - antwortete dieser.

- Und wer war gestern Abend bei ihr? – Edward wollte einfach keine Ruhe geben.

- Wir gehen jetzt besser, - Henry packte den Baron an der Hand und zog ihn weg.

- Und was ist mit den Eiern! – Sir Hogart schien mit seinen Füßen im Boden verwurzelt zu sein. – Diese Göre hat mich ohne Eier gelassen!

Nachdem er Edward einigermaßen beruhigt hatte, ging der Verwalter zu Fuß zu einer Herberge, welche zwei Meilen von Marias Anwesen entfernt lag. Dort kaufte er verschiedene Lebensmittel ein. Nun könnten er und sein Herr essen und trinken, ohne dabei vor der Heimtücke der Witwe, Angst haben zu müssen. Es wurde langsam dunkel...

Indem er über einen Zaun geklettert war, gelangte Henry Mount wieder auf das Territorium des Anwesens. Wie auch gestern waren alle Fenster dunkel, bis auf eines.

Henry hatte überhaupt keine Lust wieder in das verfluchte Haus zu gehen, aber er hatte kein Recht seinen Herren in

Gefahr alleine zu lassen. Der Verwalter blieb für einen Augenblick stehen, um sich umzuschauen.

- Kannst du die Leiter sehen? – ertönte in diesem Augenblick die Stimme seines Herrn ganz in der Nähe. Henry wollte zuerst laut schreien, aber zum Glück wurde sein Mund ganz fest mit Edwards Hand zugehalten. – Ich frage dich noch einmal, - wiederholte Sir Hogart, nachdem er seinen Verwalter wieder frei ließ. – Kannst du die Leiter sehen?

- Nein, - antwortete Henry. Er scherte sich überhaupt nicht um irgendeine Leiter und überhaupt wollte er, dass man ihn in Ruhe lässt.

- Henry, da ist sie doch!

- Und was haben Sie mit dieser Leiter vor? – gab sich der Verwalter neugierig, nachdem er eingesehen hatte, dass man ihn dennoch nicht in Ruhe lassen wird.

- Es ist doch offensichtlich, was ich damit vorhabe... – Edward versuchte die Leiter zu nehmen und sie zu einem andern, seiner Meinung dafür mehr geeigneten Platz, rüber zu tragen. Aber sie erwies sich als sehr schwer.

- Sehen Sie das Abflussrohr? Mit deren Hilfe kann man bis zum Balkon hochklettern, - gab der Verwalter Edward einen Tipp. Denn sein Herr schien bereits von seinen Handlungen enttäuscht zu sein und schwankte verwirrt zwischen der sauschweren Leiter und dem Balkon.

- Halte mir den Rücken frei, - der Baron begann das Abflussrohr hoch zu klettern. Es blieben bloß noch ein Paar Fuß bis zum Balkon, als jemand laut losschrie: - Dieb! – Sobald Edward den Schrei hörte, erreichte Edward blitzschnell das Ziel und hielt sich mit beiden Händen an dem Eisengeländer fest. Was Henry angeht, so versteckte er sich voller Angst in den Büschen. Es scheint, als ob der Verwalter jetzt in Sicherheit wäre, was man von seinem Herrn nicht behaupten könnte. Dieser hing nach wie vor, wie ein Sack mit Scheiße unter Marias Balkon. Einige Diener kamen auf die Straße, um sich zu vergewissern, ob alles in Ordnung ist. Da sie Edward, der auf den Balkon kletterte, nicht bemerkt hatten, gingen sie wieder schlafen. Henry kam aus seinem Versteck heraus, um nach zu sehen, wie es dem Baron geht. Sir Hogart stand bereits auf dem Balkon und gab irgendwelche Handzeichen von sich.

- Was? – Henry konnte ihn nicht verstehen. – In diesem Augenblick ertönte es von der anderen Seite hinter den Büschen: - Haltet den Dieb fest! – Als Henry sich umdrehte, stieß er Nase an Nase mit dem Rotzbengel, auf den Sir Hogart am Tage seiner Ankunft so erbost war. Dieser Schlingel stand direkt neben Henry und schrie so widerlich.

- Du blöder Lausebengel! – der Verwalter wollte ihm gerade eine Ohrfeige geben, als dieser sagte: - Wenn Sie mir ein Paar Schilling geben, dann werde ich schweigen.

Henry erwies sich als ziemlich großzügig und gab ihm für sein Schweigen gleich drei. Nachdem er das Problem mit der heranwachsenden Generation gelöst hatte, hob der Verwalter seinen Kopf nach oben, um nachzusehen, mit was Sir Hogart nun beschäftigt ist. Diese hatte endlich Erfolg. Er stand wie ein vom Wind gebogenes Bäumchen und hatte fast das geöffnete Fenster mit seinen Fingerspitzen erreicht. Aber in diesem Moment erklang schon wieder das widerliche Geschrei und zwar so laut, dass er jetzt von allen Bewohnern des Anwesens gehört wurde. Sogleich sagte die Stimme der Hausherrin:

- Ich werde dich umbringen! – Edwards Antwort darauf, war genauso absurd, wie alles andere, was in diesem Anwesen geschah.

- Ich werde sogar sehr gerne das Gift aus deinen Händen empfangen.

- Verlasse augenblicklich mein Haus, - es schien, als ob Maria mit ihrer Geduld am Ende wäre. Sir Hogart umarmte die wütend gewordene Witwe. Dadurch wurde diese ganz rasend:

- Rühre mich nicht an, du Mistgeburt!

- Hast wahrscheinlich das gesamte Vermögen deines Mannes bereits verschwendet? – antwortete Edward ganz unaufgeregt. – Meine Liebe, da hast du dich aber verrechnet, der Lord war ja ganz bettelarm! – der Baron fing an zu lachen. Maria dachte nach. Alles, was mit Geld zu tun hat, wurde von ihr stets immer sehr sorgfältig durchdacht. Als er sah, dass seine Geliebte verwirrt ist, wurde Edward wieder ganz munter.

- Also abgemacht? Es gibt keinen in unserer Grafschaft, der reicher ist als ich. – Maria nickte bejahenden mit dem Kopf, weil sie wusste, dass es die Wahrheit ist. Es gab wirklich nicht allzu viele Geldsäcke, selbst wenn sie so hässlich waren. – Ich werde in den nächsten Tagen irgendwann bei dir vorbeischauen, - führte Edward fort, nachdem er merkte, dass er nun nichts mehr zu befürchten hat. Und dass Maria ihn nicht mehr umbringen wird. Bereits unten beim Ausgang drückte er ihr eine Goldbrosche in die Hand, die er in letzter Zeit immer bei sich trug. Er wartete immer wieder auf den passenden Augenblick. Dieser war nun endlich gekommen.

- Lass uns gehen! – befahl er seinem Verwalter. Dieser war sehr über die Tatsache erstaunt, dass sein Herr nicht aus dem Haus geworfen wurde, wie es vorher versprochen war. Stattdessen verließ Sir Hogart das Anwesen selbstständig und noch dazu mit einem Lächeln des Sieges auf seinem Gesicht.

Kapitel 9

- Er liebt dich.

- Wahrscheinlich hatte die damalige blöde Unterhaltung seine Wirkung gezeigt, - Maria verdeckte ihren Mund mit der Hand, weil sie eingesehen hatte, dass sie zu viel gelabert hatte. Um das Gespräch auf ein anderes Thema umzuleiten, sagte sie:

- Mich quält ständig der Gedanke, dass ich dich vorher schon mal irgendwo gesehen hatte. -

Maria sagte die Wahrheit. Sie schaute mehrmals genau in seine Augen und wunderte sich darüber, dass diese sie an irgendjemanden Bekannten erinnerten. – Ich glaube, dass du reich bist. Außerdem trägst du einen Adelstitel und hast ganz viel Geld.

- Ich hatte niemals den Reichtum als eine Quelle der Wonne empfunden.

- Sage so etwas nicht! Ich habe Angst, - Maria drückte sich ganz fest an den Mann. Nachdem sie eine Weile geschwiegen hatte, fügte sie hinzu: - Deine Worte sind sehr klug. Du gehörst zweifellos zum Adel.

- Das würde ich mir am allerwenigsten wünschen!

- Du Narr! Kannst du denn nicht verstehen, dass es gleichzeitig auch Macht bedeutet!

- Ich glaube, dass ich eher über eine andere Macht verfüge – die seelische.

- Was meinst du damit? – Maria schaute verdutzt in sein Gesicht, es war irgendwie all zu hell, als ob es nicht von dieser Welt kam. Sie bekam es mit der Angst zu tun. Um sich und auch ihn irgendwie von den üblen Gedanken abzulenken, sagte sie: - Schau mal, was ich hier habe. Ist sie nicht schön? – die Frau heftete sich die Brosche, die sie gerade von Edward geschenkt bekommen hatte an ihre Brust.

- Ist das von ihm?

- Mag schon sein, dass es von ihm ist, aber es bedeutet für mich nichts! – Maria machte mit der Hand eine abwertende Bewegung. – Ich muss gehen, - Sophie wird gleich kommen. Wir haben verabredet, dass sie ihre Bilder vorbeibringt. Ihre Ladys haben ihr lauter Quatsch erzählt, sie sagten dass ihre Bilder viel Geld beim Verkauf bringen werden. Also habe ich mir gedacht, ob ich sie nicht vielleicht als

erste kaufen sollte, bevor sie mir andere vor der Nase weg-
schnappen.

Als sie zur Eingangshalle die Treppe runtergestiegen war,
sah Maria, dass Sophie bereits angekommen war und gerade
mit einem Kammerdiener sprach.

- Du besuchst mich viel zu selten, - sprach die Gastgeberin
vorwurfsvoll aus. – Komm, zeige mir dein Geschmiere.

- Und du bist immer noch dieselbe, hast dich gar nicht verändert, - lächeltest Sophie.

- Du hast dich auch nicht verändert. Du bist immer noch das
kleine dumme Mädchen geblieben. Hast du Hunger?

- Dazu werde ich „nicht nein sagen", - antwortete Sophie
beschämt und betrachtete dabei die Räumlichkeiten. – Ist es
dir nicht langweilig hier alleine zu sein? – fragte sie plötzlich.

- Alleine? Schau mal, wie viele Diener mich umgeben, -
Maria zeigte mit dem Finger auf die Dienerschaft, die in der
Küche enorm beschäftigt war. – Manchmal weiß ich nicht,
wohin mit mir. Ich würde sie am liebsten alle weit von mir
wegschicken.

- Du hast wirklich ein schweres Leben, - bemitleidete Sophie ihre Freundin.

- Na sage mal, - lachte Maria. – Lebst selber in Armut und
hast noch Mitleid für mich übrig!

- Ha-ha-ha...

Nachdem sie ungefähr eine Stunde geplaudert hatten, gingen
die Freundinnen auseinander. Sophie eilte schnell nach Hause, sie wollte mit Fanni die leckeren Gastgeschenke teilen
und ihr das Geld zeigen, welches sie für den Verkauf ihrer
Bilder bekommen hatte. Was Maria angeht, so hatte sie es
eilig, vor fremden Blicken das zu verstecken, was später
eine wichtige Einnahmequelle sein wird. Sie könnte sich
noch lange danach wegen Sophies Unerfahrenheit in Ge-
schäftssachen nicht beruhigen. Sie murrte, dass sie einfach

nicht verstehen kann, wie ihre Freundin noch nicht am Hungertod - wegen ihrer enormen Dummheit - gestorben ist.

Kapitel 10

- Fanni, wir haben jetzt ganze 5 Pfund. Schau mal!
- Ich hätte nie gedacht, dass deine Bilder jemals wirklich verkauft werden können. Es ist wirklich ein Wunder! Und was ist das? Sie ist so schön...
- Oh, wie peinlich. Maria könnte denken, dass ich sie gestohlen habe. Ich bin mir sicher, dass der Schmuck von ihrem Kleid in dem Moment runtergefallen war, als wir das Gewebe zusammengefaltet haben, in welches meine Arbeiten verpackt waren. Fanni, iss ohne mich weiter, - sagte Sophie bereits beim Weggehen und lief zurück zu ihrer Freundin.
Es erwies sich leichter das Anwesen von Lord Blackmore zu erreichen, als durch die bereits geschlossenen Eisentore hinein zu gelangen. Sophie blieb nichts anderes übrig, als entlang des langen Zauns spazieren zu gehen. Plötzlich waren Stimmen zu hören.
„Na, da habe ich aber Glück gehabt", - dachte Sophie, als sie ihre Freundin sah. Diese ging auf einem engen Gehweg, der zum Tor führte. Dabei war sie nicht alleine, sie hatte ihre Hand bei irgendeinem Mann eingehackt.
- Maria! – schrie Sophie.
- Was machst du denn hier? – wunderte sich die Herrin des Anwesens.
- Hier, - das ernsthaft erschrockene Mädchen begann gleich am Tor alles zu erklären und reichte ihrer Freundin das Schmuckstück.
- Aber... wie ist es denn bei dir gelandet?
- Ich weiß es nicht. Ich habe sie gefunden, - erklärte Sophie und wurde dabei rot vor Scham.

- Mache dir darüber keine Sorgen, Sophie. Ihre Freundin hatte wahrscheinlich die Brosche einfach nicht fest genug an ihr Kleid befestigt und hat sie dann einfach verloren. – Erst jetzt richtete Sophie ihre Aufmerksamkeit auf den Mann, der neben Maria stand.

- Entschuldigen Sie! Ich habe Sie ja noch gar nicht begrüßt, - sprach Sophie aus und schaute in das unbekannte Gesicht.

- Ach ja, macht euch bekannt. Das ist meine Freundin, Sophie, - sagte Maria.

- Sehr angenehm, - der Mann reichte ihr seine Hand. – Man sagt, dass Sie fantastische Bilder malen. – Maria hatte erwartet, dass diese Worte ein glückliches Lächeln auf das Gesicht ihrer Freundin zaubern würden. Sophie reagierte stets auf diese Art und Weise, wenn sie Komplimente hörte, die an sie gerichtet waren.

Stattdessen sah Maria, dass Sophies Gesicht durch eine seltsame Grimasse entstellt wurde. Sie drückte gemischte Gefühle aus: Freude, Schmerz, Verwunderung.

- Na, hast du etwa deine Zunge verschluckt? Antworte wenigstens irgendetwas darauf! – Statt einer Antwort drückte Sophie die rubinrote Blume in Marias Hand und verließ pfeilartig das Anwesen. Dabei schlug sie das Eisentor hinter sich so stark zu, dass es fast aus den Angeln gehoben wurde.

- Hast du sie etwa nicht mehr alle? – schrie Maria ihr nach. Ihre Freundin, drehte sich daraufhin nicht mal um. Sie lief so schnell weg, dass man sie kaum einholen könnte.

Außerdem hatte niemand vor, so etwas zu tun.

- Sie ist niedlich, - sagte der Begleiter der Herrin des Anwesens. Nachdem Sophie hinter dem hohen Zaun verschwunden war.

- Leider ist sie nicht ganz sauber in ihrem Kopf. Allerdings war sie schon immer etwas seltsam. Sie soll sich bloß noch einmal vor meinen Augen blicken lassen, - Maria drohte mit ihrem Zeigefinger. – Es ist kalt geworden und du darfst nicht frieren, - die Witwe von Lord Blackmore hakte sich bei ihrem Begleiter mit der Hand ein. Das Paar ging gemächlich zurück zum Haus.

Sophie rannte so lange ihre Kräfte es zuließen. Heute erwartete sie Lori bei sich.

Sophie stürmte in die stickige Räumlichkeit, setzte sich auf einen Stuhl und griff sofort nach einem Pinsel, welcher auf dem Tisch lag.

- Guten Tag, Miss Sophie, - hörte sie die Stimme der Lady.

- Einen guten, - murrte die Künstlerin.

- Miss Sophie, hast du heute etwa schlechte Laune? – ihre Gönnerin wollte einfach keine Ruhe geben. Sophies einziger Wunsch war zu schweigen und darauf nichts zu antworten, aber das wäre gegenüber Lori sehr unhöflich gewesen. Das Mädchen fasste sich ein Herz, sammelte ihre Nerven zu einem Bündel zusammen und antwortete:

- Ja, heute geht es mir nicht besonders gut.

Sie wollte sehr gerne mit voller Stimme losheulen. Da sie wusste, dass sie es auf keinen Fall tun darf, fügte Sophie hinzu: - Ich bin hingefallen und habe mich am Knie verletzt. Es tut sehr weh. Um noch überzeugender zu wirken, rieb sie das Knie mit ihrer Hand.

Kapitel 11

Die vorher ganz winzig kleinen Blättchen wuchsen im nu zu großen Blättern heran. Die Baumkronen schmückten sich mit üppigen Gewändern, mit denen der Wind spielte und mit dem grünen Laub raschelte. Die Mönche verließen mit großem Vergnügen ihre stickigen Klosterklauseln und setzten sich direkt auf das Grass im Garten. Dabei handelte es sich um die wenigen Augenblicke in ihrem Leben, in denen sie sich der Muße hingeben könnten. Für den Gärtner begann gleichzeitig seine Lieblingsjahreszeit. Er schwirrte wie eine Biene zwischen den Bäumen und Sträuchern. Die Pflanzen schauten ihn voller Liebe an. Dabei erwarteten sie eine zärtliche und zugleich männliche Berührung. Umso mehr liebten sie seine Stimme, welche ihnen Komplimente zuflüsterte. Dadurch konnten sie sich sogleich verwandeln und ihre Gestalt verändern. Zum Beispiel könnten sie vor Scham so erröten, dass ihre Farbe noch stärker und tiefer wurde. Manche von ihnen wären sogar gerne nur ein einzelnes, vom Wind abgerissenes Blütenblatt, nur um dem Gärtner mit seinem feurigen Herzen folgen zu können.

Sobald Adam abends seine Augen zu machte, fiel er sofort in einen tiefen Schlaf, in dem es niemand anderen gab, außer seiner geliebten Sophie. Dort hatten sie Spaß zusammen. Das war das reinste Glück, weil in der Wirklichkeit Adam sie schon sehr lange nicht mehr gesehen hatte. Er hatte den Eindruck, dass das Mädchen in aus irgendeinem Grund meidet. Der Gärtner hatte sich mehrmals in die Stadt aufgemacht, in der Hoffnung seine Geliebte an ihrem Platz zu treffen, aber er konnte sie dort nicht finden. Adam wusste nicht, was das Ganze zu bedeuten hat. Er könnte nicht begreifen, wohin sie plötzlich verschwunden war. Sie hatten sich nicht gestritten und überhaupt konnte es zwischen ihnen keine Unstimmigkeiten geben. Denn sie hatten ja ein Herz für zwei geteilt. Das Leben des Gärtners wurde langsam zu einer einzigen Qual. Selbst als Adam aus Verzweiflung den Heiligen Leon aufsuchte, schmerzte sein Herz immer weiter. Als er mit seiner Hand den steinernen Körper berührte, konnte der Gärtner außer Kälte nichts spüren. Plötzlich war auch die innere Harmonie mit der Außenwelt irgendwohin ganz verschwunden. Offenbar hatte sein Herzschmerz das Feuer welches in ihm brannte, gelöscht.

Kapitel 12

- Miez, Miez, Miezekatze, - rief Samuel nach seinem Kater.
Ludwig war bereits seit vierundzwanzig Stunden nicht mehr
zu Hause.
- Warte nur, bis ich dich in die Finger kriege. Ich werde dir
den Hintern versollen! – schimpfte Mister Estal. Es war ein
heißer Tag. Ein Windzug, der durch das Fenster seines Ar-
beitszimmers gelangt war, erfrischte ein wenig den Raum.
Das Haus, in dem Samuel sich angesiedelt hatte, unterschied
sich nicht besonders von anderen Bauten dieser Zeit. Aber
in seiner unmittelbaren Nachbarschaft war in ein paar Jahren
ein regelrechter Palast erbaut worden. Danach zog irgendein
chinesischer Millionär mit seiner Frau dort ein. Doktor Estal
hatte großen Gefallen daran gefunden, zu beobachten, was
in dieser prächtigen Villa geschieht. Vorgestern hatte er
versucht das Muster auf der Polsterung der Möbel zu entziffern, welche ins Haus hineingetragen wurde. Gestern hatte
man einen goldenen Käfig im Haus aufgestellt. Und darin
saß... ein riesiger Papagei. Der Vogel war einfach prächtig,
man hatte den Eindruck, dass der Papagei selber es auch
wusste. Das bunte Gefieder, ein herrlicher Schopf und ein
mächtiger Schnabel. Man könnte noch Stundenlang von den
zahlreichen Vorzügen des Gefiederten erzählen.
Nachdem er beschlossen hatte, sich endlich, mit der unter
der Woche angestauten Korrespondenz zu beschäftigen,
rückte Doktor Estal seinen Lieblingssessel näher zum
Schreibtisch und tauchte die Feder in das Tintenfass.
Er hatte es aber nicht geschafft, mit dem Schreiben zu beginnen, weil etwas auf der Straße seine Aufmerksamkeit
erregt hat. Dieses „etwas" war Ludwig, aus dessen Mund
eine lange rote Feder herausragte. Ohne jeden Zweifel gehörte es dem benachbarten Papagei. Der Kater Ludwig wurde vom Millionär im Laufschritt verfolgt.

- Wir Gentlemans, können es uns nicht leisten so leichtsinnig mit solchen Dingen wie unser Eigentum umzugehen. Ich hatte dafür viel Geld gezahlt, - begann der Nachbar sich zu beschweren.

- Entschuldigen sie geehrter Herr, aber was ist eigentlich passiert? – antwortete Samuel mit einer Gegenfrage. Er musste irgendwie darauf reagieren. Aber wie? Außerdem hatte er kein Wort davon verstanden, was ihm der Chinese gesagt hatte.

- Herr Doktor, Sie sind verpflichtet auf ihren Kater besser aufzupassen. Um ein Haar hätte er meinen wunderbaren Vogel gefressen. Das ist ein sprechender Papagei! Und er kostet so viel, wie Sie es sich nicht mal erträumen könnten, - sagten der Millionär, nachdem er das nach seinem Begriff ziemlich bescheidenes Nachbarhäuschen betrachtete hatte.

- Wovon sprechen Sie, verehrter Herr. Ich träume in der Tat von ganz anderen Dingen. Es ist einfach erstaunlich, woher Sie darüber Bescheid wissen können? – Der chinesische Nachbar beherrschte die englische Sprache nicht besonders gut, deshalb könnte er nicht genau verstehen, wovon gerade die Rede war. Aber da er sehr geizig war, wusste er genau, was er selber wollte.

- Sie müssen mir eine Entschädigung zahlen! – verkündete der Millionär. Gerade in diesem Augenblick hatte sich Ludwig entschlossen, sein Versteck zu verlassen. In seinem Fall kroch er aus einem großen Blumenkorb hervor, der im Sommer immer auf derselben Stelle auf dem Vorbau aufgestellt war. – Da ist sie ja, meine Feder! – der Chinese deutete mit dem Finger auf das zu so einer unpassenden Zeit aufgetauchtes Beweisstück. Ihr lausiger Kater schleppt sie immer mit sich rum.

- Verehrter Herr, wie kamen Sie zu der Annahme, dass mein Kater Ludwig Läuse hat?

- Ich nenne Ihr widerwärtiges Tier, so wie ich es möchte, - der Millionär stampfte energisch mit dem Fuß. Das war aber bereits zu viel des Guten. Mister Estal öffnete die Haustür weit auf und befahl: - Ludwig, komm zu mir! Wie seltsam es auch klingeln mag, aber der Kater gehorchte auf Anhieb seinem Herrn. Er schlüpfte durch die geöffnete Tür und verschwand im Inneren der Wohnung.

- Schurke, wo hast du meine Feder hingebracht? – rief der Nachbar und wollte sich gerade auf Ludwigs Verfolgung aufmachen. Aber Samuel schaffte es gerade noch die Tür direkt vor der Nase des Millionärs zuzuschlagen. Der Chinese war über das gerade Geschehene völlig fassungslos. Er begann mit seiner Faust an die Eingangstür zu klopfen und pochte weiterhin darauf, dass man ihm den verursachten Schaden bezahlen soll. Das Ganze dauerte eine ganze Viertelstunde lang. Danach drohte der Nachbar mit dem Finger und verkündete dabei, dass er die Angelegenheit nicht auf sich sitzen lassen wird und dass er sich beim Doktor für seine Erniedrigung rächen wird.

Kapitel 13

- Und ich hatte dich übrigens schon überall gesucht, - tadelte Samuel seinen Kater. Ludwig reagierte nicht im Geringsten auf die Worte seines Herrn. Er war viel zu sehr mit der Feder beschäftigt, welche er aus dem Schwanz des Papageien ausgerupft hatte. Diese Feder ließ ihn... diesen wunderbaren Vogel... nicht vergessen. Und nach seiner Auffassung musste er auch hervorragend schmecken. Samuel war mit seiner Geduld am Ende. Er könnte nicht mehr die Beschimpfungen seines Nachbarn ertragen und dazu noch auf seine Rache warten. Er verließ sein Haus unbemerkt durch die Hintertür, schob sich seinen Hut ganz tief, dass er fast seine Augen verdeckte und ging gemächlich zum Themseufer. Die Frische, die vom Fluss kam, war so angenehm, dass Samuel sich endlich gemütlich fühlte. Er hatte bereits seit einer Woche fast nichts mehr gegessen. Die Hitze hatte eine verheerende Wirkung auf ihn. Nun verspürte Mister Estal Hunger. Der Ort an dem er sich zurzeit befand, war ein Fleckchen Erde zwischen dem Fluss und der Straße. Am Rand desselben Weges huschten Frauen hin und her, die mit Meeresfrüchten, Blumen, Obst und anderen Waren handelten.

„ Ich habe Hunger, - Samuel fuhr mit seiner Hand über den knurrenden Magen. – Ich werde mir etwas zum Essen kaufen" – hatte er beschlossen. Doktor Estal könnte sich lange Zeit für nichts entscheiden. Alles passte ihm nicht. Einmal war für ihn die Händlerin zu unordentlich, das andere Mal waren die Früchte bereits verfault. Endlich... Äpfel, man hatte den Eindruck, dass die rote Seite der Frucht wegen des Überschusses des Saftes gleich platzen wird. Samuel wandte sich zu einer Frau mit der Bitte, ihm noch ein Paar Früchte zu zeigen. Dabei sah er ein sehr merkwürdiges Gesicht. Es schien, als ob die Händlerin ungefähr hundert Jahre alt war. Sie glich selber einer verrunzelten und verfaulten Frucht, mit welcher ihre Rivalinnen handelten. Es ist schwer zu erklären, warum Mister Estal dennoch ausgerechnet bei dieser Frau die Ware kaufte. Wahrscheinlich hatte er einfach Mitleid mit ihr. Nachdem er sich auf eine Bank gesetzt hatte, begann Samuel mit dem Essen.

- Guten Appetit!

Mister Estal drehte sich um und sah dasselbe verrunzelte Gesicht.

- Verkaufen Sie etwa noch irgendetwas anderes? - fragte er.
- Entschuldigen Sie mich für meine Dreistigkeit, aber ich habe hier noch etwas für Sie, - die Frau reichte Samuel ein dickes Buch. Man hatte den Eindruck, dass dieses Buch genauso alt, wie ihre Herrin war. Vielleicht war aber das Buch sogar noch älter. Die Buchseiten waren an vielen Stellen vom Papierkäfer zerfressen worden. Nachdem Mister Estal das Buch durchgeblättert hatte fragte er:

- Und was soll ich damit?
- Ich flehe Sie an, Sir. Kaufen Sie es! Ich kann das Buch seit fünf Jahren nicht loswerden.
- Und nun willst du also, dass ich dasselbe Problem habe? – Mister Estal drehte das Buch in seinen Händen hin und her.
- Sobald ich Sie das erste Mal gesehen habe, wusste ich, dass dieses Buch Ihnen von Nutzen sein wird.
- Ich kann bloß nicht verstehen, wofür?
- Vielleicht sind Sie ausgerechnet der Mensch, der das Buch mir nicht mehr zurückgeben wird.
- Wie soll ich das verstehen? – Samuel drehte das seltsame Buch nochmals in seinen Händen.
- Normalerweise kaufen die Leute mir das Buch gerne ab, aber danach geben sie es auch zurück. Ein paar Mal wurde ich wegen dieses Buches sogar bereits geschlagen.
- Aus welchem Grund?
- Man sagt, dass dieses Buch Unheil und Unglück den Menschen bringt.
- Und du hast, aus irgendeinem Grund gedacht, dass ich ausgerechnet derjenige Dummkopf wäre, der noch Geld für sein eigens Unglück bezahlen wird? Oder ist bei mir so etwas auf meiner Stirn geschrieben?
- Ja ist es.
- Dass ich ein Narr bin?
- Nein, dass Sie, Sir sehr klug sind!
- Heute ist irgendwie ein mieser Tag, - erzürnte sich Mister Estal. Alle wollen Geld von mir. Zuerst diese blöde Feder, und danach dieses unglückbringendes Buch. Als ob ich nicht genug leiden würde! – Die Händlerin fing an zu weinen. – Zum Teufel mit dir! Gib dieses Buch her, - Samuel hielt es nicht länger aus. Die Frau begann sofort Mister Estals Hände zu küssen. – Und lass mich endlich in Frieden, - Samuel legte das Geld in ihre ausgestreckte Hand. Als die Frau außer Sichtweite war, schlug er eine der staubigen Buchseiten auf:

... der Hüter der Sieben Tore wurde traurig. „Ich gebe den Menschen einen endlosen Strom von Wundern, aber sie erkennen ihn nicht. Ich gebe ihnen neue Sterne, aber ihr Licht verändert nicht den menschlichen Geist. Ich tauche ganze Länder unter Wasser, aber das menschliche Bewusstsein schweigt. Ich lasse ganze Berge und Lehren der Wahrheit hochragen, aber die Köpfe der Menschen hören nicht meinen Ruf und drehen sich nicht um.

Ich sende Pest und Krieg, aber sogar die Furcht lässt die Menschen nicht nachdenklicher werden. Ich sende ihnen Freude an der Erkenntnis, aber die Menschen machen aus der heiligen Mahlzeit eine gewöhnliche Suppe. Ich habe keine Zeichen mehr, um die Menschheit vor der totalen Vernichtung zu bewahren". – Mister Estal verschluckte sich an einem Kirschkern und schlug das Buch zu.

„Es ist kein Wunder, dass dieses Buch Unglück bringt, darüber ist ja hier auch geschrieben, - murrte Samuel. – Ich bin wirklich ein Narr! Ich hatte vorher es mehrmals mir selber versprochen, meine Nase nicht mehr in fremde Angelegenheiten zu stecken und das kommt nun davon. Vielleicht sollte ich dieses Buch in die Themse werfen? Plötzlich verspürte er starke Magenschmerzen und ließ sich auf die Bank niedersinken. – „Es hat begonnen", - blitzte es durch seinen Kopf. Mister Estal schaute voller Angst auf den unglücksbringenden Gegenstand. Vor lauter Aufregung hatte Samuel nicht daran gedacht, dass es eine normale Reaktion seines Organismus auf, in großen Mengen schnell verzerrtes und ungewaschenes Früchteobst, sein könnte.

„Ich laufe schnell nach Hause", - Mister Estal begann zu rennen, nahm aber den Gegenstand seiner Leiden mit.

Bei Tagesanbruch wachte Samuel deswegen auf, weil er das Gefühl hatte, dass ihn jemand würgt. Als er die Augen aufmachte, sah er Ludwig, der es sich auf seiner Brust gemütlich gemacht hatte. Er hatte ein mulmiges Gefühl.

- Wir fahren weg, - ordnete der Herr an, nachdem er den Kater von seiner Brust weggescheucht hatte. Die Vorbereitungen zur Abreise dauerten nicht lange. Nachdem sich Mister Estal angezogen hatte, warf er das unglücksbringende Buch in einen Korb und schubste in denselben Korb, den sich mit allen Mittel widersetzenden Kater. Danach verließ er sein Haus. Als Mister Estal bei Anbruch der Morgenröte das Territorium des Klosters erreicht hatte, arbeitete Adam schon längst im Garten.

- Halte durch, Ludwig. Nur noch ein bisschen, und dann werde ich dich wieder rauslassen, - hörte der Gärtner.

- Ludwig? Ich kenne nur ein Geschöpf, welches diesen Namen trägt. Doktor Estal, sind Sie das etwa?

- Adam, retten Sie mich! – flehte der Gast. –Ludwig und ich sind in großer Gefahr, - erst in Adams Klosterzelle, konnte Samuel endlich etwas verschnaufen. – Hier... dieses Buch! Seit dem Zeitpunkt dieser Anschaffung kann ich keine Ruhe mehr finden. Es bringt Unglück! Eine alte Hexe, hat es mir gegeben. Anscheinend wollte sie mich umbringen... Was machst du? Wirf es weg! Anderenfalls wirst du selber etwas Ähnliches erleben, - rief Mister Estal Adam zu, weil der Gärtner das Buch in seine Hände nahm.

- Es ist geschehen... – Adams Augen leuchteten mit ungewöhnlichem Licht. – Kommen Sie mit mir, Samuel, - schlug der Gärtner dem Gast vor. Als er merkte, dass dieser noch zögerte, sagte er: - Haben Sie keine Angst, wir gehen bloß kurz zur Kapelle. – Man hatte den Eindruck, dass sogar Ludwig die Neugierde gepackt hatte, mit was man heute seinen Herren noch überraschen hätte können. Nachdem er kurz Pipi unter einem Busch gemacht hatte, huschte der Kater in die Kapelle.

- Samuel, Sie haben mir den fehlenden Teil der alten Schriften gebracht. Alle anderen Bänder befinden sich hier, in Leons Truhe, - Adam freute sich.

Am nächsten Morgen waren bei Samuel alle Befürchtungen wegen des drohenden Unglücks verflogen. Der Gast fügte sich mit großer Freude in das bescheidene Klosterleben ein. Man hatte den Eindruck, dass sogar Ludwig optimistisch gestimmt war. Nur eines passte ihm nicht so richtig in den Kram: Der Kater hatte die Nase von den Mönchen und ihrer Liebe zu ihm gehörig voll.

Kapitel 14

Eines Abends, als Adam und Samuel sich, in letzter Zeit, wie so oft, im Garten unterhielten, bekamen sie Besuch. Kaum zu glauben, aber es waren Henry und Sir Hogart. Das letzte halbe Jahr war für Mister Mount sehr anstrengend gewesen. Er konnte nicht mehr sein gewöhnliches Leben weiterführen, weil er jeden Tag seinen Herren begleiten musste. Das alles wäre nicht so schlimm, wenn die Wünsche seines Herrn nicht ganz verrückt gewesen wären. Henry war gerade nach dem Vorfall zu sich gekommen, bei dem sie nur durch ein Wunder heil und unversehrt in ihr Anwesen zurückgekehrt waren, da mussten sie sich schon am nächsten Tag auf Edwards Kommando nach London aufmachen. Dort bestellte sein Herr eine Tisch Uhr bei einem Uhrmacher. Eines der Bedingungen war, dass auf ihr Marias Profil und zwar aus reinem Gold, gegossen sein sollte. Um diese Bestellung in die Tat umzusetzen, brauchte der Handwerker das Portrait der Frau, oder das Original. Man könnte kein Portrait auftreiben, und als nach langen Überredung Maria beim Uhrmacher persönlich auftauchte, hatte dieses „Original" den Meister durch ihre Kommerz völlig aus den Socken gehauen, was für die Eingebung des Meisters freilich nicht von Nutzen war. Trotz aller Schwierigkeiten wurde die Uhr zur festgesetzten Frist fertig und an den Kunden ausgeliefert. Was war danach geschehen? Natürlich wurden sie seiner Liebsten als Geschenk präsentiert. Daraufhin behauptete Maria sofort, dass der Baron geizig sei. Ihrer Meinung nach, verfügte das Original über eine stärker ausgeprägte Nase und Edward zeigte seinen Geiz darin, dass er an ihr etwas sparen wollte... Man hatte den Eindruck, als ob das Unglück von Sir Hogart grenzenlos war. Aber Maria nahm das Geschenk dennoch an, diese Tatsache brachte ihren Verehrer in höchste Entzückung. Und was denkt ihr war danach geschehen? Henry muckte auf. Der Verwalter von Sir Hogart stellte seinem Herren eine Bedingung: Entweder kriegt er ein paar Tage Urlaub, oder Sir Hogart kann seine Dienste für immer vergessen. Der Baron gab sich einverstanden, stellte aber eine Gegenbedingung dazu: Er sollte keine Minute im Anwesen alleine bleiben. Nun befanden sich beide hier, im Kloster.

- Hey, das ist doch ein Kater! – lachte Sir Hogart und zog Ludwig am Schnurrbart. Man musste Ludwigs Charakter kennen, um zu wissen, dass er so eine Kumpanei nicht dulden wird. Ohne lange zu überlegen biss er Edward. Was war daraufhin geschehen? Wie könnte irgendein gewöhnlicher Kater es wagen, so grob mit einem „Vertreter des Adelsgeschlechts" umzugehen. Natürlich weiß der Leser, dass Sir Hogart den Titel des Barons nur durch menschliches Leiden erlangt hatte. Der schlagfertige Ludwig hatte es anscheinend auch erraten. Um es kurz zu machen, während Henry und Samuel den verletzten Aristokraten beruhigten, schien es dem beleidigten Kater nicht genug, wie er bereits auf Edwards Anklagen reagiert hat. Deshalb urinierte Ludwig direkt auf die Reisetruhe von Sir Hogart. Dadurch wollte er allen zeigen, wer der Herr im Haus ist. Edward nahm die Herausforderung des Gegners an. Er sagte, dass er sofort dieses gastunfreundliche Haus verlassen wird. Ludwig jubelte. Er saß nun auf der Truhe des Barons, wie auf einem Thron. Nun brauchte Edward Trost, oder einen herzhaften

Rüffel. Er stellte sich vor dem Kater in eine Pose und plusterte sich wie ein Pfau auf.

- Hey du, - wandte er sich an Ludwig. – Scher dich weg von meiner Truhe! – Ludwig schenkte Sir Hogart keine Beachtung, er hatte überhaupt nicht vor, sein Befehl zu befolgen. – Kater, - Edward wollte einfach keine Ruhe geben. - Du wirst für dein dreistes Verhalten bezahlen. Sogar Menschen wagen es nicht sich mir zu widersetzen, von Tieren ganz zu schweigen. – Nach diesen Worten hielt es Samuel mit seinen Nerven nicht mehr aus:

- Edward, warum beleidigen Sie meinen Ludwig und nennen ihn ein Tier? Sehen Sie etwa schlecht? Dabei ist er doch ein reizendes Geschöpf.

- Also ziehen Sie diesen dreisten Kater mir vor? Alles klar, - der Baron stieß mit seinem Fuß die Klosterzellentür auf. Er wollte gerade hinausgehen, als Mister Mount sprach:

- Mein Wochenende ist also für die Katz. Ich hatte eh bloß zwei freie Tage, - als Sir Hogart die Worte seines Verwalters hörte, zügelte er sich etwas.

- Rutsch ein wenig, du Biest! – befahl er Ludwig und setzte sich neben ihm auf seine Reisetruhe. Es mag seltsam erscheinen, aber der Kater lief nicht weg, wie es alle Herumstehenden erwartet hatten. Es schien, als ob er jetzt Mitleid mit Edward hätte, der durch eine unbekannte Krankheit enorm zu leiden hatte. Anscheinend spürte Ludwig, dass etwas ihn bedrückt. Die Reisetruhe war nicht allzu groß, dass auf ihrer Oberfläche so verschiedene Geschöpfe zusammen existieren könnten, wie es Sir Hogart und Ludwig nun mal waren. Der Kater fand, warum auch immer, keinen anderen Platz und kletterte dem Baron auf die Knie. Henry erstarrte in Erwartung eines neuen Wutausbruches seines Herrn. Aber nichts dergleichen war geschehen. Ludwig hielt seinen Kopf unter dem Arm des Barons. Dieser hatte es noch nicht realisiert, aber sehr bald streichelte er einen sehr klugen Vertreter des Katzengeschlechts. Es war schwierig dem nicht zuzustimmen. Nach ein paar Minuten verbesserte sich Edwards Laune enorm.

- Ihr habt es hier eigentlich gar nicht so schlecht, - sagte er.

– Gibt es etwa in jeder Klosterklause so einen Bewohner?

- Machen Sie sich keine Sorgen, Edward. So einen Kater, wie diesen, werden Sie sonst nirgends finden.

- Und mit wem werde ich zusammenleben?

- Was heißt hier mit wem? – Henry verstand die Frage nicht, die sein Herr gestellt hatte.

- Na... werde ich auch so einen Kater bei mir haben? – Edward verbesserte sich selber.

- Aber er ist doch für uns alle da.

- Und wenn ich befehle, dass er bei mir bleiben soll?

- Ich fürchte, daraus wird es nichts, - Henry zuckte mit den Schultern.

- Dann werde ich darum bitten, - sagte Sir Hogart ganz leise.

Kapitel 15

- Henry könnte seit langem wieder einmal ausschlafen.

- Und wie haben Sie geschlafen, Sir? – fragte der Verwalter seinen Herren nicht besonders laut, weil er Angst hatte, den vielleicht noch schlafenden Baron, mit seiner Stimme zu wecken. Es folgte keine Antwort darauf.

„Wahrscheinlich schläft er noch", - dachte Henry und streckte sich dabei. Nein, das kann nicht wahr sein...

Edward! – Sein Herr, Sir Hogart führte Ludwig an der Leine spazieren. Er selber war dabei nur in Unterwäsche gekleidet und ging barfuß. Die Mönche lachten, während sie den komischen Gast beim Versuch beobachteten, den nach Freiheit strebenden Kater festzuhalten.

- Oh mein Gott, Edward ist verrückt geworden, - Henry zog sich seine Stiefel an.

- Sir Hogart!

- Warum schreist du so rum?
- Edward, lassen Sie den Kater laufen.
- Wen? Siehst du denn nicht, dass es sich dabei um Ludwig handelt?
- Na gut. Sir, lassen Sie bitte Ludwig frei.
- Am besten fragen wir Ludwig persönlich, ob er das will? – der Baron ging vor dem Kater in die Hocke.
- Henry, lass sie in Frieden! Komm lieber her zu uns, - rief Samuel seinen Freund, er und Adam hatten bereits genug darüber gelacht.
- Edward war schon immer seltsam, aber dein Ludwig... – beschwerte sich Henry bei Samuel, als er sich auf das Grass unter einem Apfelbaum setzte.
- Ich werde ihm den Kater auf keinen Fall hergeben. Das kannst du ihm gerne ausrichten! – antwortete Mister Estal.
- Sag es ihm doch selber! Du kennst doch seinen Charakter.
- Ein Schmetterling! Ludwig schau Mal, welch schöne Fühler er hat.
- Er verdirbt mir meinen Ludwig.
- Meiner Meinung nach ist es genau umgekehrt. Dein Kater hat es geschafft meinen Edward ganz um den Verstand zu bringen. Ich dachte, ich hätte mich an seine Verrücktheiten bereits gewöhnt, aber das waren alles harmlose Kinderstreiche, im Vergleich zu den jetzigen Taten.
Und was soll ich deiner Meinung nach jetzt mit diesem erwachsenem Kleinkind tun?
- Mach mit ihm was du willst, aber erkläre ihm klar und deutlich: Ludwig gehört mir.
- Mir reicht schon ein Verrückter, mit zwei komme ich nicht mehr klar!
- Pass bloß auf, was du sagst. Du brauchst meinen Kater nicht zu beleidigen und überhaupt, warum seit ihr hierher angereist. Man hat euch hier überhaupt nicht erwartet oder vermisst...
- Henry, komm zu uns! Ich und Ludwig...

- Der Teufel soll euch beide holen!
- Lass meinen Kater endlich in Frieden!
- Ludwig, wo wollen Sie denn hin?
- Das Chaos brach aus. Wenn Adam nicht rechtzeitig aufgepasst hätte, könnte das Ganze noch eine üble Wendung nehmen. Der Gärtner fing den Kater und den hinter ihm herlaufenden Sir Hogart bereits bei den Klostertoren auf. Die Gefangenen wurden in die Klosterklause gebracht, wo Edward endlich ordentlich angezogen wurde.
- Edward, kann ich Sie mit Samuel für eine kurze Zeit alleine lassen? – fragte Mister Mount seinen Herren sehr höflich. Ich würde sehr gerne mit meinem Beichtvater sprechen. Um ehrlich zu sein, könnte sich Henry all die Mühe mit den vornehmen Sätzen lassen. Der Baron war schon längst mit anderen Dingen beschäftigt.
- Samuel, was ist denn dort oben? Irgendwelche Schwänze...
- Sir Hogart, dabei handelt es sich doch um einen einfachen Fisch.
- Und wozu hängt er dort oben?
- Edward, ich flehe Sie an! Lassen wir sie einfach dort weiter in Ruhe hängen! – flehte Mister Estal, weil er bereits ahnte, dass der Baron nach einem Fischschwanz greifen wollte.
- Das wird doch keiner merken... – in der nächsten Sekunde war das kleine Fischchen bereits in Edwards Händen.
- Meine Kinder, ihr solltet euch schämen einen Diebstahl zu begehen, - erklang irgendwo von oben die Stimme des Klosteroberhaupts. Sir Hogart wurde cholerisch. Zuerst steckte er das Fischen unter seinen Kittel, danach in Samuels Hände. Auf einmal konnte eine Lösung des Problems doch noch gefunden werden. Dabei passierte alles so plötzlich, dass keiner realisieren konnte, was eigentlich geschehen war. Aus den Heckenrosebüschen tauchte Ludwig auf. Die Mönche brauten aus den Früchten der Heckenrose eine wunderbare Tinktur gegen alle Krankheiten. Der Kater war auch

derjenige, der den unglücksseligen Fisch aus den Händen von Sir Hogart entriss, der bereits nicht mehr wusste, wohin damit, und wie er den Fisch endlich loswerden konnte.

- Das war er! – sagte Edward und zeigte dabei auf den Kater, der den Fisch auf der Erde entlang schleifte.

- Die fremde Sünde schmeckt süß, - sagte Pater Drevett.

Während dessen machte es sich Ludwig an einem geheimen Ort bequem und begann mit der Mahlzeit. Sir Hogart beobachtete mit Neid den Kater, denn es schien so, als ob diesem alles im Leben erlaubt würde. Der von einer hohen Lebensmoral nichtsahnende Kater, versuchte gerade einen Fischknochen loszuwerden, der in seinem Hals fest steckte. Anscheinend hatte er es am Ende geschafft. Vorsichtshalber fraß er noch etwas Grass hinterher. Nach dem Grünzeug bekam er Durst. Ludwig machte sich auf den Weg zum Pferdestahl, wo in einem Fass immer etwas Regenwasser für Schilling bereitgestellt war. Als er aus der Ferne den geliebten Kater erblickte, eilte Edward in dieselbe Richtung. Nachdem also Ludwig etwas Wasser getrunken hatte, wollte er auf Mäusejagd gehen und legte sich auf die Lauer. Zur selben Zeit wandte sich ein Mönch, der gerade eine Kuh gemolken hatte, mit einer Bitte an den nichts tuenden umherschlendernden Sir Hogart. Er sollte nämlich einen vollen Milchkrug in die Küche bringen.

Ludwig lag lange auf der Lauer. Und sobald eine dumme Maus direkt in seine Pfoten lief, erschien Edward mit seiner dämlichen Milch. Nein, Ludwig hatte nichts gegen Milch, ganz im Gegenteil er liebte sie sogar, nur nicht in diesem Augenblick, als eine Maus bereits direkt auf dem Weg in sein Maul war. Um es kurz zu machen, sprang Ludwig etwas höher... die Maus lief weg, dafür gab Sir Hogart solche Laute von sich, als ob er es war, den man gerade versucht hatte zum Lunch aufzuessen.

Kapitel 16

Der Urlaub ging zu Ende, man musste nach Hause zurückfahren. Samuel holte seinen Kater, Henry seinen – Herren und alle nahmen in der Kutsche Platz. Wenn es irgendwie möglich wäre, hätten sie auch Adam mitgenommen, aber dieser weigerte sich vehement wegzufahren.
Nach langen Verabschiedungen fuhren die ehrenwerten Gäste von dannen. Kehren wir nun zu Adam zurück, der – trotz seiner strickte Weigerung in die Stadt zu fahren - mit sich selber nicht ganz ehrlich war. Schon sehr bald fand er sich trotzdem in der Stadt wieder, weil er zu dem Entschluss gekommen war, koste es was es wolle, Sophie wiederzusehen. Es mag seltsam erscheinen, aber heute hatte er Glück: er hat Sophie gesehen. Das Mädchen sprach mit dem Gärtner allerdings kein Wort, ohne ihn zu grüßen, gab sie Adam eine Ohrfeige und lief weg. Nachdem er noch eine Weile vor dem Club gestanden hatte, ging Adam weg von Sophie und zwar für immer, wie ihm damals vorgekommen ist. Und was machte in derselben Zeit seine Geliebte? Sie saß vor ihrer Staffelei und heulte wie ein Schlosshund. Und was geschah danach? Sophie versteckte ihre Liebe in die hinterste Ecke ihres Herzens. Sie saß geduldig Stunden vor ihrer Arbeit, ohne dabei ihren Kopf zu heben. Ein Bild entstand nach dem anderen, am Ende kam eine kleine Sammlung heraus. Doktor Estal stellte diese Kollektion in der königlichen Galerie zusammen mit Saras Kunstwerken aus. Nach dem verblüffenden Erfolg der jungen Künstlerinnen, begann man auf sie, wegen ihrer enormen Begabung, mit dem Finger zu zeigen.
Was Maria angeht, so war diese Madam, nach dem letzten Treffen mit Sophie, nur noch einmal bei Fanni aufgetaucht. Sie versuchte heraus zu finden, mit was sie ihre Freundin so gekränkt hatte, aber darauf schrie Sophie Maria nur an und sagte, dass sie Maria nie wieder sehen will.

„Dann soll das so sein!" – antwortete die beleidigte Maria. Sie hielt ihr Wort.

Fanni war völlig perplex: - Alles begann bergab zu gehen, seit dem Moment, als Sophie und Marie sich gestritten hatten. Fanni machte die Trennung ihrer Mieterinnen lange Zeit zu schaffen, schließlich konnte sie sich doch noch beruhigen. Ein Zufall, der alles zurechtgerückt hatte, war dabei ziemlich hilfreich. Einmal kam nämlich Charlotte zu Besuch. Als sie auf eine trauernde Fanni traf, legte die Wahrsagerin sofort ihre Karten. Das, was dabei herauskam, verwunderte sie zutiefst. Sie saß lange am Tisch und versuchte dabei sich von einer Karte zu befreien, die überflüssig war. Aber der aufdringliche König kehrte immer wieder zurück. Genau in diesem Moment könnte Charlotte Fanni überzeugen, sich keine Sorgen mehr über ihre jungen Freundinnen zu machen. Sie sagte, dass das Schicksal jede von ihnen zu ihrem Ziel führt. Man muss Charlottes Weisheit ein Kompliment machen, das Leben hatte sich wirklich rasant verändert. Zu Fannis großer Verwunderung haben die Menschen schon bald vergessen, dass die Mädchen noch vor kurzem mit Esswaren Handel betrieben hatten. Aus einfachen Händlerinnen verwandelten sich die beiden in raffinierte Ladys. Ist das denn wirklich möglich, werdet Ihr fragen? Und hat etwa vor euren Augen nie eine ähnliche Veränderung im Leben eines Bekannten stattgefunden?

Kapitel 17

- Maria, wo ist übrigens die Kleidung, in der du mich gefunden hattest?
- Ich habe sie gleich dort im Garten, neben dem Schuppen vergraben.
Maria wühlte lange mit den Händen in feuchter Erde, bevor sie auf ein Packet gestoßen war, welches von ihr damals

versteckt wurde. Das war ein Glücksfall, weil die Kleidung noch die Beschaffenheit des Gewebes und die Farbe bewahrt hatte.

„Ich werde diese Lumpen lieber etwas durchspülen", - entschied sie für sich. Zumindest wird dann dieser widerliche Geruch des Blutes verschwinden. Diese Idee erwies sich als gar nicht mal so schlecht. Sand und Dreck, die am Gewebe klebten, waren nun am Regenfassboden geblieben und das Stoffmuster wurde dadurch etwas heller.

„Jetzt muss es ein wenig trocknen und dann wird es vielleicht noch von Nutzen sein". – Die Frau hängte die Kleidung auf den Zaun und setzte sich selber auf einen Holzschemel, auf dem ihr geliebter mehrere Monate verbracht hatte. Maria ließ ihre Hand über das Holz streifen, ihr kam es so vor, als ob das Holz sogar den Geist des Mannes in sich aufgesaugt hätte. Es war anstrengend so alleine und noch dazu in so einem alten Schuppen rum zu sitzen. Die Herrin des Anwesens warf immer wieder ihren Blick auf den Zaun, wo die ehemalige Kleidung und jetzige „Lumpen" trockneten. Maria ließ ihren Fuß auf dem Boden vor Langeweile hin und her pendeln. Für einen Augenblick berührte ihr Damenschuh etwas, das zwischen den Holzdielen steckengeblieben war und ihren Fuß dabei an einer weiteren Vorwärtsbewegung hinderte. Maria bückte sich zum Boden und keuchte. Es handelte sich dabei um ein Kreuz und zwar genauso umso eins, welches normale Weise die Priester bei sich hatten. Maria wurde es schwindelig, sie hätte beinahe ihr Bewusstsein verloren. Die Frau eilte zur Kleidung, die auf dem Zaun hing. Nein, sie hatte keine Ähnlichkeit mit der Kleidung eines Mannes, der sich von der Welt abgewandt hat. Mit zitternden Händen hob Maria das Kreuz vom Boden auf. Nun wird sie es bis zu ihrem Lebensende tragen.

Die Herrin des Anwesens riss in Panik die noch nicht ganz trockene Kleidung vom Zaun herunter und lief ins Haus. Dort warf sie sich direkt vor die Füße ihres Geliebten. Danach steckte sie ihm in die Hände das, was früher im gehörte, verheimlichte aber das Wichtigste.

„Aber warum weinst du denn? Ist es deshalb, weil ich nicht reich bin, ja?" – Maria heulte darauf noch lauter. Ihr war alles klar geworden. Sein schönes Gesicht, sein geschmeidiger Körper, seine dünnen gefühlvollen Finger, das alles gehörte alleine dem Herrgott.

Kapitel 18

- Ach, du bist es schon wieder...
- Maria, du machst mich wahnsinnig, - Sir Hogart berührte mit seinen Lippen ihr Gesicht. Die Frau rollte sich darauf innerlich zu einer Kugel zusammen. – Was willst du für einen Kuss? Wähle aus! – Edward öffnete seine Finger. Auf seiner Hand lagen zwei prächtige Ringe. Einer davon war ein Trauring. Die Frau wählte den anderen Ring aus, der sie zu nichts verpflichtete. – Darf ich heute bei dir übernachten? – fragte der Baron.
- Und was denkst du selber, was für eine Antwort ich dir darauf geben werde?
- Ich hoffe auf eine positive Zustimmung...
- Falsch geraten, - Maria steckte den gerade geschenkt bekommener Ring an ihren Finger. Der Stein auf dem Ring zog ihren Blick, wie ein Magnet auf sich.
- Dann werde ich wohl gehen müssen... – Sir Hogart gab sich beleidigt. – Ich werde dir die Rechnung für den Ring mit Henry schicken.
Marias Verstand reagierte auf seine Worte als ein Zähler, der die Verluste berechnet.
- Edward, ich wollte dir sagen... Wir können es auch gleich jetzt machen, - Madam machte mit ihrer Schulter eine verführerische Bewegung.

170

Der Gast wurde dadurch sehr ermuntert und sein Fleisch
versteifte sich. Er umarmte die von ihm so sehr geliebte
Frau.

- Zuerst den Wein...

- „Maria, komm zu dir! Irgendjemand soll ihr helfen! Lebt
sie noch?" – er bedeckte seine Geliebte mit Küssen. Als er
den Geruch des Rauchs spürte, setzte er sich neben ihr auf
das Bett und begann zu warten.

„Ach, du bist es..." Maria wachte nach einem Vollrausch
auf. Ihr Geliebter schwieg. Maria wusste, dass sie ihn weder
mit Lords Reichtum, noch sogar mit ihrer Liebe festhalten
kann. Sie hat gegen denjenigen verloren, dessen Namen man
es nicht wagte laut auszusprechen und dem, sie nicht das
zurückgeben wollte, was zu Recht ihm gehörte. Nachdem
sie unter den Bettdecken etwas gekramt hatte, ertaste Maria
das ihr verhasste Kreuz. – Hier, - sagte sie und drückte in
seine Hände den Gegenstand, der seine Zugehörigkeit zum
Gott bezeugte.

Kapitel 19

- Henry!
- Ja, mein Herr.
- Bestelle für Maria eine Schnupftabakdose. – Der Verwalter fuhr nur wiederstreben fort, um den Befehl von Sir Hogart zu befolgen. Für diese Göre hätte er persönlich keinen
Finger gekrümmt, wenn nur nicht... sein Herr wäre. Nachdem er die Schnupftabakdose bestellt hatte, beschloss Henry
Samuel zu besuchen.
- Samuel, lass uns zu mir fahren. Du kannst dort so viel
schreiben, wie du willst, niemand wird dich stören, - schlug
Henry seinem Freund vor, nachdem er Mister Estals Beschwerden über seinen Nachbarn gehört hatte. So hatte dieser, zum Beispiel gestern Ludwig in sein Haus gelockt und

ihn danach dem Doktor in einem Käfig gebracht, der früher dem Papagei gehörte. Dabei sagte er, dass der Kater den Vogel gefressen habe.

- Darauf musste ich mein Portemonnaie zücken und kräftig bezahlen, - beschwerte sich Samuel weinerlich. – Zur selben Zeit dachte Henry, wie er den nichtsahnenden Ludwig für seine eigensüchtigen Ziele gebrauchen könnte. Nachdem er ein kleinwenig Druck auf Samuel ausgeübt hatte, indem er sagte, dass es besser wäre den Kater vor den neuen Machenschaften des Millionärs für eine Weile in ihrem Anwesen zu verstecken, bekam er Ludwig und dessen Besitzer für seine Zwecke ausgeliefert.

Genau zwei Wochen lang erinnerte sich Sir Hogart nicht an Maria. Ihn interessierte nur sein wunderbarer Gast. Den Verwalter ärgerte sogar nicht der Umstand, dass dabei überall tote Mäuse rumlagen. Welche Wunder! Man hatte den Eindruck, sie würden alleine durch den Katzengeruch sterben. Diejenigen, die noch am Leben geblieben waren, zeigte ihre Nasen und Schwänze überhaupt nirgends mehr. Keiner weiß genau, wie lang diese Idylle noch weiter dauern würde, aber anscheinend musste auch sie irgendwann einmal zu Ende gehen. Der Schuldige, der das ganze provoziert hatte, war Samuel. Er fand zufällig die Schnupftabakdose, die für Maria gefertigt wurde und von Henry in Mister Estals Kittel versteckt wurde. Da er ein ehrlicher Mensch war, überreichte er sie dem Hausherrn. Henry hatte viel zu spät bemerkt, wie Mister Estal dem Sir Hogart die unglücksselige Schnupftabakdose übergibt. Daraufhin führte der Herr mit seinem Verwalter ein aufklärendes Gespräch, bei dem er sehr laut geworden ist, danach fuhr er zu seinem „Schatz", um ihr das Geschenk zu bringen. Aber selbst das erschien dem bösen Schicksal als zu wenig. Henry hatte nicht die leiseste Ahnung, was sie alle in naher Zukunft erwartet.

Sir Hogart kehrte sehr überraschend und irgendwie viel zu schnell in einem schrecklichen Gemützustand zurück.

Henry könnte lange Zeit nicht begreifen, was ihm sein Herr zu erklären versuchte, weil es einfach nicht wahr sein dürfte.
- Ich werde ihn umbringen! – schrie Edward wütend. Mister Mount entschloss sich das Problem mit seinem Freund Samuel zu besprechen. Zu der großen Verwunderung des Verwalters, wurde Mister Estal ebenfalls rasend und schwor danach ebenfalls denjenigen zu töten, den Sir Hogart schon mehrmals in Gedanken vernichtet hatte. Henry blieb nichts anderes übrig, als die beiden im Gästezimmer mit einem Schlüssel abzusperren und selber herauszufinden, was eigentlich vor sich geht.
Bei seiner Ankunft in Marias Anwesen log Henry den Dienern vor, er habe einen sehr wichtigen Brief bei sich, der an ihre Herrin adressiert ist.
- Maria, um Himmels Willen, erlaube mir Bitte diesen Mensch zu sehen, - flehte Henry, nachdem er sie begrüßt hatte.
- Es sieht so aus, als ob ich für Gott alles opfern müsste, was ich besitze.
Henry war über die Worte der Witwe sehr erstaunt. Er schwieg für eine Weile und danach beschloss er zu handeln.
- Rufe nach Adam, - sagte er.
- Wen soll ich rufen?
- Den Gärtner aus dem Kloster von St. Alban, - antwortete der Verwalter.
Diese Nachricht erschien für Maria so angenehm zu sein, dass die Frau sich nicht mehr Henrys Wunsch widersetzen wollte. Sie hatte ihm erlaubt, sie zu begleiten.
- Mein Liebster, - sagte sie, als sie das Schlafzimmer betreten hatte. – Jetzt wirst du dich an alles erinnern können, - Maria ging zum Bett.
Henry betrat hinter der Herrin das Schlafzimmer und sah dort Adam.
- Wer ist das?

- Mein Liebster, mache dir keine Sorgen. Henry sagt, dass du ein Gärtner bist.
- Adam, du bist sogar noch schlechter, als Edward von dir gedacht hatte, - sprach Henry endlich aus. – Du... du... Schuft!
- Mein Liebster, mache dir bloß keine Sorgen...
Adam, wozu brauchst du dieses Flittchen? Verlasse sie! – Als Maria solch unangenehme Worte über sich hörte, wurde sie wütend.
- Scher dich zum Teufel! – rief die Herrin und befahl den Dienern, den Gast aus ihrem Anwesen zu verjagen.
Der Verwalter verbrachte die ganze Nacht wach, auf seiner Couch sitzend. Seine Gedanken waren furchtbar: er sah entweder Adam, der öffentlich Busse tut und danach mit Schande aus dem Kloster verstoßen wird, oder Maria die kniend vor dem Altar des Herrgottes bettete und ihn um Gnade anfleht.

Kapitel 20

- Es ist seltsam, dass ich ein Gärtner gewesen sein soll. Ich mag keine Blumen.
- Vielleicht ist das alles Edwards Ammenmärchen?
- Wohl kaum. Außerdem ist da dieses Kreuz, welches ich jetzt in den Händen halte und dessen Wärme ich spüre.
- Alles Quatsch! – aber in Marias Kopf war dabei, warum auch immer, die Gestalt des Gärtners aufgetaucht, der ausgerechnet am Tag der Beerdigung von Lords Tochter erschienen war. – Oh mein Gott! – platzte es aus ihr heraus. – Es ist dasselbe Gesicht!
- Und wo befindet sich dieses Kloster, ist es weit von hier entfernt? – fragte der junge Mann, den alle in letzter Zeit Adam nannten, höchst interessiert.

- Lass uns lieber das für immer vergessen, - bat ihn Maria.
Das wäre wirklich das beste Mittel für alle Protagonisten
diese Erzählung. Sir Hogart träumte ebenfalls davon, alles
vergessen zu können. Man braucht nicht zu verschweigen,
dass Samuel mit Henry auch nichts dagegen hätte, diese
Geschichte vergessen zu können. Aber zu ihrem großen
Leidwesen, war keiner von ihnen dazu im Stande, alles zu
vergessen.
Nachdem er den ganzen Tag Karten mit Samuel gespielt
hatte, entschied sich Henry am Ende zu handeln.
- Wir werden diesen Halunken entlarven. Fahren wir! – ordnete der Verwalter mit seiner gut gestellten Stimme an. Samuel blickte auf Ludwig, der sich auf der Couch gemütlich
ausgebreitet hatte. In diesem Augenblick beneidete er seinen
Kater sehr...
Bis zum Städtchen St. Alban brachte sie die Kutsche so
schnell, dass sie keine Zeit hatten, den Aktionsplan in Detail
zu besprechen.
- Und was müssen wir jetzt tun? Erkläre es mir bitte. – fragte Samuel seinen Freund.
- Sie werden jetzt rein gar nichts tun! Bleiben Sie hier sitzen
und warten Sie auf mich. Das Einzige, um was ich Sie bitte
ist es, Ruhe zu bewahren. – Bis Marias Anwesen kamen sie
ebenfalls ohne jegliche Schwierigkeiten. Zu dem Zeitpunkt,
als Henry bereits in der Empfangshalle stand und den Lakai
bat, sein Kommen zu melden, genossen die Herrin mit ihrem Liebhaber ein vorzügliches gebratenes Küken zum
Abendessen.
- Der Verwalter von Sir Hogart, Madam, - meldete der Diener.
- Adam, Pater Drevett ist an der Schwelle des Todes! – Mister Mount stürmte in das Esszimmer. – Mir wurde befohlen,
dich umgehend zu ihm zu bringen.
Sie erreichten ihr Ziel, als es schon ganz dunkel war.

- Wir werden das Problem ohne Zeugen lösen, - beruhigte Henry seine Freunde. – Nachdem er für eine Minute vor Adams Klause stehen geblieben war, schubste Mister Mount Marias Liebhaber dort hinein und danach Edward zusammen mit Samuel. Er selber stellte sich im Türrahmen auf, damit niemand fliehen könnte.

Im Raum war es stockdunkel, alle brauchten eine Weile, um wenigstens irgendetwas erkennen zu können. Sie bemerkten dabei einen schlafenden Mann, kamen näher und leuchteten in sein Gesicht mit einer in der Eile angezündeten Kerze.

- Adam, - flüsterte Samuel. – Sir Hogart, der absolut davon überzeugt war, dass dieser Gauner neben ihm steht, beleuchtete mit der Kerze auch sein Gesicht.

- Er ist auch – Adam, - flüsterte Edward entsetzt. In diesem Augenblick war der Gärtner aufgewacht.

- Wer sind Sie und warum stecken Sie die Kerze in mein Gesicht?

Sobald sie Adams Stimme hörten, erstarrten die ungebetenen Gäste. Sir Hogart starrte auf die wie zwei Tropfen Wasser ähnlichen jungen Männer.

- Henry, sagte er. – Ich befehle dir, sofort zu erklären, was das ganze zu bedeuten hat.

- Wenn ich das nur wüsste, Sir, - stammelte sein Verwalter.

- Und trotzdem, wer von ihnen ist der richtige Adam? – fragte Mister Estal.

- Samuel, belästige mich jetzt nicht mit deinen dummen Fragen, - Henry ertastete mit seinen Händen die verschlossene Tür.

- Meine Herren, und wer von euch ist der sterbende Pater Drevett? – erklang plötzlich die Stimme von Marias Liebhaber.

Ohne eine Antwort darauf zu geben, stieß Henry die Tür auf und rannte weg.

Kapitel 21

- Henry, du bist ein Vollidiot! Du hast uns das alles einge-
brockt, - nach dem misslungenen Versuch die Identität von
Marias Liebhaber festzustellen, wurden die Gäste auf die
Straße rausgeworfen und saßen nun im Garten unter dem
Nachthimmel auf einer Bank.
- Woher sollte ich wissen, dass es zwei von ihnen gibt? Sol-
che Gauner, haben sich auf Anhieb miteinander gut verstan-
den.
- Es ist einfach unglaublich, woher sie stammen könnten,
nicht wahr?
- Und wie die beiden einander angestarrt hatten...
- Du hättest besser auf dich selber schauen sollen...
- Ich für meinen Teil, kann übrigens momentan überhaupt
nichts mehr sehen!
Das erstaunliche Ereignis, welches das Auftauchen eines
Zwillingsbruders von Adam darstellte, erfreute alle Personen, welche die beiden kannten, mit einer Ausnahme. Dabei
handelte es sich um Edward. Dieser Vorfall veränderte in
seinem Leben alles! Für Sir Hogart war es eigentlich egal:
Wer der Zwillingsbruder wirklich war, und welchen Namen
er trug. Nur eines war klar, dass dieser Mann Marias
Schwarm und neuer Liebhaber war. Während sich alle in der
Umgebung über die Ähnlichkeit der beiden Zwillinge wun-
derten, dachte Edward darüber, wie er mit seiner Eifersucht
zurechtkommen kann. Ja, es war dieser Mann, den er noch
damals bei Maria beobachtet hatte. Nur war er damals ein
Unbekannter Rivale, und nun wurde er zu einem Mann,
denn alle kannten. Edward hatte Angst vor sich selbst. Was
wird ihm in dem Moment einfallen, wenn alle in die Kutsche steigen werden? Aber das Schicksal befreite den Baron
von dieser Erniedrigung. Der Klostervorsteher ordnete an,
alle lieben Gäste nach Hause zu verabschieden. Alle, außer

einem, nämlich Adams Bruder. Allerdings dürfte am nächsten Morgen auch er die Heimreise antreten.

- Maria, ich habe einen Bruder, er heißt Adam.

- Also bist du doch kein Gärtner? – fragte Maria entsetzt.

- Nein, zum Glück.

- Und wer bist du dann?

- Ich weiß es nicht. Adam sagt, dass mein Name Akroyd ist.

- Das ist eine Lüge! – alles was Maria bis jetzt gehört hatte, überzeugte sie nicht im Geringsten davon, dass es die Wahrheit sein könnte. „ Es ist der reinste Wahn, - dachte sie. – Und was kommt am Ende heraus? Einen Bruder ohne Familie und Stamm und einen Namen aus seinen Träumen. Woher kommt dann dieses Kreuz?" – Maria wedelte damit vor der Nase ihres Geliebten.

- Lass es in Ruhe! Es gehört sich nicht, so damit umzugehen, - Maria begann darauf sofort zu schmollen und schalt ihren Geliebten, wegen seiner Rauheit.

- Lass uns irgendwann einmal zum Kloster fahren, - bat Akroyd. – Ich werde dich mit meinem Bruder bekannt machen.

- Darauf kannst du aber lange warten! – die Herrin des Anwesens regte sich auf. – Wozu brauchen wir diesen Adam? Er soll ruhig in seiner Klause weiterleben, - Maria blickte dabei in die Augen des Mannes, in der Hoffnung auf Verständnis zu stoßen. Stattdessen sah sie dort eine „Tiefe" der Enttäuschung. Daraufhin ergriff die Angst Besitz von ihrer Seele. Sie sah ein, dass der Kampf um ihren Geliebten bereits begonnen hatte. Die Frau konnte dabei aber nicht begreifen, dass man bei einem solchen Gegner, wie sie ihn hatte, nichts gewinnen und nur verlieren könnte.

Kapitel 22

- Miss Lori, wollen Sie eine interessante Geschichte von mir hören, - Mister Estal hackte sich beim Mädchen mit seinem Arm ein. Er war bereits seit ein paar Tagen von Edward und Henry zu sich nach Hause zurückgekehrt und hatte nun eine ausgezeichnete Laune, nur deshalb, weil das Leben weiter ging. Nach den ganzen Enttäuschungen mit Adams Entlarvung wollte man, um ehrlich zu sein, auf die ganze Welt beleidigt sein. Aber nachdem Samuel gesehen hatte, wie der Baron aus einem Geheimfach eine Halskette herausgeholt hat, die er von seiner verstorbenen Ehefrau als Erbe bekommen hatte, mit der Absicht diese Halskette Maria zu schenken, wunderte sich Doktor Estal über gar nichts mehr. Er konnte Edward nicht verstehen, der trotz der letzten Bitte von Luise vor ihrem Tod, nämlich das Schmuckstück unter allen Umständen bei sich zu lassen, die Halskette dennoch seiner Geliebten schenken wollte. Der Baron hielt also nicht sein Versprechen, welches er Luise auf dem Sterbebett gegeben hatte und fuhr zu Maria. Dort bat er sie mit Tränen in seinen Augen um Vergebung und erflehte sie, es ihm zu erlauben, Maria wenigstens ab und zu besuchen zu können. Waren Sie jemals Zeuge davon gewesen, dass Maria etwas ablehnt, was man ihr als Geschenk anbietet? Nein? Alles richtig, auch diesmal tat sie es nicht. Nachdem sie in ihren Händen das Schmuckstück, welches sie schon lange haben wollte, hin und her gedreht hatte, erlaubte dem Sir Edward, sie sogar zu küssen. Nach dem sabbernden Kuss flog ihr Verehrer auf Schwingen der Liebe, um die frohe Botschaft nicht nur seinem Verwalter, sondern der ganzen Welt zu verkünden. Alle sollten über die reizende Maria erfahren, die ihn vor dem unmittelbar bevorstehenden Verderben gerettet hat. Um es kurz zu machen, endlich ließ sich das Glück unerwartet auch im Haus des Barons blicken.

- Es ist erstaunlich, - sagte Doktor Estal und küsste dabei Loris Hand. – Die Liebe macht uns alle zu Narren. Miss Lori zog dabei ihre Hand nicht zurück, wie sie es normale Weise bei anderen Vertretern des männlichen Geschlechts tat. Das Mädchen ahnte, dass Samuel zarte Gefühle für sie empfindet, aber es verstieß trotzdem gegen ihre Regeln, ihnen freien Lauf zu lassen.

- Erzählen Sie mir doch bitte die versprochene Geschichte! – bat sie ihn.

- Es kam heraus, dass Adam, der Geliebte unserer Sophie einen Zwillingsbruder hat.

- Und was ändert diese Tatsache?

- Für Sie mag es rein gar nichts bedeuten, aber der Grund für sein Erscheinen in der Stadt sagt uns darüber Bescheid, dass er auch verliebt ist.

- Ich freue mich für ihn. Aber was hat Sophie damit zu tun?

- Sie können wohl nicht gut zuhören, Miss Lori. Können Sie sich daran erinnern, wie Sophie uns allen über ihre beste Freundin erzählte, die als Dienstmädchen bei Lord Blackmore angestellt wurde.

- Ich erinnere mich daran...

- Adams Bruder ist ausgerechnet in ihre beste Freundin verliebt.

- Samuel, Sie sind ein sehr kluger Mensch, aber ich sehe keinen Zusammenhang zwischen diesen Leuten.

- Bis zu dem gestrigen Tag konnte ich auch keinen Zusammenhang erkennen. Die letzten drei Wochen war ich ausschließlich mir den Problemen meines Freundes Henry beschäftigt. Er übt das Amt des Verwalters im Anwesen von Sir Hogart aus. Ich war auch einige Male im Anwesen seines Schwiegervaters, des verstorbenen Lord Blackmore. Wissen Sie, was mich am meisten dort erstaunt hat? Die Bilder unserer Sophie. Sie sind in beiden Anwesen mehrfach vertreten.

180

- Nehmen Sie mich nicht auf den Arm, Mister Estal. Sie waren doch selber derjenige, der die Bilder dem Baron verkauft hatte.

- Das stimmt, aber dem Lord Blackmore hatte ich gar nichts angeboten, weil er zu diesem Zeitpunkt bereits verstorben war.

- Ist es letztendlich denn nicht egal, wie die Bilder dorthin gelangt sind?

- Lori, stellen wir uns doch zusammen das folgende Szenario vor. Sophie kommt ihre Freundin besuchen und dort...

- Was?

- Nicht was, sondern wer?

Kapitel 23

- Guten Morgen, Sir. Ein Brief ist für Sie gekommen, - der Diener reichte seinem Herrn einen gewichtigen Umschlag. Darin waren die Rechnungen des Juweliers und des Schneiders, die von Maria übersandt wurden.

- Gib die Rechnungen an Henry weiter, er soll alles bezahlen, - Sir Hogart gähnte, danach schloss er die Augen, man hatte den Eindruck, als ob er bereits auf dem Weg ins Reich der Träume war. Aber damit sollte es nicht klappen. Sein Verwalter war in sein Schlafzimmer gestürmt mit lauten Protesten gegen die Tilgung von Marias Schulden.

- Henry, ich gebe dir Anweisungen, und du führst sie aus, - Edward zog sich die Decke über seinen Kopf und legte sich wieder schlafen. Henry könnte sich erst in der Stadt wieder beruhigen, seine Worte und Proteste könnten ja eh nichts bewirken.

„Es ist schließlich sein Leben. Er soll damit machen, was er will" – entschied Mister Mount für sich. Seine Ruhe erwies ihm einen großen Dienst beim Juwelier und beim Schneider. Die beiden beschwerten sich nämlich wegen der ungelegenen Bezahlung der bestellten Ware. Kurzgesagt, erlebte der Verwalter eine Schmach. Entweder aus Zorn, oder deswegen, weil Henry den ganzen Tag noch nichts gegessen hatte, wurde es ihm schlecht. Zu seinem Glück befand sich ganz in der Nähe ein ganz passables Lokal. Nachdem er sich einen Braten und Bier bestellt hatte, machte es sich Henry hinter einem großen Holztisch gemütlich. Dazu muss man sagen, dass die Böden in solchen Orten mit Stroh bedeckt waren und häufig als ein Ruheplatz für durch zu viel Alkoholkonsum betrunkene Personen dienten. Auch jetzt lag jemand direkt unter den Füssen des Verwalters. Es wäre nicht so schlimm, wenn das Schnarchen des Schlafenden Henry nicht so sehr nerven würde. Mister Mount schubste den Mann ein paar Mal mit seinem Fuß. Als das Essen fertig war, hatte Henry keinen Appetit mehr. Aber weil das Geld dafür bereits bezahlt war, hatte er keine andere Wahl, als das vorher bestellte Abendessen zu vertilgen.

Nachdem das erste Stück Fleisch nur mit Mühe durchgekaut und mit einem Stück Bier runtergeschluckt wurde, kam der Unbekannte unter dem Tisch zu sich. Nachdem er feststellte, dass er alleine unter dem Tisch nicht mehr hochkommt, benutzte der Mann die Füße des Verwalters als eine Stütze und versuchte sich aufzurichten. Was natürlich ganz unmöglich war. Nachdem er seinen Kopf an der Tischplatte geschlagen hatte, fluchte der Mann. Das gleiche machte auch Henry, weil sein Teller mit dem Essen plötzlich einen Sprung machte, danach erschien zwischen seinen Beinen ein Kopf.
- Entschuldigen Sie, Sir, - sprach die betrunkene Fresse und rülpste dazu. Henry wollte zuerst den Unbekannten auf die Nase hauen, aber dann sah er, dass es bei diesem sich um einen sehr alten und gebrechlichen Mann handelt. Aus Mitleid half der Verwalter ihm dabei unter dem Tisch empor zu klettern. Allerdings hatte Henry nicht damit gerechnet, dass der Mann neben ihm Platz nehmen wird. Der Mann stank nach Rauch. Mister Mount wollte gerade gehen, als der

182

Mann zu jammern begann. Er bat Henry, ihm einen Schilling zum Abendessen zu spenden. Obwohl es eine kleine Summe war, genau so viel kostete hier das Essen, wollte der Verwalter das Geld unter Zwang nicht geben. Er stand vom Tisch auf und wünschte dabei dem Mann alles Gute. Daraufhin machte der Alte einen auf geheimnisvoll und sagte, dass er vorhat dem Gentleman ein Geheimnis zu verraten, welches er sein ganzes Leben niemandem erzählt hatte. Aber Henry wollte davon nichts wissen, der Verwalter schubste den lästigen Mann Beiseite und eilte zum Ausgang. Draußen gab es Nieselregen. Henry hatte es eilig, nach Hause zu kommen, aber wie es der Zufall wollte, konnte er keinen Kutscher finden, der sich bereit erklärt hätte ihn während des Unwetters und dazu noch so weit zu fahren. Daneben jaulte immer noch der lästige Alte. Nach einer Viertelstunde war Henry dazu bereit, noch einen Schilling drauf zu zahlen, nur damit der Mann endlich verschwindet.

- Los, erzähle mir dein Geheimnis, - Mister Mount wollte trotzdem das Geld nicht ohne eine Gegenleistung hergeben.

- Vor fünfundzwanzig Jahren diente ich als Kutscher in einem reichen Haus, - begann dieser zu erzählen. – Einmal befahl mir meine Herrin eine Hebamme zu ihr zu bringen. Dazu muss man wissen, dass sie zu dieser Zeit schwanger war.

- Wolltest du etwa selber an ihrer Stelle sein? – lachte Henry.

- Unterbrechen Sie mich nicht, Sir. In dieser Nacht half sie, also die Hebamme dabei zwei Zwillinge auf die Welt zu bringen. Einer davon wurde zum Kloster St. Alban gebracht, den anderen hat sie im Wald zurück gelassen.

- Wozu?

- Weil diese Kinder unehelich waren...

- Das ist wohl nichts Besonderes! – antwortete der Verwalter.

- Gib den Schilling her, - der Alte streckte seine Hand aus. Henry gab ihm den Schilling und wollte gerade einer vorbeifahrenden Kutsche hinterherlaufen, als der Unbekannte seine Erzählung fortsetzte:

- Mein Herr war der erst vor kurzem verstorbene Lord Blackmore. Der Arme wusste bis zu seinem Tod nicht, dass seine Frau mehrmals fremdgegangen war. – Als er merkte, dass ein Interesse über das Erzählte auf dem Gesicht des Gentlemans aufgetaucht war, fragte der listige Alte:

- Geben Sie mir eine halbe Guinee? Dann erzähle ich Ihnen wer meine Herrin geschwängert hatte. – Nachdem er seine Ersparnisse ein paar Mal gezählt hatte, steckte er sie ein. – Nachdem ich die Hebamme zurückgebracht hatte, kehrte ich zum Anwesen von Lord Blackmore zurück. Die Herrin zahlte mich sofort aus, sie war sehr großzügig. Sie sagte, dass sie mich ab und zu mit Geld versorgen wird. Die Herrin hielt ihr Wort und gab mir jeden Monat etwas Geld, damit ich nicht betteln musste. Allerdings bat sie mich um ein Gefallen. Ich sollte mit einem Brief zum Beichtvater des Lords fahren. Was ich auch tat, unterwegs holte ich das Baby aus dem Wald und brachte es zum Pater.

- Mein Lieber, ich kann immer noch nicht begreifen, was der Pfarrer damit zu tun hat? – fragte Henry.

- Und wozu gebrauchen Sie dann Ihren Verstand? – regte sich der Alte auf. Er klopfte mit seinem dreckigen, ungewaschenen Zeigefinger auf die Stirn von Mister Mount. – Das war der geile Bock, von ihm hatte meine Herrin die Zwillinge geboren.

Kapitel 24

- Henry, warum hast du deinen nassen Umhang auf den Boden geworfen? Wäre es nicht besser, ihn auf einem Hacken im Flur aufzuhängen? – Statt sich zu entschuldigen setzte

184

sich der Gast in einen Sessel neben dem Kamin und streckte seine vor Kälte taub gewordene Hände zum Feuer.

- Samuel, sagte Henry. – Ich habe die Eltern unserer Zwillinge gefunden. – Nachdem er die Erzählung seines Freundes bis zum Ende gehört hatte, könnte Samuel nicht begreifen, warum der Lord es gelassen hatte, dass seine Frau die Kleinen ihrem Schicksal überlässt und sie einfach aussetzt.

- Verstehst du denn immer noch nicht, er war zu diesem Zeitpunkt gar nicht im Anwesen.

- Und wo war er dann?

- In Frankreich.

- Also hat er seine hochschwangere Frau einfach so alleine gelassen?

- Samuel, manchmal stellst du dich ziemlich blöde an! Der Lord wusste überhaupt nicht, dass seine Frau schwanger war.

- Ach so...

- Er wusste auch nichts davon, dass sein Beichtvater der Liebhaber seiner Frau war.

- Das kann nicht wahr sein!

- Der Kutscher behauptet, dass es genauso gewesen ist.

- Na das ist ja dann ein Pfundskerl.

- Wer? Der Kutscher?

- Nein. Der Beichtvater.

- Jetzt wird Maria ein Grund zur Sorge haben, sobald sie erfährt, dass die Erben von Lord Blackmore aufgetaucht sind.

- Und wo willst du den lasziven Pfarrer suchen? – fragte Mister Estal seinen Freund.

- Der Kutscher sagte, dass er in Westminster predigt.

- Ich traue meinen Ohren nicht. Genau dieser Pfarrer war auf der Beerdigung des Lords und auch auf der seiner Tochter. Genau er hatte ihren Seelen das letzte geistliche Geleit gegeben.

- Die Wege des Herrn sind unergründbar, - Henry bekreuzigte sich.

Kapitel 25

- Mein Sohn, im Namen des Herren erlasse ich dir alle deine
Sünden, - Pastor David bekreuzigte das Gemeindemitglied,
welches vor ihm den Kopf in Demut gebeugt hatte. Als
nächster bereitete sich zur Beichte ein Gentleman vor, der
dem Pfarrer bekannt vorkam. Er könnte sich nur nicht mehr
daran erinnern, wo und wann er ihn das erste Mal gesehen
hatte. Dieser Gentleman benahm sich sehr unruhig.
„Seine Sünden scheinen ihn wohl sehr stark zu quellen", -
dachte der Pastor. – Als der besagte Gentleman statt den für
den Brauch üblichen Handlungen, sich kerzengerade und
wie eingewurzelt vor dem Pater aufstellte und ihm verkündete, dass er in irgendein Geheimnis eingeweiht ist, wurde
es dem Pastor ganz übel. Er beeilte sich, den Mann von
fremden Augen zu einem Platz zu führen, wo sie sich unge-
stört unterhalten könnten.
Pastor David hatte nie daran gezweifelt, dass er irgendwann
sich vor dem Herren für seine Sünden verantworten muss.
Er dachte aber, dass der Tag der Abrechnung früher kommen wird, aber weil die Strafe so lange auf sich warten ließ,
hoffte er, dass er ihr vielleicht ganz entgehen könnte.
- Wie kann ich Ihnen weiterhelfen? – fragte der Pfarrer und
bat dem Gentleman an, auf einer Bank in der Kirche Platz
zu nehmen. Henry, der zum Pastor David nach Westminster
gereist war, begann das Gespräch ziemlich höfflich. Nachdem er sich vergewissert hatte, dass David nicht vorhat,
seine Tat zu leugnen, verkündete Henry ihm, dass er weiß,
wo sich die Zwillinge befinden. Dem „frischgebackenen"
Vater war es irgendwie mulmig in der Brust. Schließlich
fasste er sich ein Herz und gab seine Zustimmung, wie bei

186

einer Beichte die ganze Wahrheit zu erzählen. Es kam heraus, dass Pastor David nicht wusste, dass seine Kinder noch am Leben sind, weil seine Geliebte, Lady Blackmore ihm erzählt hatte, dass die Zwillinge direkt bei der Geburt gestorben wären. Genau das stand in dem Brief, den ihm der Kutscher überbracht hatte. Natürlich könnte er sich nicht im Geringsten vorstellen, dass seine geliebte Frau die Wahrheit vor ihm verbergen könnte.

- Ich bin schuldig, - gab der Pastor zu. Wegen meinem Fehler wurden viele menschliche Schicksale gebrochen. Dafür werde ich wohl kaum jemals vom Herrgott eine Vergebung erbetteln können. Mister Mount, ich bin nun bereit alle meine Rechnungen zu bezahlen, - mit diesen Worten erhob sich Pastor David von der Bank.

Henry hatte beschlossen, das Treffen des Vaters mit seinen Kindern im Kloster und im Beisein von Pater Drevett zu arrangieren. Dazu war es notwendig Akroyd aus Marias Anwesen heraus zu locken. Nachdem Mister Mount es endlich geschafft hatte, Maria dazu zu überreden, Akroyd gehen zu lassen und er in seiner Begleitung vor dem Pastor erschienen war, fiel dieser plötzlich sofort vor David auf die Knie und begann seine Füße zu küssen. Henry hatte das Gefühl, dass er gleich wahnsinnig wird. Der Pastor richtete den jungen Mann wieder auf. Danach erklärte er, dass vor vielen Jahren in seiner Gemeinde ein Findling aufgetaucht war. Der kleine Junge hatte Liebe und Fürsorge bitter nötig, deshalb blieb der Kleine im Kloster leben. Pastor David zweifelte nicht daran, dass dieses Kind ihm vom Gott geschickt war. Als wäre es eine Art Bestätigung seiner Gedanken, nahm der Junge Gott als ein Teil von sich selber war. Er lebte sein Leben so, als ob es ewig dauern würde. Der schreckliche Tag, an dem Akroyd plötzlich verschwunden war, wurde für David zu einem unvergesslichen Moment in seinem Leben. Er betete täglich und bat dabei den Gott nur um eines, nämlich den Jungen am Leben zu lassen.

„Ich zweifelte an der Barmherzigkeit des Herrgottes, weil ich dachte, dass ich den Jungen nie mehr wieder sehen werde. Wozu? Warum nur hatte ich dich damals mit einer großen Spendensumme in die Stadt geschickt? Wir hatten nach dir überall gesucht, aber von dir war keine Spur zu finden. Du warst einfach verschwunden, - in Pastors Augen tauchten Tränen auf. Er umarmte Akroyd erneut. – Zum Unglück bin ich nicht so heilig, wie ich vermitteln wollte. Ich bin genauso sündig, wie meine Gemeindemitglieder, die zu mir kommen, um Busse zu tun."

Akroyd sagte kein Wort. Henry hatte ihm zu schweigen befohlen. Selbst wenn der junge Mann darauf etwas antworten wollte, würde er es wohl kaum aussprechen können. Der Tag war für ihn voller Überraschungen. Zuerst verkündete ihm Maria, dass Mister Mount beim Tor auf ihn warten würde und danach sah er seinen Mentor wieder... Nun könnte sich Akroyd an alles wieder erinnern. Der Junge rief sich sein früheres Leben endlich ins Gedächtnis. Dabei stellte er fest, dass es überhaupt keine Ähnlichkeit mit dem Leben hatte, welches er jetzt führte.

Bei der Ankunft im Kloster bat Henry, Adam zu rufen. Als der Gärtner erschienen war, hätte der Pastor fast sein Bewusstsein verloren. Was seine Kinder angeht, so hatten sie es auch nicht leicht. Adam zum Beispiel, hatte überhaupt keine Ahnung, wie er den gerade neu aufgetauchten Vater ansprechen sollte. Er betrachtete Gott als seinen alleinigen Vater und er wollte keinen, außer ihm so nennen. Akroyd wusste nicht, welchen Weg im Leben er nun einschlagen sollte. Sein Leben vor und nach diesem Ereignis war völlig unterschiedlich. Der junge Mann wusste nicht, wie er mit seiner Liebe umgehen sollte. Nein, er hatte nicht vor, sich davon abzuwenden. Aber die Frau, die der Herrgott für ihn ausgewählt hatte und die er über alles liebte, lebte überhaupt nicht nach den Geboten des Herrn.

Kapitel 26

„Was für ein Pech! – regte sich Maria auf. – Gab es etwa keine anderen Lords, außer den Blackmores? Diesen Deppen hielten alle zum Narren, wer Lust dazu hatte. Idiot! – Maria betrachtete dabei die unbezahlten Rechnungen, die vor ihr auf dem Tisch gestapelt lagen und sie dadurch enorm ärgerten. – Ich werde noch heute alle diese Faulenzer entlassen, - sagte die Herrin des Anwesens, als sie die Dienerschaft bemerkte, die sich im Hof versammelt hatte. – Und trotzdem hatte ich Recht. Akroyd ist wirklich ein Nachkomme eines alten englischen Adelsgeschlechts. Das war von Beginn an offensichtlich."
- Madam, Sie haben Gäste. Ihre Freundin ist da.
- Was will sie denn von mir? – wunderte sich Maria.
- Guten Tag, Maria, – Sophie reichte ihr die Hand.
- Komm rein, wenn es ein guter Tag ist, - Maria betrachtete die unerwartet gekommen Freundin von Kopf bis Fuß. Diese war sehr gut angezogen und sah einfach prächtig aus. „Modische Kleidung und Frisur..." – registrierte die Herrin des Anwesens in ihrem Inneren. Sie reichte ihr aber trotzdem nicht die Hand.
- Was wolltest du?
- Mich entschuldigen...
- Hast du eingesehen, dass du wie eine Verrückte gehandelt hast?
- Ich wusste doch nichts darüber, dass Adam einen Zwillingsbruder hat.
- Und was hast du mit dieser ganzen Geschichte zu tun? Woher weißt du davon Bescheid? Gib schon zu, wer hat dir das alles ausgeplaudert? – Maria errötete sogar vor Wut.
- Doktor Estal hatte mich besucht und mir erklärt, dass Adam und Akroyd Zwillinge sind.
- Ja, sie sind Zwillinge! Na und?

- Adam und ich lieben einander...

- Ich verstehe... Du kannst es also auch kaum erwarten, ein Stück von Lords Vermögen zu erhaschen.

- Was hat den der Lord damit zu tun, sage es?

Was soll ich darauf antworten. Er war als ein Depp geboren und starb als ein Narr. Adam und Akroyd sind Söhne der verstorbenen Lady Blackmore.

- Wer soll das sein?

- Ach so ist es also... Das Anwesen des Lords kannst du dir ruhig abschminken. Mittlerweile ist auch sein Geld alle. Übrigens, selbst wenn er noch Geld hinterlassen hätte, dann würde ich es euch nie im Leben geben. Ich war doch diejenige, welche die ganze Drecksarbeit erledigt hatte. Stimmt doch? Also worüber reden wir dann?

Ende des zweiten Teils.

Teil 3

Den Trank der Leidenschaft wollte ich bis zum Ende aus-
kosten
Während ich auf einem königlichen Bett lag
Ich hätte bereits fast seine ganze Wucht erfahren und dann
sagte ich zu mir selber:
Nun, jetzt wirst du mir helfen
Die Herzensgeheimnisse der anderen zu verstehen
Die Quelle der göttlichen Tagträume
Die uns nutzlos quellende Tränen.

Ich wollte gerne rumhuren
Und ich liebkoste die Körper und badete dabei in der Lei-
denschaft
Die Gezeiten kannten meinen Namen nicht und hatten keine
Macht über mich.
Und was ist mit dem Fleisch?
Es ist wunderschön in ihrem Unwissen
Es lebt vom Traum und von der Leidenschaft und ist mit
sich selber sehr zufrieden.

Ich hurte lange, wie du weißt
Aber es war mir unmöglich zu vergessen
Deine Liebe und dein Stöhnen
Ach nein, es ist nicht das Fleisch, welches in uns spricht.
Die große Liebe wohnt in Herzen zweier
Nur sie hat die Macht über den maroden Körper
Ja, es ist komisch diese ewigen Gebote zu vergessen
Im Wahn des blinden Verhängnisses, zum Unglück
Triffst du die liebsten Herzen
Die bereit sind, sich bis zum Ende zu öffnen.

Sei es aus Neugierde, oder aus Langeweile
Wirst du einen Blick in das Geheimnis dieser Tagträume
erhaschen
Und du wirst, um große süße Lust zu empfinden
Ja doch das Fremde Fleisch zum Verderben aller berühren.
Nachdem du endlich den Giftbecher bis zum Ende geleert
hast
Wirst du begreifen, dass es das Ende ist.
Am Rande deines Schicksals
Wird der Moment der Einsicht kommen
Du wirst das Wesen des Kampfes erkennen, und so
Wird vielleicht der Verrat sein Ende nehmen.

- Hallo, habt ihr das gehört, Sophie lebt nun am Hof des
Boche-Königs? Man sagt, sie sei seine Geliebte...
- Wau! – Der Dialog zweier Händlerinnen, welchen Fanni
auf der Straße belauscht hatte, brachte sie zum Schmunzeln.
Alle in diesem Städtchen interessierten sich jetzt brennend
für Sophies Leben. Manch einer beneidete sie, ein anderer
freute sich über ihr Glück und hoffte dabei, dass auch er
irgendwann ein Glückslos ziehen könnte. Natürlich ent-
sprach nicht alles, über was die Bürger tratschten der Wahrheit. Es stimmte allerdings, dass Sophie sich mit Adam
vermählt hatte und dass sie immer noch ihre Bilder malte. In
Wirklichkeit war ihr Vermählter derjenige, in dessen Leben
wirklich große Veränderungen stattgefunden haben. Aus
einem Klostergärtner hatte er sich in einen ausgezeichneten
Gartenbaufachmann verwandelt. Er wurde also zum Architekten. Adam bot man nun viel Geld an, damit er auf
jemand anderes Bodenerde irgendwo einen neuen Garten
anlegt. Bald zog das junge Brautpaar nach London. Fanni
begleitete sie natürlich. Wo wohnte jetzt die glückliche Familie, werdet ihr jetzt fragen? In der Market Street im selben
Stadtviertel, in dem auch Doktor Estal lebte. Sie wahren nun

praktisch Nachbarn. Man muss dazu sagen, dass die Neuerungen Adam nicht leicht gefallen waren. Er hatte sich lange geweigert, seinen Garten zu verlassen, aber das Leben hatte ihn dazu gezwungen. Er hat begriffen, dass die Liebe zu Sophie viel kostbarer als alles andere ist, was er jemals besaß, oder zukünftig besitzen wird.

Kapitel 1

„Gib her, es gehört mir, - Samuel klammerte sich an der Feder fest, welche Ludwig gerade zu entwenden versuchte. – Siehst du denn nicht, dass ich damit schreibe? Da bringt man dir einiges bei und alles scheint umsonst zu sein! Man muss zuerst um Erlaubnis bitten, - Mister Estal berührte mit dem Finger die Nase seines Katers. Dieser kratzte seinen Herren als Rache, ohne lange zu überlegen. – Mir reicht es jetzt. Gehe sofort unter das Bett!" – befahl Samuel.
Natürlich befolgte Ludwig nicht die Anweisung seines Herrn. Er blieb auch weiterhin auf dem Tisch sitzen und beobachtete dabei, wie Samuel mit der Feder schreibt. Von Zeit zu Zeit, versuchte er die Feder mit seiner Pfote zu berühren.
„Störe mich nicht", - sagte Mister Estal zu seinem Kater. Dieser reagierte nicht in geringster Weise auf die Warnung seines Herrn, sein Auge beobachtete wachsam den schreibenden Gegenstand. Zur gleichen Zeit entschied sich Samuel dennoch dazu, die Aufmerksamkeit von Ludwig abzulenken. Er führte mit einem Fleischstück ganz nah vor seinem Maul, danach verschlang er es aber selber. Wenn der Kater sprechen könnte, dann würde er sagen, dass die Geste seines Herrn einer Flegelhaftigkeit sehr ähnelt. Dann würde Ludwig noch hinzufügen, dass man mit Freunden so nicht umgeht. Er würde dadurch nur sein Geheimnis verbergen .

Ja sein Herr hatte gerade ein winzig kleines Fleischstückchen aufgegessen, aber der ganze Rest...

Ludwig hatte das Hammelfleisch noch vor Lunchbeginn versteckt, als Samuel noch im Wohnzimmer beschäftigt war und nicht merkte, wie ein großer Teil davon vom Teller verschwunden war. Allerdings machte der Kater dabei einen gravierenden Fehler. Er hatte das Fleisch praktisch in Samuels Sichtweite versteckt. Natürlich verdeckte er es mit einem Blatt Papier, auf dem Mister Estal vorher etwas geschrieben hatte.

- Ludwig, hast du meinen Brief an Missis Lori zufällig gesehen? – fragte Samuel.

- Nein, - miaute der Kater.

- Ach, du Halunke! Wie könntest du es wagen, meinen Brief an Missis Lori als ein Wickelpapier zu benutzen, - schimpfte Mister Estal. Ludwig fürchtete sich nicht allzu sehr durch das Geschrei seines Herrn. Der Kater kannte ihn, genauso gut, wie sich selber. Ja, jetzt wird er ein wenig rumschreien, er hat ja einen triftigen Grund dazu. Ludwig machte sich in diesem Moment viel mehr um das Hammelfleisch Sorgen, welches vor Samuel auf dem Tisch lag. Vielleicht frisst er es gleich auf?

- Oh mein Gott, was hat er nun mit meinem Brief gemacht, - jammerte Mister Estal, während er das weiße Papierblatt betrachtete, welches vom Fleischsaft durchnässt wurde.

In diesem Augenblick machte sich Samuels Haushälterin, Missis Bench auf dem Weg zum Markt, um frische Lebensmittel zu kaufen. Als sie die Treppe runtergestiegen war, sah sie Lori, die plötzlich vor ihrer Tür erschienen war. Kehren wir nun zu Mister Estal zurück. Er war sehr traurig darüber, dass seine Geliebte nun keinen Brief von ihm kriegen wird.

- Doktor Estal, mit was sind Sie denn so sehr beschäftigt, dass Sie sogar die Anwesenheit der Gäste in ihrem Haus nicht bemerken? – flüsterte Lori Mister Estal ins Ohr.

- Missis Lori, ich hatte gerade einen Brief an Sie geschrieben, - rief Mister Estal aus, sobald er die Frau seiner Träume vor sich erblickte.

- Aber ich habe keinen Brief bekommen, - Missis Lori breitete die Hände aus.

- Sie werden ihn auch in Zukunft nicht kriegen. Ludwig hat damit sein Hammelfleisch umwickelt.

- Mit meinem Brief?

- Verzeihen Sie, Missis. Ich werde Ihnen einen neuen Brief schreiben.

- Bemühen Sie sich nicht, ich habe gerade sowieso meine Adresse geändert.

- Lori, sind Sie, wie gewöhnlich in noch prächtigere Appartements umgezogen?

- Falsch geraten. Ich bin zu Berta umgezogen. Ich werde eine Weile bei ihr wohnen.

- Und warum diese Extravaganzen? – wunderte sich Doktor Estal.

- Ich hatte es satt, alleine leben zu müssen, - Lori begann zu lachen.

- Wenn es so ist, dann wäre es vielleicht besser bei mir zu wohnen? – Samuel fasste sich ein Herz. – Mein Haus steht zu Ihrer Verfügung.

- Darin mangelt es auch ohne mich nicht an Bewohnern, - brachte die reizende Lady den verträumten Herren auf den harten Boden der Tatsachen zurück.

- Missis Lori, Sie sind grausam, - Samuel wurde sehr traurig. Anscheinend hatte Ludwig Recht. Er spürte, dass niemand den Brief erwartet hatte.

- Und wo ist jetzt dieser Hellseher?

- Auf dem Tisch, - antwortete Mister Estal. Lori hatte den Kater zuerst nicht bemerkt. Dieser verließ seinen Posten nicht und wachte über das Fleisch, dabei versteckte er sich hinter einem Stapel von Samuels Abfassungen.

- Ich bin eigentlich nur gekommen, um Bescheid zu sagen, dass ich umziehen werde. Ach ja, außerdem werde ich bald nach Italien reisen müssen.

- Lori, ich frage Sie nicht nach dem Grund, aber falls Sie meine Hilfe brauchen sollten, dann bin ich immer für Sie da und dazu bereit, - Samuel versuchte dabei das Mädchen zu umarmen.

- Dann ist ja alles geklärt. Ausgezeichnet, Mister Estal, - sagte Lori und entzog sich dabei aus der Umarmung des Hausherren. – Kümmern sie sich bitte etwas um den Club, weil Sara und Sophie immer noch eine Obsorge benötigen.

- Ich werde alles erledigen, was Sie mir aufgetragen haben, - antwortete Samuel. – Sie haben neben Ihren zahlreichen Talenten auch noch eine hervorragende organisatorische Gabe. Sie haben eine tolle Ausstellung für unsere Künstlerinnen auf die Beine gestellt.

- Ich bin es einfach nicht gewohnt bei Schwierigkeiten klein beizugeben, - antwortete Lori. – Das ist das ganze Geheimnis meines Talents.

Kapitel 2

- Maria, ich flehe dich an, nimm kein Geld vom Baron an.

- Und wie soll ich dann ohne sein Geld weiter existieren?

- Verkaufe das Anwesen. Warum hast du gestern alle Käufer verscheucht? Warum hast du dich geweigert die Kaution anzunehmen, welche sie dir angeboten hatten?

- Sie wollten mir mein Anwesen wegnehmen. Und du bist an allem Schuld! Warum willst du nicht mit mir zusammenleben? Was für einen Unterschied macht es für dich, wessen Geld es ist? Das wichtigste ist doch, dass das Geld vorhanden ist.

- Du hast unsere Liebe verkauft!

196

- Akroyd, gehe nicht weg! – Madam fiel auf die Knie. – Ich werde ohne dich sterben...

- Du stirbst eher ohne das Geld, welches dir dein Liebhaber gibt.

- Ich hasse ihn! – Maria erhob sich von den Knien. – Du hast leicht so was zu sagen, du bist ja unser Heiliger und ich bin eine Frau, die im Leben alles selber erreicht hat. Mit diesen bloßen Händen.

- Du hast leider mit deinen Händen viel zu viel getan. Gott sollte es an deiner Stelle tun.

- Dieser dein Gott hat mich ganz alleine gelassen, ohne jegliche Mittel.

- Es ist mit egal, ob du Geld hast, oder nicht. Wer du früher warst, zu was du es jetzt gebracht hast. Ich will nur eine Sache, und zwar, dass du mir alleine gehörst.

- Ich bin auch jetzt ganz die deine.

- Wenn man die Stunden nicht mitrechnet, welche du mit Sir Hogart verbringst.

- Und du... du – mit deinem Pastor, - platzte es aus Maria heraus.

- Er ist - mein Vater.

- Na siehst du, du hast einen Bruder, einen Vater, deinen Gott... und ich bin ganz alleine. – Als die Tür hinter Akroyd geschlossen wurde, begann sie zu heulen. Ihr blieb nichts mehr in diesem Leben. Alles war mit ihm weggegangen.

Kapitel 3

- Lori, vielleicht überlegst du es dir doch noch anders und bleibst hier?

- Ich muss fahren. Ich habe einfach keine andere Wahl.

- Vielleicht solltest du den Antrag von Mister Estal doch noch annehmen?

- Natürlich ist Samuel ein sehr guter Mensch, aber das ganze Familienleben ist nichts für mich, - das Mädchen klappte den Deckel der Reisetruhe zu und setzte sich da drauf.
- Lori, werde doch vernünftig, dich erwartet Bettelarmut.
- Das werden wir doch mal sehen. Ja, ich habe kein Geld mehr. Na und? Ich werde keinen Hungertod sterben, ich habe zwei gesunde Arme und Beine. Ich werde mir Geld zum Leben verdienen!
- Ich werde niemandem erzählen, dass du eine Stelle als Gouvernante gefunden hast, - Berta begann zu weinen.
- Na dann ist alles großartig! Kannst du dich erinnern, wohin ich gefahren bin?
- Zu deiner Tante, nach Italien, - heulte ihre Freundin nun lauthals los und schloss die Tür der Kutsche. Auf Lori wartete ein weiter Weg und ein neues Leben, das einer bankrotten Lady. Wenn man allerdings über Berta reden sollte, dann würde es ihr nicht viel besser gehen. Das von ihrem Vater für sie hinterlassene Geld, wurde mit jedem Tag immer weniger. Das einzige erfreuliche war, dass ihr Buch veröffentlicht wurde und für Furore in der wissenschaftlichen Welt gesorgt hat. Bertas Arbeiten über Pflanzen, die von Sara gezeichnet wurden, werden in der Zukunft als ein Lernprogramm in englischen Schulen verwendet. Wenn ihr jetzt denkt, dass so kluge Frauen, wie Berta und Lori nun zu geachteten Persönlichkeiten in wissenschaftlichen Kreisen aufstiegen, dann werdet ihr euch irren. Diese sogenannten Kreise verschlossen sich daraufhin noch mehr und rückten noch stärker zusammen. Aber kehren wir nun zu Lori zurück. Ihre Übersetzungen werden in naher Zukunft das philosophische Wissen für einen breiten Leserkreis zugänglich machen. Dieses Ereignis wird einen neuen gesellschaftlichen Entwicklungsschub nach sich ziehen. Wird das alles die talentierte Übersetzerin erfahren? Natürlich nicht. Sie wird bis zu ihrem Lebensende nicht erfahren, dass ihr Leben als ein Beispiel für die Menschen dienen wird, die gegen

den Strom schwimmen... Die sich der Gesellschaft und dem Willen der Mehrheit wiedersetzen. Sie wird ebenfalls niemals erfahren, dass sie die Kraft war, welche die obengenannte Mehrheit in Bewegung brachte. Wenn auch nur sehr langsam, aber trotzdem schleppte sie die menschliche Masse auf den göttlichen Olymp.

Nun werden wir sehen, mit was Mister Estal in der Zwischenzeit beschäftigt ist, während seine Lori auf holprigem Weg davonfährt. Ich glaube, ihr ahnt schon, dass Samuel gerade sich mit seinem Freund Henry unterhält. Worüber reden sie?

- Warum sprechen wir heute nur über die Liebe? Kommt es dir nicht vor, dass du an der gleichen Krankheit, wie Edward, erkrankt bist?

- Ich muss es ehrlich zugeben. Ich habe mich bei ihm angesteckt. Ich kann diese Frauen einfach nicht verstehen... Das ist also nicht ihre Berufung: Herd mit Töpfen, rotzige Kinder...

- Die Welt ist verrückt geworden, - gab Mister Mount seinem Freund Recht.

- Dafür hat Adam enormes Glück. Sophie ist die reinste Vollkommenheit!

- Pater Drevett sagt: Niemand hat einfach so Glück oder Erfolg. Sie folgen der Menschheit, wie ein Schatten und bringen manch einen dazu die Gabe des Schicksals anzunehmen. Eine Gabe, die er selber einst jemandem geschenkt hatte. Ein sonniger Morgen brach an. In England waren solche Tage Mangelware. Ein neuer Tag brach an und mit ihm ein Leben voller Überraschungen. Für manche waren sie gut und für andere eher weniger erfreulich. Seit Adams Abreise war Adams Klause nicht verweist. Jetzt lebte in ihr Akroyd und er war nicht alleine. Sein Vater lebte nun mit ihm zusammen. David hatte nicht vergessen, wer er früher war. Nun wurde er zu einem einfachen Mönch. Er hat die kirchliche Strenge nicht ausgehalten und hat auch das Gelübde, welches er Gott gegeben hatte, gebrochen. Denkt Ihr, dass er deshalb vom Schicksal bestraft wird? Man wird es sehen. Pater Drevett hatte erst jetzt die wahre Bedeutung seiner Träume richtig begriffen. Nicht Adam, sondern Akroyd wird zukünftig der nächste Klostervorstehender werden. Warum? Dabei hatte er doch Maria über alles geliebt? Ja, aber sie, nahm, wie wir alle, das Schicksal in ihre eigenen Hände. Alles geschah so, wie die Frau es geplant hatte. Edward weichte nun kein Schritt von ihrer Seite. Genauso war es. Leider hatten Marias neue Wünsche auf das Geschehen keinen Einfluss mehr. Der Baron wird ihr, zwar gegen ihren Willen, aber dennoch rechtmäßig gehören. Und was ist mit Akroyd? Die Liebe des jungen Mannes wurde größer, als er selber. Sie hat den Mensch zu einem Gott neugeboren. Von nun an wird sein Herz den Menschen gehören. Wie kann das gehen, werdet Ihr fragen? Wissen wir denn ganz viel darüber, was in unserer Welt vor sich geht? Wir können es nicht mal ahnen, wie oft wir die Liebe benutzen, die uns von Geschöpfen geschenkt wird, die in anderen Sphären leben...

Kapitel 4

- Samuel, was ist mit dir los? – Henry versuchte seinen, die Treppenstufen herunterfallenden Freund, aufzufangen.
- Mir ist schwindelig geworden. Seit einer Woche esse ich nichts und kann kaum schlafen. Henry, Lori hat sich von mit nicht einmal verabschiedet...
- Fang jetzt bitte bloß nicht an zu lügen! Du hast mir doch selber erzählt, dass sie womöglich nach Italien reisen wird.
- Ja, ich bin jetzt ein gebrochener Mann. Ich gebe es zu.
- Sie ist weg gefahren. Na und?
- Wahrscheinlich hat sie dort einen Jüngeren für sich gefunden.

- Dass ich nicht lache. Deine Lori ist ein Blaustrumpf! Ludwig, warum kümmerst du dich so schlecht um deinen Herrn? – wandte sich Mister Mount an den, auf Samuels Bett liegenden Kater. Gewöhnlich antwortete Ludwig auf solche Fragen mit einem Schnurren. Aber heute schaute er auf den Gast nur mit einem leeren Katzenblick.

„Anscheinend ist das Unglück schon ganz nah", - dachte aus irgendeinem Grund der Verwalter. Genau in diesem Augenblick hörte er hinter seinem Rücken ein Stöhnen. Als er sich umdrehte, um nachzusehen, was passiert war, wurde er wie betäubt, weil er sah, dass Samuel bewusstlos auf dem Boden liegt. Henry rannte zu seinem Freund, neben dem Ludwig bereits seine Kreise zog. Er leckte seinem Herrn die Stirn, anscheinend hoffte er ihn dadurch wieder aufzuwecken. Nachdem das Schlimmste vorbei war und der eilig herbestellte Arzt bereits gegangen war, traute sich Henry Samuel wieder anzusprechen.

- Übrigens Samuel, hast du dein Versprechen nicht gehalten. Lori hatte dich gebeten, dich um die „Doppelmoral" zu kümmern und was machst du stattdessen? Liegst hier rum! – leider konnte Mister Estal nichts zu seiner Verteidigung sagen, weil er nicht mehr sprechen konnte.

Mister Mount hatte nun noch eine Sorge mehr. Außer seinen direkten Verpflichtungen als Verwalter, musste er nun auch seinen kranken Freund pflegen.

- Sir, wann müssen ihre Sachen abreisefertig sein? – fragte Henry seinen Herren, der zu ihm gekommen war, um ihm mitzuteilen, dass er bald verreisen wird.

- In zwei Wochen. Die Firma steht kurz vor der Insolvenz. Ich habe keine andere Wahl. Das war meine Idee und ich muss die Sache zu Ende bringen.

- Und was ist mit Maria? Reist sie mit Ihnen nach China?

- Ja, sie hat vor, mit mir zukommen.

- Ich verstehe. Solange Sie Geld haben, ist ihre Anwesenheit garantiert.

- Werde bloß nicht frech!

- Das Wichtigste ist, dass Sie Ihrer Angelegenheiten regeln können, - sagte Henry und umarmte dabei Edward. – Kehren Sie so schnell, wie möglich nach England zurück.

- Es hat noch nie einer an meinen unkonventionellen Organisierungsfähigkeiten gezweifelt, - antwortete der Baron.

Alles kam genauso, wie es der Baron vorausgesagt hatte. Schon sehr bald und für eine sehr lange Zeit wird sich die Vorherrschaft der Ostindischen Handelsgesellschaft auf allen großen europäischen Märkten durchsetzen und zementieren. Der Opiumrausch der chinesischen Gesellschaft wird endgültig und unwiderruflich stattfinden. Im ganzen Reich werden weder Arme, noch Reiche übrig bleiben, die nicht mit dem unheilvollen Vergnügen in Berührung kommen werden. Es herrschte Chaos. Chinesische Polizisten werden ihren Dienst erst ausführen, nachdem sie eine Opiumpfeife geraucht haben. Selbst die besten chinesischen Ärzte werden, nach der Untersuchung und der Heilungsdiagnose darauf warten, dass der Patient sie auf ein paar Opiumpfeifen einlädt. Und sie werden sehr beleidigt sein, falls eine solche Einladung nicht erfolgen wird. Natürlich wird die chinesische Regierung mehrmals versuchen, den ungleichen Handel zu unterbinden. Sie wird zuerst bitten und danach auch verlangen, ihre auserlesene und qualitative Ware, also Tee, Porzellan und Seide - so wie es früher war - mit Bargeld zu bezahlen. Leider ohne jeglichen Erfolg. Was auch verständlich war, denn die Bezahlung der Ware mit Opium verfolgte gleichzeitig zwei Ziele: Zum einen den Profit und zum anderen die Einschläferung und somit Schwächung des gesamten riesigen chinesischen Imperiums. Schon bald wird sie dadurch nicht nur sehr viele Staatsbürger, sondern auch jegliche Hoffnungen auf die Weltherrschaft begraben müssen. Während Edward für seine Geliebte für die Heimat und für sich selber um Reichtum kämpfte, versuchte sein Verwalter mit Samuels Pessimismus und mit seiner Liebe, die ihm das Leben schwer machte, fertig zu werden.

- Henry, rufe einen Arzt. Sage ihm, dass meine Beine geschwollen sind, - jammerte sein Freund den ganzen Tag herum. – Mister Mount erfüllte Samuels Bitte, wollte aber selber während der Untersuchung nicht dabei sein. Der Verwalter konnte es nicht ertragen, seinen besten Freund so hilflos zu erleben. Außerdem bat dieser ständig darum, Wasser aus seinen Beinen zu lassen, in dem man sie mit einer Nadel durchstach.

„Es braucht Zeit, - dachte der Verwalter. – Schon bald wird alles von alleine vorbeigehen". – So dachten er und auch alle anderen, nur nicht Samuel. Nachdem der Arzt Mister Estal verkündet hat, dass er kategorisch mit den profanen Forderungen des Patienten nicht einverstanden ist, weil dadurch der Kranke sich unwiderruflichen Schaden einheizen kann, fühlte sich Samuel, wie von der ganzen Welt beleidigt. Nachdem alle weggegangen sind, durchbohrte Mister Estal seine Waden mit einer Schere... in der Hoffnung, dass dadurch das Wasser abfließen wird... Vom Wasser lief ganz wenig aus, dafür sprudelte ein wahrer Blutstrom aus den Wunden. An diesem Abend verstarb Samuel in den Armen seines Freundes. Hatte er es bedauert? Es scheint nicht so zu sein.

Kapitel 5

- Frauen bereiten den Männern nur Probleme, - klagte Henry. – Warum, um alles in der Welt, hatte sich Samuel in diese Lori so verknallt? – der Verwalter konnte nicht länger seine Gefühle zurückhalten. Er weinte, dabei vergrub er sein Gesicht in Pater Drevetts Schulter. Wie könnte der heilige Vater ihm helfen? Mit tröstenden und aufmunternden Worten? Ohne jeden Zweifel. Natürlich wird Henry seinen

Freund, der gerade eben auf dem Westminster Friedhof beerdigt wurde, nie vergessen. Aber sein Herz wird nun vom Schmerz und Hass befreit werden, die ihn am Weiterleben hinderten. Schon bald kehrte Mister Mount in das Anwesen zurück. Ohne damals zu erfahren, dass unmittelbar nach seiner Abreise, Pater Drevett urplötzlich ebenfalls verstorben war. Als er erst nach ein paar Monaten vom Tod seines Beichtvaters erfahren hatte, dachte Henry, dass er von nun an niemals, in das einst so von ihm geliebte Kloster zurückkehren wird. Einmal traf er zufällig Adams Bruder in der Stadt. Es klingt seltsam, aber die Augen von Akroyd erinnerten den Verwalter... an die Augen seines geliebten Mentors. In ihnen war etwas, was es ermöglichte den Schmerz zu lösen, etwas, was half an die göttliche Weisheit und Gerechtigkeit zu glauben, und dazu noch... Liebe, welche die Menschen nicht in Heilige und Sünder unterteilt. Nachdem er in Akroyds Augen den Allmächtigen erkannt hatte, übte sich Henry in Demut und schloss seinen Frieden mit allen Ereignissen, mit denen ihn das Schicksal in letzter Zeit auf die Probe stellte.

„Ludwig, ich werde mit dir ganz ehrlich sein. Ich verstehe nicht, wie dich Samuel so lange ertragen konnte? Schau, zu was du Missis Kayt gebracht hast? Warum hast du in ihre Wollsocken eine tote Maus gelegt?" – Ludwig reagierte nicht im Geringsten auf Henrys Worte. Menschliche Gespräche bringen ja eh nichts. Die Taten – sind eine andere Sache. Man muss sagen, dass Ludwig Glück hatte, in seinem Leben ständig nette Menschen zu treffen. Weshalb das Vorsehen an diesem Kater so einen großen Gefallen gefunden hat, ist nicht bekannt. Er hatte gerade seinen geliebten Herren verloren und unmittelbar danach hatte er zwei neue Herren gefunden. Natürlich vermisste Ludwig Samuels Stimme und seine Streicheleinheiten. Aber niemand konnte bis jetzt von da zurückkehren, wohin alle am Ende gehen mussten. Der Kater verstand das.

Die Abende verbrachten Ludwig und Henry auf der Terrasse, sie saßen dort bis spät in die Nacht. Wie immer rauchte Henry seien Pfeife und Ludwig ging auf Mäusejagd. Man hatte den Eindruck, dass die Mäuse noch nicht begriffen hatten, dass der Kater sich für immer in ihrem Anwesen angesiedelt hat. Natürlich wachten Ludwig und Henry erst zur Mittagszeit auf. Sie kuschelten lange im Bett, danach läutete der Verwalter eine Glocke, damit man ihnen das Frühstück ins Bett serviert. Nach dieser kleinen Stärkung, ging jeder von ihnen seinen Pflichten nach. Henry kümmerte sich um den Haushalt und Ludwig schaute überall nach dem rechten. Unter anderem kontrollierte er die Haushälterin, die in der Abwesenheit des Barons sich enorm gehen ließ. Gestern zum Beispiel spielte sie mit dem Koch und dem Kutscher Karten, anstatt alles zum Lunch vorzubereiten.

„Na ihr werdet alle noch euer blaues Wunder erleben! – dachte Ludwig. – Wenn Edward zurückkehrt, werde ich ihm alles erzählen!" – Aber wann die Rückkehr von Edward stattfinden wird, wusste niemand so genau. Anscheinend hatte Sir Hogart noch sehr viele Dinge in China zu erledigen und steckte dort für eine Weile fest.

Kapitel 6

- Kannst du das Licht sehen?
- Ja. Das ist das Feuer, was in mir brennt. Das bist – du! – Nachdem Adam die Handschriften in die Truhe zurückgelegt hatte, dachte er nach. Es war nicht leicht die Worte zu verstehen, die vor langer Zeit von jemandem geschrieben wurden. Nachdem er noch eine Weile am Leons Grab gestanden hatte, ging Adam hinaus. Er eilte zu seiner Sophie. Man könnte meinen, dass städtisches Getümmel seinen Rhythmus stören würde, aber zum Glück war das nicht der

Fall. Adam lebte auch weiterhin im Einklang mit sich selber. Und in seinem Herzen erblühten wunderbare Gärten, die er sogleich in die Wirklichkeit umsetzte, was den Menschen große Freude bereitete.

Adam traf Sophie, wie immer vor der Staffelei sitzend. Sie war von Kopf bis Fuß mit Farbe verschmiert, hatte aber eine gute Laune. Wenn sie ein bisschen später geboren würde, dann wäre ihr Talent unerkannt geblieben. Die Französische Revolution und der Napoleon Krieg 1789 – 1815 hatten die letzten Hoffnungen auf wenigstens kleine Veränderungen im Leben der Frauen, vollkommen zerstört. Bis zum Ende des neunzehnten Jahrhunderts blieb für das schönere Geschlecht nur eine einzige rechtmäßige Beschäftigung: Nämlich Mutter und Hausfrau zu sein. Der gesamte Haushalt musste mit Frauenhänden erledigt werden. Die Kohle und das Brennholz besorgt werden; Die Backöfen und Herde geputzt werden; Asche und Ruß von Fenstern und Möbel weggeputzt werden; die Kleidung musste eigenhändig hergestellt und gewaschen sein; das Brot musste gebacken werden. War das alles? Natürlich nicht. Die Kindererziehung; das Anpflanzen von Obst und Gemüse und danach die Vorfertigung und Konservierung der Früchte für den Winter. Ihr werdet fragen, ob es möglich ist, mit so viel Arbeit fertig zu werden? Nein? Und was ist mit den Männern, wofür hatten sie ihre Kräfte aufgebraucht? Oder werdet ihr jetzt wieder sagen, dass ihr das nicht wisst?

Kapitel 7

China, China – großes Land
Wo sich der Abgrund der Finsternis und das Paradies der Gefallenen befinden.
Nur das Unglück klopft an die Tür dieses Landes.
Das von dir, Herrgott vergessene Paradies.

206

- Liebste, es ist für dich, - Edward reichte der Maria einen Ehering, den er soeben beim Juwelier gekauft hatte. – Dieser Ring wird uns für immer miteinander verbinden, - Sir Hogart streckte sich zur Frau und wollte sie küssen.

- Gehe weg, du Missgeburt. Fasse mich nicht an!

- Aber warum denn? Hast du etwa nicht genau davon dein ganzes Leben geträumt? – fragte der Baron verständnislos und völlig perplex.

- Ich hasse dich!

- Meine teure, sei nicht sauer, - Sir Hogart ist es dennoch gelungen Maria auf die Wange zu küssen. Als Zeichen der Dankbarkeit steckte er den Ring an ihren Finger an. Sogleich hatte sich die Frau verwandelt. Der Glanz der Diamanten hatte sie tief beeindruckt.

- Wird mir jetzt erlaubt sein, deinen Körper zu liebkosen? – fragte Edward und berührte Marias prächtigen Ausschnitt mit seinen Lippen. Als er fühlte, dass sie nichts dagegen hat, umarmte er sie. Nach einem Augenblick hatte Edward es geschafft, die widerspenstige Liebhaberin zu zähmen. Maria leistete keinen Wiederstand. Sie verkaufte sich wegen eines Metallstücks, wenn es auch noch so edel war. Die Seele der Frau, gehörte von nun an aber unglücklicher Weise dem... Dämon. Ausgerechnet ihm wurde die Herrschaftsgewalt über die weibliche Seele erteilt, bis zu dem Zeitpunkt, an dem ihr Geist sich vom schlechten Einfluss befreien wird. Dieses Ereignis wird leider noch lange auf sich warten lassen. Denn auf diese weibliche Seele hatte der teuflisch attraktive Glanz des Goldes einen sehr starken Einfluss. Maria schloss ihre Augen. Gewöhnlich geschieht es unfreiwillig im Augenblick der höchsten Wonne. Aber in diesem Fall ekelte sie sich davor, den ungeliebten nackten Körper sehen zu müssen. Die Frau hatte das Gefühl, als ob sie in einen

Abgrund gestürzt war. Ihre Seele wurde vom Leid zerrissen und nur ein Wort entwich aus ihren Lippen: „Akroyd!"

In einem Anfall von Reue entflammte ihr Geist, fiel auf die Knie, vor die Füße seines Aufsehers und seines Herren:

- Verzeihe mir!

Der Dämon lachte:

- Es ist zu früh. Jetzt gehörst du mir, - antwortete er. – Dein Körper wird in Teile zerfetzt werden und deine Seele wird in einen goldenen Käfig eingesperrt. Ausgerechnet dort wird sie lernen, endlich den Ruf des Herzens zu verstehen, und danach... Danach wird man dir erlauben, dich nochmals mit deinem Geliebten zu treffen. Ich hoffe, dass euer Treffen glücklicher als damals enden wird, - der Dämon stieg in die brennende Hölle herunter und nahm Marias Seele mit.

P.S.

- Maria, ich liebe dich!

- Scher dich doch zum Teufel!

Derjenige, der gerade eben genannt wurde, rieb sich seine haarigen Hände.

- Wunderbar, fangen wir an... – kicherte der Teufel. – Meine Liebhaberin der Diamanten, ich habe so lange auf dich gewartet. Was willst du? Gold? Edelsteine? Schau, ich habe hier noch was für dich im Köcher, - dabei spreizte der Teufel seine haarigen Beine weit auseinander...

Inhalt